조선 야담, 전설, 수필

- 본서는 2013년도 일본국제교류기금의 보조금에 의한 출판물이다.
  本書は平成25年度日本国際交流基金の補助金による出版物である。
- 본서는 2013년 정부(교육인적자원부)의 재원으로 한국연구재단의 지원을 받아 수행된 연구(KRF-2007-362-A00019)이다.

일본명작총서 21
식민지 일본어문학 · 문화 시리즈 17

조선

야담
전설
수필

편저 | **모리카와 기요히토**
공역 | **김효순 · 강원주**

學古房

머리말 ● ●

　본서에 수록된 것은 전권을 통틀어 조선연구자료의 일단으로 볼수 있는데, 일면 목하 긴급정세를 돌아보고 시의를 따르는 학술적의의가 있음과 동시에 다른 한편으로는 오늘날 여전히 존재 가치가있는 것들이라 생각한다.

　수록된 내용 중에는 어느 정도 학술적인 것도 포함되어 있지만,그 대부분은 결국 일반적인 읽을거리를 주로 하고 있기 때문에 불요불급 한문자(閑文字) 취급을 당할 염려가 있다. 그러나 그 반면 이런종류의 연구서는 일괄적으로 소홀히 할 수 없는 것으로, 일반 독자에게 조선연구 상 약간의 자료를 제공하게 될 것임을 마음 속으로믿는 바이다.

　또한 본서에 수록된 것은 잡지 『경성로컬(京城ローカル)』(후에 『경성』으로 개제)에 게재된 것을 일부 임의로 편집한 것이기 때문에, 제재,문체, 순서 등이 섞여 있어 통일성이 없다. 이는 오히려 처음부터 계

5

획한 것으로 본서를 통해 반도의 분위기를 조금이나마 독자가 맛볼
수 있다면, 편자로서는 기쁘게 생각하는 바이다.

1944년 3월 3일
편자 씀

목차 目次 ● ●

목차目次 ● ●

목차目次 ● ●

15

목차目次 ● ●

13

이마무라 도모今村鞆 씨에게
야담을 듣다

조선의 야담이라는 것은 이를 내지(內地) 식으로 말하자면 야인의 이야기 혹은 민간의 이야기라는 뜻으로, 민간에 구비로 전승되는 것과 문헌에 실려 있는 것 두 가지가 있다. 하지만 전자 쪽이 수가 많아 그 총수는 수 천에 이른다. 내지의 모노가타리(物語)[1], 히토구치이야기(一口噺)[2], 가루구치이야기(輕口噺)[3], 괴담, 외설담, 신화, 전설, 동화와 같은 것을 모두 망라하는데, 장편소설 식으로 된 것은 야담이라 하지 않는다.

이것들을 내지의 것과 비교하면 『곤자쿠모노가타리(今昔物語)』[4], 『우지슈이모노가타리(宇治拾遺物語)』[5], 『우쓰

1 작자의 견문이나 상상 등을 바탕으로 인물, 사건에 대해 이야기하는 형식으로 서술한 산문 문학 형식.

2 짧은 우스갯거리 이야기.

3 가벼운 이야기.

4 헤이안시대(平安時代) 말기의 설화집. 성립연대, 작자 미상. 1120년대~1449년 사이 성립 추정.

5 13세기 전반 성립된 중세 일본 설화집.

15

호모노가타리(宇津穗物語)』6에 나오는 것처럼, 고아한 것도 있고 또 어떤 것은 매우 비속한 것도 있다. 또한 내지의 것과 일치하는 것도 많다. 예를들면 『하고로모전설(羽衣伝説)』7, 『미와야마신화(三輪山神話)』─매일밤 남자가 찾아오지만 그가 누구인지 몰라, 바늘에 실을 꿰어 놓고 다음 날 아침 가보니 뱀이나 잉어였다는 종류의 이야기─등이 있는데, 그것들과 비교해 보면 완전히 일치하는 것이나 대략 비슷한 것이 있다. 그 중 원류 같은 것으로 보이는 것도 있지만, 그것은 인도계 불경에 있는 것에서 만들어진 것, 혹은 중국의 잡언에 있는 것을 변형시킨 것이다. 아니면 민정, 풍속 등이 유사하여 우연히 일치하는 것도 있다. 특히 재미있는 것은 바보 사위 이야기, 바보 며느리 이야기, 혹은 절의 동자승이 고승을 골려주는 이야기 등으로 매우 비슷하다.

이들 조선 야담을 학문적으로 연구하는 것도 흥미로운 일이지만, 그런 번거로운 일은 제쳐두고 수천 개의 야담 중 생각나는 대로 적어보기로 한다.

6 헤이안시대 중기에 성립된 중편 이야기.
7 한국의 선녀와 나뭇꾼에 해당하는 전설.

16

군수에 관한 야담

박야로薄野呂 군수 이야기

옛날 한 군수가 어느 지방에 부임을 했다. 그런데 정작 본인은 학문도 없고 정치도 모르며, 게다가 약간이 아니라 한참 덜떨어진 인물이었다. 하지만 요직에 있는 인물들에게 뇌물을 쓰거나 연줄을 이용하여 울며 매달려서 간신히 군수가 된 것이다.

그런 연유로 군수가 되기는 했지만, 무슨 일을 해야 할지 전혀 감을 잡지 못해 사무를 한 가지도 보지 못했다. 그런데 다행히도 이 군수에게는 현부인이라 이름이 난 부인이 있어서, 모든 사무는 이 부인에게 일일이 지휘를 받고 그 지휘에 따라 그럭저럭 때우는 정도였다.

부임을 하자마자 바로 사건이 생겼다. 무슨 사건인가 하면, 어느 날 관청의 소를 키우는 자가 나타나서 서면을 제출했다. 그 내용은 대략 소 한 마리가 석교 구멍에 다리가 끼어서 뼈가 부러져 결국 쓰러져 죽었다는 것이다. 자신의 업무상 사고를 있는 그대로 보고 해서 그것을 용인받으면, 훗날 책임을 추궁당할 일이 없게 되기 때문이었다.

이런 경우에 군수도 뭔가 그 서면에 지령을 첨부해 주어야 하는데, 어떻게 하면 좋을지 그 군수는 전혀 알 수가 없었다. 그래서 부인에게 지혜를 빌려 달라며 상담을 하니, 영부인 말하기를,

그것은 별일 아니지 않습니까, 다음과 같이 지령을 써 주십시오.

첫째, 고기는 관청에 바칠 것.

둘째, 가죽은 공방[8]에 바칠 것.

셋째, 뿔은 군기용으로 삼을 것.

이렇게 해서 그 지령을 본 부하들은, 일찍이 좀 모자란 구석이 있다는 말을 들었는데 이 정도라면 훌륭한 걸 하며 인식을 달리하여 다시 보게 되었고, 그 사건은 일단락되었다.

그리고나서 며칠 후의 일이었다. 부하 한 명이 근처 산속에서 산사태를 만나 다리를 삐어 결국 사망하고 말았다는 보고를 받았다. 이에 대한 지령을 써야 하는 단계에 이르러,

군수는 이번에는 부인에게 의논할 것까지도 없다고 생각하고 일전의 지령 문구를 기억해 내고는,

첫째, 고기는 관청에 바칠 것.

둘째, 가죽은 공방에 바칠 것.

셋째, 뿔은 군기용으로 삼을 것.

라고 적었다. 이에 일동은 경악하는 한편 분노하기도 하여 순식간에 군수의 권위는 뚝 떨어졌다. 마침 하필이면 그 때가 관원의 성적을 조사하여 제출하는 시기에 해당되었기 때문에 감독관인 관찰사로부터 그 군수의 성적은 하 중의 하로 사정되었고 그것이 중앙에 보고되어 결국 면직을 당하는 신세가 되었다.

마침내 임지를 정리하고 떠날 때 부인은 남편을 보고,

"무엇보다 부하 관리나 백성들의 낯을 보는 것이 괴롭고 참으로 부끄럽습니다. 저는 그래도 다행히 가마를 타고 가니까 다른 사람에게 얼굴을 보일 일이 없습니다만, 당신은 말을 타고 가야 해서 사람들에게 얼굴을 보일 것을 생각하니 견딜 수가 없습니다."

라고 했다. 그러자 남편은 의외로 밝은 표정으로,

"소가죽이나 쓰고 가지 뭐(내지의 철면피라는 말과 같은 의미로 조선에서는 소가죽을 쓴다고 한다.)

19

덜렁이 군수의 이야기

한 군수가 관아에 앉아 쉴 새 없이 업무에 열중하고 있었다. 그곳에 도인(都印)9이 부산을 떨며 들어와서,

"갑자기 여동생이 죽었습니다."

라고 아뢰었다.

어쨌든 덜렁이 군수였기 때문에, 아 이건 나의 여동생이 죽었다는 통지구나 하며 착각을 하고는 순식간에 얼굴에 슬픔을 드러내고 눈물을 흘리며,

"아아, 가엾은 것. 생전에 한 번 만나고 싶었는데, 아이고, 아이고."

라며 그 자리에 쓰러져 울었다.

마침내 눈물을 닦으며 도인을 향해,

"아무리 슬퍼도 천명은 어쩔 수가 없나보다. 그럼 그 장례식 날짜는 언제로 정해졌느냐? 그런데 참, 병명이 무엇이었다는 통지는 없었느냐?"

라고 물었다. 도인은 마음 속으로 우습기는 했지만,

"죽은 것은 제 여동생입니다. 군수님의 여동생이 아

9 군수의 관인을 관리하며 수행하는 사동.

20

닙니다."

라고 머리를 조아리며 아뢰자, 군수는 잠시 고개를 갸웃거리며 생각
에 잠겼다. 아, 그렇지 그리고 보니 내겐 여동생이 없었지.

구두쇠 군수 이야기

옛날 어느 곳에 매우 인색한 군수가 있었다. 손님이 오면 안내를
하는 관리에게 명하기를,

"앞으로 손님이 올 경우에는 내 얼굴을 잘 보거라. 내가 이마를
문지를 때는 상객(上客)이므로 술과 두 세 가지 안주를 내오면 될 것
이다. 코를 문지를 경우에는 중객(中客)이므로 담배 정도를 내오면 될
것이다. 만약 턱을 문지르면 하객(下客)이니까 아무 것도 내오지 않아
도 된다. 잘 알겠는가? 이 신호를 마음속에 잘 새겨 두거라."

라고 하였다. 이후 위의 신호에 의해 방문객의 대접을 구별하고 있었
는데, 어떤 짓궂은 자가 어떻게 그 이야기를 들었는지, 인색한 군수
에게 한턱 얻어먹어야지 하며 품에 어떤 물건을 하나 넣고 찾아왔다.

판에 박힌 인사말을 늘어 놓은 후에, 군수의 이마를 가만히 바라

보며 작은 목소리로,

"군수님 이마에 뭔가 작은 벌레가 있는 것 같습니다."

라고 했다.

그 이야기를 들은 군수는 무심결에 오른손으로 이마를 문질렀다. 그 모습을 몰래 엿보고 있던 안내담당자는 그만 그를 상객이라 생각하고는 즉시 술과 안주를 준비하여 가져 왔다. 감쪽같이 속여 대접을 받은 손님의 밝은 표정과는 달리 군수가 얼마나 벌레씹은 듯한 표정을 지었을지는 독자 여러분의 상상에 맡긴다.

재치있는 군수의 이야기

어느 지방에 신임 군수가 부임을 했다. 그런데 2, 3일 후 옷감을 백 필 정도 도둑을 맞았다는 신고가 들어왔다.

그 날 군수는 부근을 순시하겠다고 하며, 많은 사람들을 거느리고 가까운 촌락 몇 군데를 감찰하고 돌아다녔다. 마침내 읍내에 돌아와서 읍 입구로 들어가려다 그 옆에 서있는 천하대장군(소나무 기둥에 조각을 해서 위쪽에 얼굴을 새겨 빨갛게 칠한 악마 퇴치 귀신으로, 대개 읍내 입구에 세워 놓는

다.) 앞에 멈춰 섰다. 그리고,

"이 봐라. 그대는 본관이 통행을 하는데 어찌 인사를 하지 않는
것이냐?"

라고 마치 살아 있는 인간에게 이야기를 하듯 나무랐다. 부하 관리가,

"그것은 목상이옵니다. 군수님의 말씀은 좀 무리라고 생각합니다."

라고 말려 보았지만, 아무래도 말을 듣지 않았다.

"뭐라구, 그럴 수는 없을 것이다. 내가 이 군 전체를 관할하고 있
는 이상 목상이든 무엇이든 군수에게 인사를 하는 것은 지극히 당연
한 일이다. 그런데 인사를 하지 않다니 이 자는 괘씸하기 짝이 없다.
포박해 오라. 꼭 재판에 부칠 것이다."

라고 엄포를 놓았다. 부하는 이상하다는 표정을 지으면서도 상관의
명령이라 어쩔 수 없이 한 길 남짓 되는 천하대장군을 포승줄로 묶
어 끌고 왔다.

그것을 본 백성들은 참 기이한 일도 다 있다, 군수가 목상을 재판
한다고 하는데 어떻게 하는지 한 번 보고 싶다는 생각에, 2, 3백 명
이 와자지껄하며 줄줄이 따라서 관아에까지 들어왔다. 그러자,

"무단으로 관아에 침입하다니 발칙하기 짝이 없고, 무례하기 그지
없다."

고 하며 일동을 감옥에 잡아넣었다.

깜짝 놀란 것은 본인은 물론이고 그 가족들이었다. 이것 보통 일이 아니다, 큰일이다 라고 이리저리 석방운동을 하기 위해 갖은 방법을 쓰며 애원을 했다. 그러자,

"목면 한 필을 지참하고 오는 자는 용서해 주겠다."

라고 했다. 그 사실이 알려지자 너도 나도 서로 목면을 갖다 바치고 가족을 집에 데려갔다.

그러자 군수는 아까 그 피해자를 호출하여,

"이 중에 네가 도둑맞은 목면이 있느냐? 너의 물건은 기억을 하고 있을 테니 찬찬히 살펴 보거라."

라며 일일이 그곳에 바친 목면을 살펴 보게 했다. 그러자 수백 필이나 되는 목면 중에 도둑맞은 목면이 있는 것을 발견하였다.

군수는 즉시 그 목면을 제출한 사람을 찾아냈고 마침내 목면 도둑을 검거했다. 물론 장물이 아닌 목면은 모두 제출자 본인에게 돌려 주었기 때문에, 비로소 군수가 따로이 생각이 있었다는 사실을 깨달은 일동은 그 지혜에 감탄을 했다.

24

조선인삼에 관한 야담

인삼유래기

옛날 어느 곳에 한 남자가 살고 있었다. 그는 정체를 알 수 없는 풀뿌리를 신비가전(神秘家傳)의 호르몬제—라고까지 설령 말로 하지는 않았지만—라도 되는 듯, 예나 지금이나 변함없이 불로와 강한 정력을 갈망하는 무리들을 상대로 조선팔도를 돌아다니며 가을에 집을 나가 봄에 돌아오기를 매년 반복하고 있었다.

그런데 이 남자의 허풍은 완전히 효능서에 지나지 만은 않은지라, 그것을 사먹은 사람은 무병무사하고 한없이 힘이 세서 바위라도 들어 올릴 것 같았다. 또한 누구랄 것도 없이 정력절륜(精力絶倫), 실로 수명도 연장이 된다는 사실을 말로 전하여, 그 소문은 이 마을에서 저 마을로 퍼져나갔다. 그와 동시에 원래 빈털터리였던 이 남자는 차츰 부자가 되었고 어디어디 아무개라고 하면 다 알 만큼 부자가 되었다.

그런데 그 남자가 살고 있는 마을에 탐색을 좋아하는 젊은이가 한 명 살고 있었다. 그는, 저 자는 근래 눈에 띄게 재산을 불리고 있는데 아무래도 뭔가 비책이 있음에 틀림이 없어, 라고 하며 몰래 그 거동을 시종일관 엿보고 있었다.

어느 해 봄이 되자 늘 그랬던 것처럼 풀뿌리 장수는 마을에 돌아왔다. 이번에야 말로 그 자의 비책을 알아내야지 하고 벼르고 있던 젊은이는, 그 남자가 큰 상자를 보따리에 싸서 집에 지고 돌아온 것을 확인하고, 밤이 새기를 기다렸다가 몰래 그 집에 숨어들었다. 그리고 온돌방 구석에 소중하게 놓여 있는 그 커다란 상자의 뚜껑을 열어 보았다. 그랬더니 놀랍게도 맙소사! 그 안에는 벌거벗은 아기가 한 가득 빼곡하게 들어차 있는 것이 아닌가? 간이 콩알만 해진 젊은이는 뚜껑을 닫는 것도 잊고 도망을 쳐서 집으로 돌아갔다.

그러나 집에 돌아와서 두근거리는 가슴을 가라앉히고 보니, 아무래도 그 벌거벗은 아기가 심상치 않다는 생각이 들었다. 다음날 아침 시치미 뚝 떼고 내게도 그 영초(靈草)를 하나 팔지 않겠는가 하고 그 남자에게서 하나 샀다. 그리고 그것을 물을 충분히 넣은 병에 꽂

아두었다. 그랬더니 아니나 다를까! 날이 감에 따라 그것은 차차 아기로 변하는 것이었다.

이것은 나 혼자서 판단할 수 없다. 어쨌든 윗분에게 말씀을 드려야겠다 라고 생각이 미친 젊은이는, 겁이 나기는 했지만 그 지방 군수에게 자초지종을 자세히 아뢰었다. 자초지종을 들은 군수는 몹시 괴이하게 여겨 당장 그 풀장수를 잡아들였고, 그런 풀을 어떻게 손에 넣게 되었는지 엄하게 심문했다.

풀장수는 이제는 어쩔 수 없다고 체념을 했는지, 저는 지금까지 돈을 벌기 위해 많은 아기를 죽이는 말도 안 되는 나쁜 짓을 저질렀습니다. 진심으로 죄송합니다, 라며 얌전하게 고개를 숙이고 처벌을 원하는 것이었다. 그러나 덧붙여 말하기를, 그 방법이나 수단을 말씀드리면 이제부터 저를 흉내내어 나쁜 짓을 하는 자가 생길 것이며 또한 얼마나 많은 아기들이 살해를 당할지 모르기 때문에 그것만은 자백을 할 수 없습니다 라고 했다. 군수는 법에 비추어 그를 극형에 처해 사형을 시켰다. 한편 그의 집을 구석구석 수색을 했지만 이렇다 할 만 한 단서는 나오지 않고, 딱 한 가지 낯선 풀이 하나 있었을 정도였다.

그러자 군수는 그 풀을, 신고를 한 젊은이에게 주어 재배하라고 명했다. 젊은이는 명령대로 그것을 밭에 심어 키웠는데 5년째에 싹이 나고 꽃이 피어 열매를 맺었다. 이것이 훗날 유명한 영약 인삼의 첫 발견이다.

또한 인삼이라는 이름을 붙인 것은 풀장수와 젊은이와 군수 셋의 손에 의해 처음으로 그 재배가 이루어진 데에서 유래한 것이다. 또한 처음으로 재배한 장소는 지금의 개성 부근이다.

자기 아이를 삶은 이야기

옛날 개성 부근에 남자가 한 명 있었다. 홀어머니를 모시고 효행을 게을리하지 않았다. 그 어머니가 어느 날 병에 걸렸고 마침내 중태에 빠져 당장 내일 어떻게 될지 모르게 되었다. 효심이 깊은 아들이기 때문에 기도와 부적은 물론 온갖 약을 구해 간호에 혼신을 기울였지만 전혀 효과도 없이 병은 점점 더 깊어만 갔다.

어느 날 스님 한 분이 어디선가 나타나 이 집에 찾아왔다. 그 행색은 실로 초라했지만, 용모나 태도에는 어딘지 모르게 범상치 않은 존엄함이 깃들어 있어 누구랄 것도 없이 저절로 머리를 숙이게 할

만큼 고상했다. 그 스님이 아들에게,

"자네 어머니의 병을 고칠 방법은 이제 없네. 유일한 방법이 있는데, 그것은 자네의 외아들을 삶아서 드리는 것이네."
라고 하는 말을 마쳤는가 싶더니, 순식간에 그 모습이 바람처럼 사라졌다.

그 스님의 충고에 따라, 재빨리 유일한 외아들이기는 하지만 삶아서 어머니의 약으로 삼으려고 했다. 하지만 부자지정이 있는지라 아이를 끌어안고 눈물을 흘리며 몇 번이고 주저하다 마침내 결심을 했다. 아이는 또 낳으면 된다. 홀어머니는 천지간 통틀어 한 분 뿐이다. 이렇게 마음을 정하고 곧 펄펄 끓는 가마솥에 아이를 집어넣고 뚜껑을 덮은 후 다 삶아지기를 기다렸다.

그때였다. 문밖에서 소리가 나며,

"아버님, 다녀왔습니다!"
라고 서당에서 달려오며 내던 늘 듣던 목소리. 그 목소리는 틀림없이 아까 삶은 자신의 아이 목소리였다. 참 이상한 일도 있다. 제 정신을 차리고 자세히 보니 목소리만이 아니라 그 모습도 틀림없는 정진정명 자신의 아이였다.

아주 이상해 하며 즉시 솥뚜껑을 열어 보니 그 안에는 커다란 아기모양의 인삼이 알맞게 고아져 있었다. 그것을 어머니에게 드리니 마침내 그 어려운 병에서 완쾌되었다.

산삼채취 기담

영평(永平)에 김 아무개라는 이가 살고 있었는데, 산삼을 캐서 생계를 유지하고 있었다.

어느 날 친구 둘과 함께 백운산 가장 깊은 곳, 도저히 보통 사람들은 갈 수 없는 곳까지 가서 산삼을 찾아다녔다.

어느 바위산 정상까지 올라가 멀리 내려다보니, 엄청난 절벽으로 마치 깎아지른 듯 했다. 그 밑을 자세히 보니 실로 많은 인삼이 군락을 이루고 있어 가히 장관을 이루고 있었다. 그것을 본 세 사람은 놀라 기뻐했지만, 공교롭게도 그 계곡 밑으로 내려갈 수 있는 길이 아무데도 없었다.

어찌 하면 좋을까 이리저리 머리를 짜내 봤지만, 백짓장도 맞들면 낫다고 마침내 한 가지 묘안이 나왔다. 즉 근처에 있는 풀을 베어 그것으로 삼태기를 짜고, 또 칡덩굴을 찾아내서 새끼를 꼰 후, 누군가 한 명을 그 삼태기에 태워 둘이서 계곡 밑으로 내려보낸다는 것이다.

김 아무개가 그 삼태기에 들어가 계곡 밑으로 내려가기로 결정하고 마침내 조용히 새끼줄을 꼬기 시작했다. 바위 밑에 도착한 그는 산삼을 잔뜩 캐서 십 몇 개의 묶음을 만들어 삼태기에 담았다. 그러면 그것을 위에 있는 두 사람이 끌어올렸다.

그렇게 몇 번을 반복하자 이제 남은 인삼도 얼마 없게 되었다. 그러자 위에 있던 두 사람 사이에 밀담이 성립하여, 둘이서 이 많은 인삼을 나눠 갖으면 세 명이서 몫을 나누는 것보다 더 부자가 될 수 있는 게 아닌가 하게 되었고, 어차피 계곡 밑에 있는 놈은 사방이 절벽이라 위에 올라오지도 못 할 것이니 굶어죽든가 호랑이나 이리에게 물려 죽을 것이라며, 결국 삼태기를 버리고 김 아무개를 계곡 밑에 남겨둔 채 도망을 쳐버렸다.

하여, 계곡 밑에 있는 김 아무개는 아무리 신호를 보내도 삼태기를 올려줄 기색은 없고, 줄을 잡아당겨 보니 힘없이 줄줄 흘러내려 버렸다. 아, 속았구나 이익에 눈이 멀어 친구도 버리는 지독한 놈들이라며 이를 악물어 보았지만, 이제 어찌할 도리도 없었다.

앞을 보아도 뒤를 보아도 왼편이나 오른편이나 깎아지른 듯한 절벽으로, 그 높이는 백여 길이나 될 것 같았기에, 날개라도 돋아나지 않는 한 도저히 인간의 힘으로는 이 계곡에서 벗어날 수 없었다. 체념에 눈을 감아 보았지만 먹을 것도 없고 허기를 견딜 수가 없었다. 단지 얼마 남지 않은 인삼을 캐서는 우적우적 씹어 먹을 뿐이었다. 하지만 그렇게 해서 겨우 4, 5일을 지나자 뭔가 심신이 매우 가벼워진 듯한 느낌이 들었다.

밤에는 작은 동굴을 찾아 그 안에서 이슬을 피하며 어떻게든 빠져나갈 방법이 없을까 하고 천신만고했지만 몸뚱이 하나로 할 수 있는 방법은 없어 보였다.

어느 날 바위 꼭대기를 올려다보고 있자니, 마치 비바람이 몰아치려는 듯이 초목이 쉭쉭 흔들리는 소리가 나더니 커다란 이무기 한 마리가 나타났다. 그 머리는 그야말로 네 말 짜리 술통 같고 눈은 형형하여 횃불처럼 번득였다. 그 놈이 암벽을 구불구불 몸을 비틀며 위에서 밑으로 내려오는 것이 아닌가?

김 아무개는 그것을 보고 몸도 마음도 움츠러들었지만, 그래 어차피 이곳에서 죽어야 한다면 허기진 눈을 하고 굶어죽기 보다는 눈 딱 감고 뱀 뱃속에서 성불하는 것이 더 나을지도 모른다고 고쳐 생각하니, 이제 마음도 안정이 되고 태연자약하게 바위 위에 앉아 있을 수가 있었다.

마침내 이무기는 계곡 밑에까지 내려와서 그의 옆까지 왔지만 그의 옆을 쓱 지나, 앞에 발처럼 나와 있는 암벽을 향하고는 꼬리를 그의 앞에 놓고 살랑살랑 흔들 뿐 위해를 가할 기색이 없었다.

그래서 그는 생각하기를, 이 이무기는 사람을 봐도 물려는 생각이 조금도 없다, 게다가 내 앞에서 아무래도 자기를 타라고 하기라도 하는 것처럼 꼬리를 흔들고 있다, 어쩌면 나를 구해 줄지도 모른다, 어차피 내 목숨은 끝이라고 포기했으니까 해 보는 데까지 해 보자. 라고 하며 자기 허리춤에 있던 허리띠를 풀어 뱀꼬리에 단단히 묶고 자신 역시 그 위에 걸터앉아 끈을 꼭 잡고 있었다.

그러자 이무기는 순식간에 바위 위를 향해 기어올랐고, 그의 신체는 마침내 정상에 달했다. 그리고 이무기는 그대로 숲속으로 모습을 감추어 버렸다. 그렇다면 저 이무기는 신물(神物)이었던 것인가 라고 생각하며 삼배구배하고 마침내 왔던 길을 더듬어 산을 내려갔다.

그런데 도중에 우연히 커다란 나무 밑에 전의 그 친구 둘이 앉아 있는 것을 발견했다. 그것을 바라보며 김 아무개는,

"자네들 여태 여기서 무엇을 하고 있나?"
라고 외쳐 보았지만 아무 대답도 하지 않았다. 가까이 다가가 자세

히 보니 두 사람 모두 죽은 지 여러 날이 지난 것 같았다. 게다가 가지고 돌아가던 인삼은 하나도 없어지지 않았다. 어떻게 하다가 이런 곳에서 죽은 것일까, 김 아무개는 도저히 알 수가 없었다.

어쨌든 서둘러 산을 내려와 두 친구 집을 찾아가서,

"우리 세 사람이 인삼을 잔뜩 캐서 집으로 돌아오는 도중, 갑자기 두 사람은 병이 나서 죽어 버렸습니다. 어쩌면 뭔가 독이 든 것을 먹었는지도 모릅니다. 참 안타까운 일이지만 캐 온 인삼은 셋이서 똑같이 나누기로 하죠. 나 혼자 가질 수는 없습니다."

라고 두 사람의 식구들에게 나누어 주어 그것으로 장례식 비용을 치르게 하고, 사실은 아무에게도 말하지 않았다.

두 집안 모두 김 아무개의 평소 사람됨을 알고 있기 때문에, 아무도 조금도 의심하지 않고 산에서 시체를 거두어 후히 장례를 치렀다.

그 후 김 아무개는 나이가 구십이 넘어도 매우 건강하고 마치 장년 같았다. 자식도 다섯이나 생겼는데 모두 출세를 하고 자손이 번창하기가 근방에 유례없는 바였다. 마침내 백 살이 거의 다 되어 죽을 때가 임박했음을 알게 되었을 때 비로소, 그는 그 사실을 자식들에게 이야기하여 들려주었다.

"한 인간이 죽고 사는 것은 모두 천신의 뜻에 있는 것이다. 너희들도 절대로 나쁜 마음을 먹어 신을 노하게 하여 그 두 사람처럼 한 심한 꼴을 당해서는 안 될 것이다."

라고 단단히 일러두었다는 것이다.

인삼에 홀린 이야기

옛날 전라도 동복(同福)이라는 곳에, 근방에서 이름난 미인 처녀가 있었다.

그 처녀를 차지하려고 수많은 젊은이들이 기를 쓰고 추파를 던졌다. 무엇보다도 당시 조선은 아직 유교도덕이 확고해지기 전의 일이었고, 일본도 옛날 책에 '옛날 한 남자가 있었다. 모 여자에게 다녔다……' 운운 하는 부분이 있는 것처럼, 결국 언젠가부터 그 처녀의 집에도 미남 한 명이 매일 밤마다 찾아와서 미인 처녀와 떼려야 뗄 수 없는 사이가 되었다.

그런데 신기하게도 밤늦게 찾아왔다가 새벽에 떠나는 것은 그렇다 치더라도, 어디서 와서 또 어디로 가는지 처녀가 아무리 물어 봐도 도무지 알 수가 없었다.

처녀는 기쁘고 즐겁기는 하지만 그 남자가 대체 누구인지 모른다는 사실이 좀 마음에 걸렸고 왠지 꺼림칙한 생각이 없지 않아, 마침내 어느 날 그 사실을 아버지에게 털어놓았다.

이야기를 들은 아버지는, 그럼 좋은 생각이 있다, 앞으로 그 남자가 오면 바늘에 실을 꿰어 두었다가 그 남자의 옷자락에 꿰매어 두면 될 것이라고 딸에게 가르쳤다.

그러면 되겠네요, 라고 팔짝 뛰며 기뻐한 처녀는 어디 한 번 깜짝 놀라게 해 줘야지 라고 장난기가 발동하여, 그 날 밤 아버지가 가르쳐 준 대로 해 보았다.

다음 날 아침이 되자, 처녀의 아버지는 그 실을 따라가 보았다. 그러자 그 실은 사람이 사는 동네가 아니라 산속으로 자꾸자꾸 들어갔고 마지막으로 닿은 곳은 수목이 우거진 깊은 산속이었다. 그곳에서 세상에서 가장 진귀하다는 천년 묵은 산삼이 하나 발견되었다. 이것 참 대단한 것을 발견했다고 기뻐하며 그것을 캐서 시장에 내다 팔아 큰돈을 벌었다.

물론 그 뒤로 미인 처녀를 찾아오던 미남청년의 발길은 뚝 끊어졌다. 사랑이 돈으로 둔갑하면 연정도 없어지는 법이다.

인삼을 잘 못 먹어 선인이 되다 만 이야기

연산군 시대에 학식과 덕행으로 세상에 명망이 높은 성현[10]이, 아직 세상에 잘 알려지지 않았을 무렵의 이야기이다.

어느 날 말을 타고 교외로 놀러 갔다. 피곤해서 말에서 내려 청류(淸流)에 임한 어느 나무 그늘에 앉아 주변 경치를 바라보고 있자니, 그곳에 또 한 명의 나그네 풍 노인이 나귀를 타고 찾아왔고, 그 또한 근처에서 말을 내려 한 숨 돌리고 있었다.

성현이 노인의 모습을 보니, 얼굴이나 용모가 몹시 고상하고 또 위엄도 있어서 이는 보통 사람이 아닐 것이라고 생각하여 경의를 표하여 인사를 했다.

그럭저럭 하는 사이에 노인은 수행을 하는 아이에게 일러 조반을 준비하게 했다. 아이는 가지고 있던 보따리를 풀어 사발 두 개를 노인 앞에 내놓았다.

무심코 그것을 보고 있자니, 놀랍게도 사발 한쪽에는 빨간 피가 가득한데 그 안에 올챙이들이 우글우글 헤엄을 치고 있었고 또 한쪽에는 어린아이를 쪄서 푹 익힌 것이 들어있었다.

게다가 경악하여 눈이 휘둥그레진 성현에게 그 노인은

10 성현(成俔, 1439~1504). 조선 초기의 학자.

37

'어떤가 자네도 함께 먹지 않겠나' 하고 권하는 것이었다. 그는 질려서 구역질을 참으며, '저는 못나게도 먹어보지 않은 음식은 잘 못 먹는 성질입니다. 부디 용서하십시오' 라고 거절을 했다. 그러자, 노인은 '그러면 실례하겠소' 하고는 느긋하게 아무렇지도 않은 듯 그것을 먹어치웠다.

아무래도 너무 의아해서 견딜 수 없는 표정을 짓고 있던 성현은, 아이가 심부름을 하러 가는 것을 옳다구나 싶어 그 뒤를 따라가서, '저 노인은 대체 누구요' 라고 물었다. 아이는 그저 퉁명스럽게 '난 모르오' 라고 대답할 뿐이었다.

"자기가 수행하는 주인의 이름을 모를 리가 없지 않소?"

"난 단지 길에서 도중에 만나 수행을 하는 것 뿐이니 모르오."

"그럼 언제부터 수행을 했소."

"천보(天寶, 742~756) 14년부터이니 오늘까지 몇 년 지났는지 그것은 잘 기억 못하오."

"그럼 한 가지 더 묻고 싶은 것이 있는데, 아까 노인이 먹고 있던 그것들은 무엇이오?"

"아 그것은 채지(菜芝)와 인삼이오."

그 이야기를 들은 성현은 깜짝 놀랐다. 그럼 아까 그 음식은 선인들이 먹는다는 오지(五芝) 중의 하나인 채지와 영초인삼이었단 말인가? 그런 줄도 모르고 먹으라고 권한 것을 딱 잘라 거절을 하다니, 얼마나 아까운 짓을 한 것인가 하며 몹시 애석해 했다.

이윽고 아까 그 자리로 돌아왔지만 아무래도 단념을 할 수 없어서,

"아까는 매우 실례되는 말씀을 드렸습니다만, 실은 드시고 계시는 것을 보고 있자니 어쩐지 먹고 싶은 생각이 들어서요. 염치없는 말씀입니다만 아까 드시다 남은 것이라도 좀 주실 수 없으신지요?"

노인은 그 이야기를 듣고 아무 일도 아니라며 아이를 불러 아까 먹다 남은 것은 어떻게 했냐고 물어 보았다. 그런데 아이는, 배가 고파서 다 먹어 버렸습니다 라고 대답했다. 천하의 성현도 더 이상은 무리한 요구를 할 수도 없어 아쉬워하고 있는데, 마침내 노인은 나귀를 타고 다시 출발했다.

성현도 말을 타고 그 뒤를 따라갔지만 노인이 아이에게 하는 말을 들으니, '이제부터 충주에서 점심을 먹고 저녁에는 조령을 넘자' 라고 하는 것이었다. 그리고 노인은 매우 천천히 느긋하게 나귀를 몰고 있는 것 같았다. 그런데 성현은 준마이기도 하고 게다가 그것을 재촉하여 질주를 했지만 아무래도 이상하게도 쫓아갈 수가 없었다. 마침내 어디로 떠났는지 시야에서 그 모습을 놓쳐 버리고 말았다.

성현은 집에 돌아와서도 천년 묵은 인삼을 먹을 기회를 놓쳐서 선인이 될 뻔한 기회를 놓쳐버린 것을 되새기며 억울해하지 않을 수 없었다. 또한 그 노인은 당(唐)의 여진인(呂眞人)이라는 선인이며, 그 사람은 천보(天寶) 14년에 태화(胎化)—선인이 되는 것—했음을 여러 가지 조사 끝에 알게 되었으나, 때는 이미 늦었다.

신선을 얼러 인삼을 얻은 이야기

옛날에는 인삼값이 매우 비쌌지만, 죽을 지경에 이른 환자가 있을 때는 재력이 있는 사람들은 돈을 아끼지 않고 그것을 구해 복용함으로써 그 영험한 효력으로 구사일생 살아날 수 있었다. 그러나 가난한 자들은 그것을 손에 넣을 수가 없어서, 결국 병사를 하면 그 유족들은 하다 못 해 이렇게라도 해야지 하며 인삼을 파는 곳에 가서 사용료를 내고 인삼을 빌려다가 죽은 자의 관 위에 올려 놓았다가 장례식을 마치면 그것을 다시 돌려 주는 일도 있었다.

그 정도로 인삼은 고가였기 때문에 그것 한 뿌리를 찾아 횡재를 하고자 너도나도 인삼을 캐기 위해 덧없는 인생을 소비하는 자가 많았다.

경상도 창원군청의 사동 중에 최원길(崔元吉)이라는 자가 있었는데, 그 자도 그런 사람들 중의 하나로, 종종 산에 들어가 인삼을 찾아다녔지만 아직 한 뿌리도 캐지 못 하고, 수년 동안 그렇게 지내는 사이 가산을 탕진할 지경에까지 이르렀다.

어느 날 최원길은 군수 앞에 나가서,

"산신령은 참으로 벽창호이십니다. 제가 알거지가 될 때까지 매년 공물을 바치며 기원을 했습니다만, 아직 단 한 뿌리도 주시지 않습니다. 부디 군수님께서 산신령님께 명령을 하시어 제게 인삼을 주라고 주선을 해주시길 부탁드립니다."

라고 했다. 군수는 그 이야기를 듣고,

"백성들한테라면 얼마든지 내가 명령을 내릴 수 있지만, 산신령님께는 전혀 내 말이 소용이 없네. 그건 내 소관이 아니네. 단념하게, 단념해."

라고 했다. 최원길은 거듭,

"황공하지만, 그것은 그렇지가 않습니다. 적어도 왕명을 받들어 군수로서 이 고을에 부임하신 이상, 군내의 것은 모두 군수님의 소관이라 할 수 있습니다. 설령 그것이 산신령이라 해도 이 고을에 있는 이상 군수님의 기치에는 복종을 해야 한다는 것입니다."
라고 아뢰었다. 군수는 차근차근 그 말을 듣고는 과연 그것도 일리
가 있군 하고 웃으며,

"좋네 좋아. 그러면 내 자네의 소원을 들어 주겠네. 나를 따라오게."
라고 그를 데리고 산신령이 있는 곳에 갔다. 그곳의 신목을 깎아,

> 모산 산신령 귀하
>
>   최원길의 소원을 가납하여 그에게 산삼을 줄 것을 명한다. 만약 이 명령을 듣지
> 않는다면, 내 관할 하에 있는 것을 허락지 않겠다. 속히 다른 곳으로 떠나야 한다.
>
>   창원군수 모 아무개

라고 쓰고 돌아갔다.

   그 후 최원길의 머리맡에 소복을 입은 기품 있고 성스러운 미인이
나타나서 이르기를,

   "나는 운동(雲洞)에 사는 선녀요. 당신에게 인삼을 주지 않은 것은
내가 미처 신경을 쓰지 못 하여 그리된 것이니 딱하게 생각하오. 내
일 운동 입구에 가보시오."

라고 하는가 싶더니 꿈에서 깨어났다.

　다음 날 아침 즉시, 그는 계시를 받은 장소에 가서 많은 인삼을 얻고 기뻐하며 군수에게 가서 자초지종을 고하고 충심으로 감사의 인사를 올렸다. 군수도 크게 기뻐하며,

　"나도 실은 어젯밤에 꿈을 꾸었다. 자네가 말한 것과 똑같은 선녀가 나타나서, '명령하신 일은 즉시 실행할 테니 그 게시문을 없앴으면 합니다. 오랫동안 살아서 정든 이 명산을 떠나는 것은 몹시 귀찮기 짝이 없는 일로 도저히 그렇게 할 수 없습니다' 라고 하고 모습을 감추었다."

라고 이야기했다. 그리고 군수는 즉시 그 게시문을 없앴다.

조선이야기 속의 여성

×

옛말에 내조(內助)라는 말이 있는데 어쩌면 내조가 오히려 내우(內憂)가 되는 경우가 종종 있다. 미련이 남는다는 말이 있는데 이는 강한 무사에게는 해당되지 않겠지만, '출진을 함에 부디' 라는 희곡 문구는 오히려 내우에 가깝다.

내지의 옛날이야기에는 한가쿠 도모에 고젠(板額巴御前)[11], 요도기미(淀君)[12], 가스가노 쓰보네[13] 등 남자 못지않은 훌륭한 여성도 있지만, 남편의 걸림돌이 된 여자들도 적지 않다. 조선에서도 드물게는 근세사에서 이채를 발하는 민비와 같은 여걸도 있지만, 대개는 효부나 절부형 여성이 칭송을 받는다.

11 한가쿠 고젠(板額御前, 생몰년 미상)은 헤이안시대(平安時代) 말기에서 가마쿠라(鎌倉時代) 시대 초기의 여성 무장. 한가쿠(坂額, 飯角), 도모에한가쿠(巴板額)라고도.

12 요도도노(淀殿, 1569?~1615. 6.4)는 도요토미 히데요시(豊臣秀吉)의 측실.

13 가스가노 쓰보네(春日局, 1579~1643.10.2)는 아즈치모모야마(安土桃山時代)에서 에도시대(江戶時代) 전기의 여성으로 에도막부 3대장군 도쿠가와 이에미쓰(德川家光)의 유모. 에도성의 기초를 닦은 인물이며 이에미쓰를 지지한 세 인물 중 하나. 근세 초기 정치가로서 유일한 존재이자 도쿠가와 정권의 안정화에 기여.

조선의 역사나 고기록에는 시대의 조류를 따라야 해서 그런지, 상당히 허구가 많기 때문에 어디까지가 진실인지 잘 알 수 없지만, 패사(稗史), 소설류를 봐도 효녀, 절부, 열부가 적지 않다. 조선에는 순리 상으로는 백성을 위한 정치는 없었다. 이렇게 말하면 조선 동포에게는 미안한 말인지 모르겠지만, 반만 년이 되어도 2천 년이 되어도 민속의 배경이 될 만한, 백성을 위한 좋은 정치라는 것은 없고 쟁탈 아니면 관직과 의관 쟁탈을 벌였고 백성은 끊임없는 채색(菜色)[14]으로 시달려야 했다. 정권쟁탈의 희생양이 되는 것을 감수했다, 아니 그보다는 어쩔 수 없이 정권에 끌려다닐 숙명을 지니고 있었다.

얼마 전 제정이 된 부여신궁어조영 성지에는 낙화암이라는 절부의 비사, 애사가 지금도 아름다운 이야기를 남기고 있다. 많은 궁녀들이 황궁의 멸망과 함께 애석하게도 그 꽃과 같은 아름다운 몸뚱이를 강물에 던져 강바닥에서 져버렸다. 이것은 유명한 이야기인데 그 궁녀들의 순정은 다른 이야기에도 나온다. 어떤 황제가 사화 내지 정권쟁탈전의 희생이 되어 영월로 유배를 가게 되었다. 그리고 왕도에서는 식량을 일체 보내주지 않았다.

금지옥엽의 황제가 삼시 세끼 먹을 밥이 없었다. 하루아침에 신세가 바뀌어 영락한 황제의 소식을 전해 들

14 굶주린 사람의 혈색 없는 누르스름한 얼굴 빛.

46

은 강 아래 사는 농부가 박에 음식을 담아 매일 띄워 보냈다. 그런
데 이 농부의 정성이 통했는지 박은 거꾸로 흘러 황제가 있는 곳에
다다랐다. 그것은 물론 정사적(正史的) 표현이 아니라, 이야기 식으로
과장을 한 것으로, 사실은 누군가 몰래 식사를 가져다 주었을 것이
다. 그러나 그 황제는 언제까지고 뜻을 이루지 못하고 불우하게 세상
의 희망을 버리고 목을 매어 죽어버렸다. 곁에서 모시고 있던 다섯
명의 궁녀들은 절벽 위에서 몸을 던져 순사했다. 그것도 낙화암이라
하여, 지나가는 사람의 옷소매를 적시는 이야기 거리가 되었다.

×

내지 역사에도 그렇고 규문사(閨門史)라는 것에도 그렇고 그 유명
한 헤이케(平家) 멸망의 단노우라(壇の浦)나 겐케(源家)의 도키와(常磐)15,
기타 여러 여성이 있지만, 아무래도 조선의 그것에 비하면 순정이
부족해 보인다. 참으로 우여곡절 많고 파란만장한 삶이다.
　부여나 영월 모두 궁녀이야기였고, 생활환경 상 영월
의 낙화암 비화는 그렇게 할 수 밖에 없었다고 할 수 있
겠지만, 세상 이야기에 흔한 정녀 절부의 형태도 거의

15 도키와 고젠(常盤御前, 1138.~
　몰년 미상)은 헤이안시대 미나
　모토 요시토모(源義朝)의 측실.

47

비슷한 형태임은 양국 여성사를 연구하는 자가 주의할 점이라 생각한다.

$$\times$$

이것도 어디까지 진실인지 모르겠지만, 당시 조선 여성을 말해 주는 이야기가 있다.

연산군조라고 하면 사화, 봉기로 인해 나라가 편안할 날이 없는 때였다. 당시 조정에서 차관과 같은 위치에 있던 이장곤(李長坤)이라는 사람이 있었다. 사화로 인해 쫓겨나 지방으로 망명을 했다. 겨우 목숨을 부지하여 보성지(寶成池)라는 곳까지 갔는데 밥을 먹을 곳도 없고 너무 목이 말라 한 발짝도 움직일 기력이 없었다. 가만히 둘러보니 조금 떨어진 냇가에 물을 긷는 여자의 모습이 눈에 띠어, 물을 마시게 해 달라고 부탁했다. 그러자 여자는 호리병박으로 물을 떠서 버드나무 잎을 띄워 주었다.

장곤은 왜 이렇게 버드나무 잎을 띄워 주느냐고 물었다. 그러자 여자는 너무 목이 마를 때 급하게 물을 마시면 배탈이 나니까, 조금씩 천천히 마시라고 버드나무 잎을 띄운 것이라고 참으로 세심하게 주의를 주었다. 그 말을 듣고, 이런 시골구석에 묻혀있는 여자 치고는 참 세심한 여자라고 생각했다. 그 물을 마시고 피곤한 몸을 좀 쉬어 기운을 차린 후, 두 세 번 문답을 하는 동안 그 여자가 유기제조를 업으로 하는 가난한 시골사람의 딸임을 알고 한동안 그 유장(柳匠, 유기제조공)의 집에 몸을 숨기기로 했다. 마침내 참으로 자연스럽게도 장곤은 그 처녀를 아내로 맞이하여 그곳에서 동거를 하게 되었다.

×

그런데 조정의 대관이었던 자가 유장을 도울 수도 없고 해서, 매일 낮이나 밤이나 누워 있을 수밖에 없었다. 유장인 장인이 애물단지라며 불평을 하는 것도 어쩔 수 없는 일이다.

"자네를 사위로 맞이한 것은 유기 일을 돕게 하려 한 것인데 아침부터 밤까지 누워 있기만 하고, 게다가 밥만 축내며 아무 도움도 되지 않는 식충이네. 오늘부터 밥을 반으로 줄일 테니……"
라고 하는 것은 너무나 당연한 말. 그러나 아내가 된 그 처녀는 딱하게 생각해서 몰래 밥솥 밑에 눌어붙은 누룽지를 적당히 꿍쳐 갖다 주곤 했다. 그 밥솥의 누룽지로 그럭저럭 때우는 동안 세월은 흘러 3년이 지났다.

중앙에서는 정치 개혁이 일었고 전에 추방을 당한 신하들을 복직시키기 위해 망명자의 행방을 찾는다는 풍문이 돌았다. 그 소식을 들은 장곤은,

"이번에 유기를 납품할 때는 제가 갈 테니까 저를 보내 주십시오."
라고 장인에게 부탁을 했다. 장인은,

"무슨 말인가? 자네처럼 먹고 자는 것 밖에 모르는 멍충이가 그일을 어떻게 하겠는가? 내가 가도 납품을 할 수 있을까 말까 한데 미치기라도 했는가?"
라고 아주 쌀쌀맞게 거절을 했다. 곁에서 듣고 있던 아내가, 어쨌든 한 번 가게 해 주세요 라고 자꾸 부탁을 하니, 장인도 고집을 꺾고 허락을 했다.

×

장곤은 유기를 지고 궁궐을 찾아갔다. 궁궐문을 들어서자 그는

"유기장이 납품을 하러 왔습니다."

라고 크게 외쳤다. 잠시 후 검사관이 왔다. 그 관리는 장곤이 예전에 궁궐에 출사할 때 친하게 지내던 사이로, 유장의 모습을 보고 놀라서,

"지금까지 어디에 숨어 지냈는가? 조정에서는 사방팔방으로 손을 써서 찾고 있었다네."

라고 당장 술과 안주를 내오게 하고 오랜만의 해후를 축하해 주었다. 장곤은, 누명을 쓰고 망명을 한 이래, 지방의 유장 집에 숨어 있었으며 그럭저럭 목숨만은 부지해 왔으나 다시 세상에 나오게 되리라고는 예기치 못했다며, 손을 부여잡고 기뻐했다. 검사관은 그 사정을 즉각 위에 보고했고 당장 상경하라고 권유를 했다. 하지만 그는, 유장의 집에서 3년이나 신세를 졌고 특히 조강지처라고 할 만한 부인에게도 고별을 하고 싶으니 다시 상경하겠다는 뜻을 전하고, 유장의 집으로 돌아갔다.

집에서는 장인이, 유기를 순조롭게 상납했다는 이야기를 듣고 멍청한 식충이도 가끔은 도움이 된다고 행각했다.

"서당개 삼년이면 풍월을 읊는다고 그렇게 깔보기만 할 사위는 아니군, 그럼 오늘 저녁부터는 밥을 두 세 배 더 줘라."

그리고 다음 날 아침이 되자, 장곤은 누구보다 일찍 일어나서 마

당을 청소하기 시작했다. 장인은

 "허참, 이거야 원. 해가 서쪽에서 뜨겠군."

하며 놀렸지만, 마당 청소가 끝나자 이번에는 마당에 멍석을 깔았다. 장인은 점점 더 이상하게 생각해서,

 "자네 혹시 미친 것 아닌가, 대체 오늘은 왜 이러나?"

라고 다그쳤다.

 "실은 오늘 궁궐에서 관리들이 많이 오실 거라서 멍석을 깔아 깨끗하게 해 두는 것입니다."

 "궁궐 관리라구? 바보 같은 소리 말게. 이런 집에 관리들이 왜 오시겠는가. 자네 말일세. 어제 유기를 납품했다고 하더니 그것 거짓말이지? 어디 길바닥에 버린 게 틀림없어. 이 거짓말쟁이."

라고 소리 소리를 지르고 있었다. 그런데 바로 그 때 궁궐 관리들이 위풍당당하게 밀려들어왔다. 그것을 본 장인은 사색이 되어 뒤껼 울타리 뒤로 도망을 쳤다.

 장곤은 관리와 인사를 하고 시키는 대로 아내도 소개를 했다. 그런데 그 아내는 몸에 아름다운 옷을 걸친 것은 아니지만 인사를 하는 동작과 말씨가 이런 시골 유장집 딸이라고는 할 수 없게 빈틈이 없어서 궁궐의 관리들도 깜짝 놀랐다.

"장곤 학사는 오랫동안 역경에 처해 고생을 했으나, 당신의 정절 덕분에 오늘 이런 기쁜 날을 맞이하였습니다. 축하드립니다."

"그렇게 말씀하시니 송구스럽습니다. 미천한 소첩이 군자를 곁에서 모시는 것은 아까운 일입니다. 그렇게 훌륭한 분이라고는 생각도 못 하고, 오늘날까지 실례를 했습니다. 나으리들께서 오늘 이 누추한 곳까지 찾아주신 것은 광영이라 말씀드리는 외에 달리 드릴 말씀이 없습니다. 깊이 감사드립니다……"

라고 아내는 인사를 했다. 그러자 관리들은 준비해 온 술과 안주를 풀어 울타리 뒤에 숨어있던 유장 부부를 불러 사위를 잘 봤다며 극진하게 대접했다. 그 급작스런 일을 전해들은 이웃들이 사방에서 유장 집 앞으로 몰려들어 때 아닌 광경을 연출했다. 그곳에서 한 차례 의례가 끝나자 장곤은,

"이 아내는 미천한 자의 딸이지만 한 번 부부의 연을 맺은 이상, 여기에 버리고 갈 수는 없습니다. 그러니 아내를 위해 가마를 하나 마련해 주시오."

×

만사 예정대로 순조롭게 진행되어 장곤부부는 영광스러운 상경길에 올랐다.

한양에 도착하자 주상은 망명중의 근황을 상세히 들으시고, 처녀는 태생은 천하지만 남자도 미치지 못 할 조강지처의 뜻을 지녀 천첩으로서는 아까우니 정부인으로 맞이해야 한다, 라고 말씀하셨다. 경사스럽게 해로의 연을 맺고, 그 후 높은 벼슬에 올라 많은 자녀를 낳아 일문이 번성하였다.

이 이야기 하나를 통해 생각할 수 있는 것은, 아무래도 반쯤은 만들어진 이야기이겠지만 부녀자의 정조, 내조자로서의 조선부인을 상당히 높이 사고 있음을 추측할 수 있다는 것이다.

이와 같은 이야기에서는 앞서 말한 낙화암 비화와 마찬가지로 내조의 힘을 모두 높이 평가하고 있다. 부녀자라는 것을 일종의 천한 취급을 해야 하는 것으로 생각하는 조선습속의 통념에서 특히 그 정절, 내조를 높이 사고 있는 것은 남성 횡포의 죄값이자 진부한 관념의 소산이라 할 수 있을 것이다.

남존여비 사상은 내지도 마찬가지이지만, 조선에서는 특히 노예

시한 역사가 있다. 조선에도 내지와 같은 엄처시하 형 부인이 없는 것은 아니지만 대개 조선 부인은 억울하게 내방에 틀어박혀 자유를 구속당했다. 시어머니의 시집살이도 견디고 남편의 횡포도 울며 감수해야 하는, 가족제도와 사회풍습 사이에 놓여 말하자면 평생을 불우한 입장에 처해 있었다.

그런 환경에 놓여 있었기 때문에 어쩌다 그 인습의 굴레를 벗어날 수 있는 자는 절부가 되고 열녀가 되고 효녀가 된 것은 아닐까? 조선의 지방에 가면, 마을 한 편에 효자라든가 열녀, 절부의 송덕비가 있다. 내지에서는 별로 눈에 띠지 않지만, 조선에는 많다. 그것은 내지에 절부, 열녀, 효녀가 없어서가 아니라 오히려 그런 이상한 형태의 여성이 높이 평가를 받는 만큼, 조선에는 그런 종류의 여성이 많기 때문일 것이다.

이야기를 통해 보면 여성의 귀감이 될 만한 부인전은 풍부한 것 같아도 실은 드물다. 그것을 거꾸로 생각해 보면 조선의 여성은 평범한 여성뿐인 것 같다. 사실 그럴 지도 모른다는 것은 고래의 민속, 사회조직이 분위기를 그런 결과로 이끈 것일 것이다.

(필자: 『국민신보』 고문)

말에 실려간 신랑, 의인 염 씨와 새색시

은 이백십삼 냥

염시도(廉時道)라는 군의 관리가 있었다. 집은 경성의 수진방(수송동)에 있었고 천성이 성실하고 욕심이 없어서 허(許) 대감[16]이 신뢰하며 아끼고 있었다. 어느 날 허 군은 시도에게,

"내일 아침에 심부름 시킬 일이 있으니 일찍 와 주게."

라고 분부했다. 그런데 시도는 그 날 밤 친구들과 한 잔 하고 잤기 때문에 날이 밝은 줄도 모르고 늦잠을 잤다. 깜짝 놀라 벌떡 일어나 달려갔다. 제용감(濟用監)[17] 저택 근처 길가 언덕 위에 고목이 한 그루 있었는데, 그 나무 밑 풀섶에 파란 보따리 하나가 떨어져 있는 것이 얼핏

16 허적(許積, 1610~1680)을 말함. 조선 중기의 문신. 호조판서, 병조판서를 지내고, 우의정, 좌의정을 거쳐 영의정까지 올랐다.

17 조선시대 왕실에 필요한 의복이나 식품 등을 관장한 관서.

눈에 들어왔다. 가까이 가서 보니, 꼭꼭 싸여 있는 것이 들어올려 보니 꽤 무겁다. 무엇인지 모르겠지만 어쨌든 손에 들고 사직동에 있는 허 군의 집에 가서 늦게 간 것을 사죄했다. 허 군은,

"벌써 다른 사람에게 시켰으니, 자네는 이만 됐네."

라고 해서, 시도는 자기 방으로 물러나 파란 색 보따리를 풀어 보았다. 그러자 은화 이백삼십 냥이 나왔다.

×

그는 깜짝 놀랐다. 이거 아주 큰돈이군, 잃어버린 사람은 얼마나 걱정을 하고 있을까, 잠자코 가지고 있을 수는 없다, 특히 까닭도 없이 큰돈을 버는 것은 평민으로서는 달갑지 않은 일이다, 아무래도 집에 가지고 갈 수는 없다. 라고 생각했다. 그래서 그것을 허 군의 방에 가지고 가서 그 이야기를 하니,

"자네가 주운 것을 내가 받을 수는 없네. 자네도 갖지 않는 것을 내가 어찌 받겠는가?"

라고 해서 시도는 할 수 없이 다시 가지고 돌아갔다. 그러자 곧 허 군이 다시 사람을 시켜서,

"이삼일 전에 들은 이야기인데, 병조판서의 말 값이 이백 냥인데, 광주에 있는 부원군(府院君)¹⁸이 그것을 산다던가 하는 소문이 있었네. 그 돈이 아닐까 하네. 자네가 가서 물어보고 오게."
라고 했다. 당시 병조판서는 청풍군 출신의 김공¹⁹이었다.

×

다음 날 시도는 김공의 집에 가서 물었다.
"댁에 뭔가 잊으신 물건이 없으신지요?"
"딱히 집히는 데는 없네만."
라고 김공은 대답했지만, 급히 집사를 불러,
"하인 아무개에게 말을 데려가게 했지? 벌써 이틀이나 되었는데 왜 아무 기별이 없는가?"
라고 물었다. 집사는,
"그 놈이 뭔가 잘못을 저질렀는지 방안에서 나오질 않습니다."
라고 대답했다. 김공은 화를 내며,
"대체 무슨 일이냐, 괘씸하구나. 당장 끌고 오너라."

18 조선시대 임금의 장인 또는 친공신(親功臣)에게 주던 작호.
19 김석주(金錫胄, 1634~1684)를 말함. 조선 후기의 문신. 본관은 청풍. 자는 사백(斯百). 호는 식암(息庵). 영의정 김육(金堉)의 손자. 병조판서 김좌명(金佐明)의 아들.

59

라고 명령했다. 집사는 하인 한 명을 잡아 와서 마당 앞에 무릎을 꿇게 했다. 하인은 공손히 머리를 숙이고,

"이 놈은 당치도 않게 큰 죄를 지었습니다. 죽여 주시옵소서."
라고 했다. 김공은 그 까닭을 물었다.

"이 놈은 분부대로 제동 광성(광주)군 댁에 가서 말 대금을 받았습니다만, 도중에 그것을 잃어버렸습니다."

그 말을 듣고 김공은 크게 노했다.

"이 거짓말쟁이, 네 놈은 이렇게 말하고 어딘가 그 돈을 숨겨 놓았겠지? 뻔뻔스런 놈 같으니라구."
라고 당장 큰 몽둥이를 가져오라 해서 곤장을 치려했다.

×

그 때까지 가만히 입을 다물고 보고 있던 시도는 순간 곤장을 잠시 멈추게 하고, 그 돈을 잃어버린 경위를 이야기해 보라고 했다. 김공은 아 그런가 라고 하며 하인을 심문했다.

"말을 끌고 광성군 댁에 가니, 대감께서는 하인에게 명령하여 말을 달리게 해 보시고는, 과연 듣던 대로 훌륭한 준마구나 라고 칭찬

하셨습니다. 그리고 이 말은 네가 길렀느냐 라고 물으시길래 그렇다
고 아뢰니, 공은 감탄하시며 다른 집 하인 중에는 이렇게 훌륭한 자
가 있구나 라고 하셨습니다. 그리고 상을 줘서 보내야겠구나 하시
며, 너는 술을 좀 할 줄 아느냐 라고 말씀하셨습니다. 예 라고 대답
을 했습니다. 그랬더니, 대감께서 큰 사발을 가지고 오라 해서 감홍
주20를 따라 주셔서 몇 잔 마셨습니다. 그리고나서 금 이백 냥을 주
셨고, 또 그와는 별도로 십삼 냥을 주시며 이것은 네가 말을 훌륭하
게 키운 데 대한 상이니라 라고 말씀해 주셨습니다. 이 놈이 댁에서
물러나니 이미 해질녘이 되었습니다. 완전히 술기운이 돌아 제대로
걸을 수가 없었습니다. 얼마 안 있어 어딘지 알 수 없는 길가에 쓰
러졌습니다. 밤이 되어 종소리에 겨우 눈을 떴습니다만, 그 때는 이
미 어디서 잃어버렸는지 금이 없었습니다. 아무리 찾아도 나오질 않
았습니다. 이것이 이 놈이 지은 죄의 전부입니다. 죽을 죄를 지었다
고 생각해서 나오지 못 했습니다."

20 달고 센 술 이름.

×

하인이 고백을 마치자 시도는 처음으로 보따리를 줍게 된 사정을 이야기하고 그것을 돌려주었다. 봉인도 금의 개수도 없어진 것과 딱 맞아떨어졌다. 김공은 몹시 감탄했다.

"자네는 요즘 세상에 보기 드문 귀한 사람이네. 하지만 이 금은 일단 잃어버린 것이네. 절반은 자네에게 주겠네. 사양 말게."

시도는 웃으며 말했다.

"제게 욕심이 있었다면 말을 안 했을 것입니다. 알 리가 없지 않습니까? 하지만 제가 가질 것이 못 됩니다. 저는 오히려 늦게 돌려드려 죄송합니다. 상을 받을 일이 아닙니다."

×

김공은 듣고 있다가 퍼뜩 놀라 고쳐 앉더니 이제 상금에 대해서는 입에 담지 않았다. 몇 번이고 한숨을 쉬더니 술을 가지고 오게 해서 노고를 치하했다.

하인의 죄도 누명을 벗었기에, 시도는 그만 물러났다. 그러자 뒤에서 여자가 부르는 소리가 들렸다.

"잠깐만 더 계시다 가십시오."

뒤를 돌아보니 한 소녀가 있었다.

"무슨 일이신지요?"

"돈을 잃어버린 것은 제 오라비입니다. 나으리 덕분에 목숨을 건질 수 있었습니다. 어떻게 하면 은혜를 갚을까 하고 마님께 여쭈었더니 마님께서도 크게 감탄하시어 술상을 차려 주셨습니다. 그래서 다시 불렀습니다."

그렇게 말하고는 마루에 자리를 잡고 안에서 큰 상을 내왔다. 온갖 산해진미를 맛보고 시도는 몹시 배가 불러 집에 돌아왔다.

고승과 미소녀

그 후 경신년에 허공은 어떤 죄를 짓고 사약을 받았다. 시도는 약탕기를 들고 그곳으로 달려가 사약을 나누어 마시려고 하였으나 형집행자들에게 끌려나왔다. 허공은 죽었다. 시도는 몹시 비탄에 잠겨 무정함을 탄식하며 집을 나와 정처없이 산수를 찾아 떠돌았다. 친척

중에 어른이 있는 것을 생각해 내고 강릉으로 가 보았지만 몇 년 전에 출가하여 행방을 알 수가 없었다. 그래서 금강산에 들어가 표훈사(表訓社)를 찾았다. 그리고 절의 스님들에게 출가를 하고 싶은데 누군가 스승으로 모실 만한 고승이 안 계시냐고 물었다. 그랬더니 모두 하나 같이,

"묘길상(妙吉祥) 뒤에 있는 고암(孤庵)의 주지는 진정한 생불입니다."

라고 했다. 시도가 가보니 과연 스님 한 분이 한창 참선을 하고 있었다. 시도는 그 앞에 엎드려 목숨을 걸고 가르침을 따를 테니 부디 출가하게 해 주십시오 라고 정중하게 청했다. 스님은 듣는 둥 마는 둥 했다. 하지만 시도는 엎드린 채 몸을 일으키지 않았다.

✕

날이 저물자 스님은 갑자기 소리를 질렀다.

"선반 위에 쌀이 있다. 왜 밥을 지어 먹지를 않는가?"

시도는 명령하는 대로 따랐다. 그리고 다시 스님 앞에 엎드려 밤새도록 애원을 하였고 마침내 아침이 되었다. 그러자 스님은 다시 밥을 먹으라고 명령했다. 대엿새 동안 같은 일을 되풀이할 뿐 스님

은 다른 말은 한 마디도 하지 않았다.

×

시도는 슬슬 마음이 놓여 암자 밖으로 나와 어슬렁거려 보았다. 암자 뒤에는 초옥이 두 세 채 있었고 그 중에 한 군데를 들어가 보니 열대여섯 살 되는 소녀가 혼자 앉아 있었다. 그는 순간 정신이 팔려 비틀비틀 들어가서 소녀를 안으려고 했다. 그러자 소녀는 갑자기 가슴에서 단도를 꺼내 자해를 하려고 했다. 그는 깜짝 놀라 말리며 그 연유를 물었다.

×

"저는 외딴 마을에 사는 여자입니다. 오빠가 이 산에 들어서 출가하여 이곳 주지스님을 스승으로 섬기며 수행을 하고 있습니다. 그리고 어머니는 주지스님을 생불이라 믿고 계셔서, 어느 날 제 운명을 여쭤 봤습니다. 그랬더니 따님에게는 사 오 년 안에 큰 화가 있을 것입니다, 하지만 속세를 버리고 이 암자에 있으면 화를 벗어날 수 있고 더 나아가 좋은 인연도 만날 수 있습니다 라고 하셨습니다. 어머니는 그 말씀을 믿고 암자 뒤에 초옥을 지어 저와 둘이서 이렇게 두 세 해를 살 생각으로 있습니다. 어머니는 지금 잠깐 볼일이 있어 마을에 돌아가셨습니다. 그런데 지금 전혀 모르는 분께서 다그치셔서 죽을 뻔 했습니다. 이것이 주지스님께서 말씀하신 큰 화인 것일까요? 저는 어쨌든 부모님의 허락이 없으면 죽어도 뜻에 따를 수 없습니다. 하지만 생각하기에 따라서는 어쩌면 이것이 주지스님이 말씀하시는 좋은 인연이 아닐까 하는 생각도 듭니다. 이미 이렇게 가까운 사이가 되었으니 저는 다른 남자에게 시집을 가기는 싫습니다. 말씀에 따르겠다고 맹세하겠습니다. 하지만 어머니께서 돌아오신 후 모두에게 허락을 받아야 합니다. 괜찮으시겠지요?"

시도는 이야기를 듣고 아 그렇구나 하고 납득을 하고 헤어져서 암자로 돌아왔다. 스님은 여전히 계속해서 아무 말이 없었다. 그 날 밤에 시도는 소녀의 모습이 머리에서 떠나지를 않아 수행은 일찌감치 집어치우고, 다음날 아침 소녀의 어머니가 둘 사이를 허락했을 때의 일만 이리저리 생각하고 있었다.

✕

다음 날 아침 일어나자 스님은 그를 크게 나무랐다.

"이 얼마나 한심한 자냐. 남 훼방만 하고."

라 하며 육환장(六環杖)[21]을 집어들어 그를 때리려 했다. 시도는 당황하여 암자 밖으로 도망쳐 한참 동안 그대로 서 있었다. 마침내 스님은 그를 불러들여 처음으로 자상하게 타일렀다.

"자네의 모습을 보니 도무지 출가에 익숙해 진 것 같지가 않네. 암자 뒤에 있는 처녀는 앞으로 반드시 자네 사람이 될 걸세. 당장 여기를 떠나게. 주저하지 말고. 약간의 고난이 있겠지만 앞으로 자네는 개운을 할 것이네."

그리고 '이성득전(二性得全), 작교주연(鵲橋住緣)'이라는 여덟 글자를 써 주었다. 시도는 눈물을 흘리며 감사하다는 말을 하고 표훈사로 갔다.

✕

절에 도착하자 얼마 안 있어 포수들이 왁자지껄 찾아와서 다짜고짜 그의 손발을 묶어 말에 태우고는 쌩쌩

21 승려들의 필수품으로 고리 여섯 개 달린 지팡이.

달렸다. 며칠 안 있어 경성에 도착하자 감옥에 집어 넣었다. 그 까닭은 허공 사건에 연좌되어 친족에서 하인에 이르기까지 모조리 잡아 들이고 있었기 때문에 시도도 거기에서 벗어날 수 없었던 것이다.

×

심문장에는 여러 재상들이 죽 늘어서 있었고, 재판관으로는 청성군도 들어 있었다. 포졸이 시도를 잡아 법정에 데려왔는데 피고가 너무 많아 청성군은 시도를 알아보지 못 하고 간단한 조사를 마친 후 다시 감옥으로 되돌려 보냈다. 그런데 그날 청성군에게 점심상을 차려온 것이 전의 하인 김 아무개의 동생이었다. 그녀는 시도가 묶여있는 것을 보고는 깜짝 놀라 돌아가서 안방마님에게 고했다. 그러자 부인은 매우 불쌍히 여겨 재빨리 편지를 써서 부군에게 주의를 주었다. 청성군은 비로소 그 사실을 깨닫고 시도를 데려오게 해서 다시 조목조목 물어 보니 별 죄다운 죄도 없었다. 그래서,

"이 자는 원래 세상에 없는 의인으로 그 사람 됨됨이를 내가 잘 알고 있다. 반역에 가담할 사람이 아니다."
라고 하며 석방을 명했다.

68

시도가 옥문을 나서자 김 아무개는 새 의관을 들고 기다려 주었고 자기 집으로 데려갔다. 김 아무개는 성심성의를 다해 시도를 접대했고 게다가 노자돈에 말까지 준비해 주었다.

예언 적중

그 무렵 허 군의 조카인 신후재[22]가 상주 군수를 하고 있다고 듣고는 그를 찾아가야겠다고 생각했다. 그날은 마침 7월 7일로 견우직녀가 만나는 소위 오작성교(烏鵲成橋)의 날이었다. 군영내에 들어서자 그럭저럭 날이 저물었다. 그런데 어찌된 셈인지 갑자기 말이 몸을 흔들어 시도를 떨어내고 달리기 시작하더니 옆길로 가서 어느 마을로 들어가 버렸다. 그가 뒤에서 터벅터벅 쫓아가자 말은 이미 어느 집 마굿간에 묶여 있었다. 그리고 마당에서는 한 여자가 베를 짜고 있었다. 그곳을 지나 마구간에 가서 고삐를 잡으려 했다. 그러자 한 노파가 집에서 나왔다.

"왜 말을 풀어 놓으려 하시나? 이제야 겨우 올 곳에 왔구먼."

22 신후재(申厚載, 1636∼1699). 조선 후기의 문신. 본관은 평산(平山). 자는 덕부(德夫), 호는 규정(葵亭)·서암(恕庵). 여길(汝吉)의 증손으로, 할아버지는 호조정랑 상철(尙哲)이고, 아버지는 현감 항구(恒耇).

시도는 그 뜻을 알 수가 없어 어리둥절했다. 머리를 숙이고 까닭을 물었다.

×

"처음 뵙겠습니다. 당신이 무슨 말씀을 하시는 것인지 잘 모르겠습니다만. 올 곳에 왔다는 게 무슨 뜻인지요?"
노파는 그에게 앉으라고 했다.
"그 까닭을 말씀 드리지요."
그 때 방안에서 얼핏 여자가 흐느껴 우는 소리가 흘러 나왔다.
"왜 우느냐? 응? 기뻐서 우는 것이냐?"
노파가 그렇게 말을 하니 시도는 더욱더 기괴한 생각이 들어 견딜수가 없었다.

×

"당신은 작년에 금강산의 작은 암자 뒤에서 한 소녀를 만나셨지요?"
라고 노파는 시도를 돌아보았다.

"예, 만났습니다."

"그게 제 딸입니다. 지금 울고 있는 게 그 딸입니다. 게다가 당신은 그 암자에 계시던 스님이 어떤 분이신지 아시는지요? 그 분이 바로 당신이 찾으시던 강릉의 그 친척입니다. 세상에서 생불이라고 할 정도로 무슨 일이든지 훤히 내다보시는데 틀리는 일이 없습니다. 어느 날 딸을 보시고는, 이 처녀는 내 친척인 염 아무개와 인연이 있다, 하지만 앞으로 몇 년 내에 큰 화가 찾아올 것이니 우리 절에 와 있으면 화를 피하고 또 거기서 좋은 인연을 얻을 것이다, 하지만 결혼을 하는 것은 그 때가 아니라 영남 상주가 될 것이다. 몇 년 몇 월 며칠에 라고 말씀하셨습니다. 그런데 정말로 당신이 오셨습니다만 하필이면 제가 거기에 없어서 뵙지를 못했습니다. 그 후 스님께서는 어딘가로 떠나 모습을 감추어 버리셨습니다. 그래서 딸도 이곳 절을 찾아와서 임시로 기거하고 있고 그 김에 저도 함께 와 있는 것입니다. 그리고 오늘은 아침부터 당신이 오시기를 기다리고 있던 것입니다."

×

그 말을 마치고 딸을 불러오게 했다. 보니 과연 금강산에서 만난 처녀로, 완전히 성숙해서 세상에 아름다운 여자가 되어 있었다. 시

71

도는 자기도 모르게 그만 한숨을 쉴 정도였다. 처녀도 기쁜 나머지 다시 한 번 눈물을 펑펑 쏟았다.

×

마침내 저녁이 되자 산해진미로 상을 차렸는데 그것은 모두 미리 준비를 해 둔 것이었다. 둘은 그 날 밤 마침내 부부가 되었다. 모두 스님이 예언한 대로였다.

시도는 너댓새 체류한 후 상주 군수를 찾아가 자초지종을 이야기 했다. 군수도 몹시 기특하다 하며 그를 후히 대접했다. 그는 다시 한 번 돌아와서 처녀와 그 어머니를 데리고 경성에 있는 자기 집으로 돌아갔다.

×

그의 이름은 차차 대관들 사이에 알려졌다. 게다가 청성군이 마음 을 다해 보살펴 주었기 때문에 집안도 더욱 더 번성하였고 사람들은 그를 의인 염 씨라 칭했다. 아내와 함께 해로한 후 80여 세에 세상 을 떴다. 그 자손이 지금도 여전히 안국동에 생존하고 있다 한다.

차천車泉과 배襄 씨 처녀

전라남도 화천읍 남산 기슭에 유명한 샘이 잇는데 '차천(車泉)'이라
했다. 샘 뒤에는 커다란 정자나무가 있어 여름이 되면 진한 녹음을
드리웠다. 샘은 얕아서 허리를 굽히고 손으로 물을 떠먹을 수 있었
다. 샘물은 맑고 차가웠기 때문에 근처 마을 사람들은 아침 저녁 밥
을 지을 때는 물론 항상 그 물을 길어다 마셨다. 특히 그 샘물은 길
가에 있었기 때문에, 목이 마른 나그네들은 피곤한 몸을 정자나무
그늘에서 쉬며 앞 다투어 그 맑고 시원한 샘물을 떠셨다.

그렇게 해서 피곤한 다리를 회복시키고 마른 목도 축였다. 그 샘
물은 지금은 마을 사람들이 그냥 사용할 수 있고 지나가는 나그네의
오아시스에 지나지 않게 되었지만, 옛날에는 역사를 낳았다고 하여
천고의 신기함으로 여겨지며 기이한 전설을 가득 품고 묵묵히 자리
를 지키고 있었다.

73

고려 중엽, 화순읍에 배서방이 살고 있었다. 그는 권력과 명예, 재산 모든 것을 갖추고 있었기 때문에 남들보다 배가 되는 생활을 누리며 늘 마을 사람들로부터 존경을 받았다.

그러나 그에게는 아들이 없고 예쁜 딸 만 하나 있었다. 무남독녀의 외로움과 쓸쓸함을 탄식했지만, 운명의 장난을 어찌 마음대로 할 수 있단 말인가? 어디 빌 곳도 없는 그들 부부는 아름답게 커가는 딸에게 늘 위안을 받았다. 날이 갈수록 아름다워지는 딸을 보는 것이 유일한 낙이었다.

그런데 이 평화로운 가정에 운명의 폭풍우가 찾아왔다. 그의 딸이 스무살 되던 해 겨울, 그는 무고죄로 감옥에 갇히게 되었다. 끊임없이 흐르는 눈물로 운명을 한탄하며 나날을 보냈다.

그의 딸은 감옥에 계시는 아버지에게 죽을 쑤어 드리기 위해 아직 어두운 새벽에 물동이를 머리에 이고 차천이라는 샘에 갔다. 주변은 온통 조용하고 적막하여 그저 멀리서 닭울음 소리만 들릴 뿐, 하늘에 떠있는 별들만 그녀를 보고 있었다. 어두운 길을 더듬더듬 차천에 도착하여 물을 길으려 하니 참외 하나가 떠 있었다. 엄동설한에 때 아닌 참외가 있는 것이 이상했지만 갑자기 그 참외가 먹고 싶어 건져서 먹었다.

그 후 몇 달 안 되어 이상하게 입덧을 시작했다. 처녀의 몸으로 그런 일이 있다는 것은 원망스러운 일로, 부끄러워서 아무에게도 털어놓을 수 없는 형편이었다.

열 달 후 그녀는 옥동자를 낳았다. 마침 배서방은 출옥을 했기 때문에, 모든 가족은 깜짝 놀라 자빠질 지경이었다. 배서방 부부는 딸이 어떤 남자와 관계가 있었던 것이라 생각하고 얼러보기도 하고 달래보기도 해 보았다. 딸은 차천에 물을 길으러 가서 참외 하나를 주워 먹고나서 이상하게 임신을 했다고 고백하며, 결벽을 맹세했다. 그러나 처녀의 몸으로 아들을 낳은 것은 죄라고 해서 사람들 눈을 피해 방을 하나 새로 들여 그곳에서 아기를 키우기로 했다. 2주일이 지난 후, 그래도 마음이 놓이지 않아 캄캄한 밤에 강보에 싸인 아기를 안고 읍에서 남쪽으로 약 삼 정 정도 떨어진 숲속으로 갔다. 그리고 그곳에 있는 커다란 정자나무 아래 버리고 왔다. 아무리 뜻하지 않은 아이고 죄악의 씨앗이라 하나 배서방 부부에게는 하나 밖에 없는 귀한 손자이고 처녀로서는 예쁘기만 한 자식이었다. 남들이 알까 두려워 버리기는 했지만, 부모가 자식을 그리워하는 것은 누구나 같을 것이다.

귀한 자식이 그리웠지만 처녀 몸으로 무엇을 할 수 있단 말인가?

그저 남쪽의 우거진 숲을 내려다보며 긴 한 숨을 쉰 것이 한 두 번이 아니었다. 배서방 부부는 하나밖에 없는 예쁜 손자가 그립기도 했다. 딸은 숲속에 버린 뒤 어떻게 되었는지 걱정도 되어, 밤이 되자 등불을 들고 겁도 없이 숲속으로 찾아갔다.

우거진 숲을 헤치며 정자나무 아래까지 오자, 맙소사, 이렇게 놀라울 수가! 크고 하얀 새 한 마리가 한 쪽 날개 위에 아이를 눕히고 다른 한 쪽 날개로 덮어 주고 있는 것이었다. 그 후 몇 번이나 가보았지만 역시 같은 상황이었다. 그래서 그 신기한 일을 배서방에게 이야기했고, 그도 그곳에 가서 보니 커다란 학이 아기를 보호하고 있음을 알게 되었다. 그 아기가 참외를 먹고 낳은 아기인 만큼 신기한 생각이 들어 다시 데려다 키우기로 했다.

하지만, 그 아기를 데려다가 공공연히 키울 수는 없는 노릇으로, 부부가 마주앉아 어떻게 하면 그 아기를 데려다 키우는 것을 사람들이 알게 되도 괜찮을까 하고 밤낮으로 방도를 궁리했다. 그렇게 해서 그들은 한 가지 방법을 생각해 냈다. 그것은 부부가 능주 친척집에 갔다가 돌아오는 도중에 숲속에서 아기를 주워 온 것으로 하자는 것이었다.

배서방 부부는 능주에 있는 친척집을 방문하여 이삼일 있다가 많은 사람들과 함께 그곳을 출발하여 화순으로 돌아오기로 했다. 아기가 있는 그루터기 가까이 왔을 때, 울음소리도 나지 않는데 숲속에서 아기울음 소리가 난다며 거짓말을 하고 많은 사람들을 데리고 정자나무 아래에 가 보았다. 그러자 그때까지 있었던 학은 날아가 버리고 강보에 싸인 아기만 남아 있었다.

그것을 본 많은 사람들은 깜짝 놀랐다. 배서방 부부도 마찬가지로 깜짝 놀란 척 하고 어떤 몹쓸 사람이 이렇게 천진난만한 아기를 이런 곳에 버렸냐고 욕을 하며 자식이 없으니 데려다 키우겠다고 하고는 그 아기를 안아들었다. 많은 사람들도 찬성이었다.

그렇게 해서 마음 놓고 그 아기를 데려다 키울 수 있었고, 배 씨 처녀는 귀한 자식을 아끼며 품에 안을 수가 있어서 그저 그것으로 외로운 몸을 견딜 수 있었다.

아기가 무럭무럭 자라서 열 살이 되었을 때, 보조국사(保鳥國師)가 배서방의 집에 찾아와, 댁에 기이한 아이가 있는데 그 아이는 단명을 할 운명이니 제게 주시면 공부를 잘 시켜 나중에 데려 오겠다고 하며 몇 번이고 그 아이를 데리고 가겠다고 고집을 부렸다. 배 씨 부부는 자식이 단명을 한다고 하니 어쩔 수 없이 데리고 가라고 승낙했다.

그 후 얼마 안 있어 배 씨 부부는 황천길로 떠났고, 배 씨 처녀는 아비 없는 아이를 낳았다는 죄로 순결한 청춘의 몸으로 고독한 생활을 하며 늙어갔다. 인간으로서 진정한 인생을 맛보지도 못 하고 아무런 삶의 의미도 찾지 못 했다.

석양에 태양이 서쪽으로 기울어질 때면 늘 미어지는 가슴을 두드리며 울고, 밝은 달빛이 마당을 비출 때마다 불처럼 타오르는 가슴을 끌어안고 울었다.

번민의 생활, 고독한 생활, 비애의 생활, 이 모든 것은 운명이며 사사로운 정이었다. 해가 뜨면 일어나서 밥을 해먹고, 달이 뜨면 하늘을 올려다보며 눈물을 흘리고, 밤이 깊어지면 잠자리에 들었다.

그렇게 세월이 흘러, 그리도 그리운 자기 자식을 보지도 못 하고 풀잎에 맺힌 이슬 같은 인생은 반드시 한 번은 들여놓아야 할 길에 발을 들여 놓고 말았다. 이 세상에 한과 슬픔을 남기고 다음 생의 원만과 행복을 빌며 길고 긴 나그네 길을 떠나 버렸다.

보조국사는 배 씨 처녀의 아들을 데리고 가서 그가 익힌 학식과 도술을 정성을 다하여 가르쳤다. 그렇게 해서 배 씨 처녀의 아들은 도를 터득하고 훗날 국사가 되었다. 그가 바로 진각국사(眞覺國師)이다.

화순 만년산 정상에 있는 성주암에 보조국사와 진각국사의 초상이 있었는데, 50년 전에 유실되었다 한다. 진각국사가 아기 때 학의 보호를 받으며 성장한 정자나무를, 후세 사람들은 '학살이정자나무(학이 살고 있는 정자나무)'라고 불렀다.

천고의 전설을 지닌 이 정자나무는 수년전 여름에 무지한 거지들이 태워버려 지금은 쓸쓸하게 그 터밖에 남아 있지 않다.

(필자: 전설연구가)

보물 솥을 캐내는 이야기

잃어버린 보물 회령에 나타나다

　진시황제는 그의 신하 서시(徐市)[23]에게 불로불사의 영약을 동해신선경에서 구해 오게 시켰다. 그 때 내탕금 중 조금(鳥金)의 화로라는 것이 있어서 꺼내 그것을 서시에게 주었다. 그 조금이라는 금속은 진시대에 약간 있었고 그 후에는 끊겨서 없는 귀한 금속으로, 그 금속으로 만든 화로에다 약을 끓이면 백가지 병에 금방 약효를 낸다고 하는 천하일품의 귀한 보물이다. 서시가 바다를 항해하여 일본에 거의 도착했을 무렵, 파도 때문에 그 화로를 바다에 빠뜨려 잃어버렸다……라는 전설이 담긴 물건이 2천여 년이라는 오랜 세월을 거친 후 북선(北鮮) 변두리 회령시에 갑자기 매물로 나타난 것은 이상해도 한참 이상한 일이다. 당시 회령은 의주와 함께 조선정부가 개

23 진(秦) 나라 낭아(琅邪)의 방사(方士). 제(齊) 사람으로 자는 군방(君房)이고 일명 서복(徐福)임. 진시황의 명을 받아 삼신산(三神山)의 불사약을 구하려고 동남동녀(童男童女) 5백 명을 거느리고 뱃길을 떠난 뒤 돌아오지 않았다 한다.

시를 허락한 중국과의 교역시장으로, 중국 상인들이 대거 몰려들어왔다. 그 중에 매우 눈치가 빠른 서역 상인이 있었는데 그 화로를 발견하고는 '이거네, 이거야' 라며 자세히 살펴 보더니, 마침내 그것을 얼마에 팔겠느냐고 물었다. 화로 주인은 이 물건에는 값이 매겨져 있지 않다며 잠시 이리저리 생각하더니 금 십만 냥이면 팔겠다고 했다. 서역 상인은 재빨리 부르는 대로 십만 냥을 내고 그 물건을 사고는 떠났다.

그 솥이 일본의 해저에서 어떤 경로를 거쳐 이곳에 나타났는지 알기 위해서는, 이야기를 앞으로 거슬러 올라가 해야 할 것이다.

자복雌伏[24] 10년 명달明達의 가난한 선비

개성에서 몇 리 떨어져 있는 시골에 허 아무개라는 처사가 살았다. 원래 세상에 이름이 알려지지 않은 일개 가난한 선비였다. 어느 날 밖에서 돌아오니, 그의 아내가 머리에 수건을 두르고 있는 것이 눈에 띠었다. 그 때 허생은, 아내가 팔 물건은 모두 다 내다 팔아 이제 남은 것이 없

[24] 장래의 활약을 기하면서 지금은 남에게 굴종하여 때를 기다림. 새의 암컷이 수컷에게 복종한다는 뜻에서 나온 말. 웅비(雄飛)의 반대어.

어 할 수 없이 길고 검은 머리카락을 잘라 쌀값을 치루었다는 사실을 알았다. 허생은 아내를 불러 이르기를, 나는 가난한데도 독서에 빠져 일을 하지 않고 있구려, 그런데 그대는 정숙하게 나를 섬기며 실을 잣고 바느질을 하며 나를 먹여 살렸소, 그 마음 뼈에 사무치오, 내가 십 년 동안 특히 주역을 읽어 그 심오한 뜻을 알게 되어 이제 보물이 있는 곳을 알아 큰일을 하려 하오, 그리고 지금 적빈하기 짝이 없어 여자의 보물이라고 할 머리를 자르기에 이르러서는 그것을 차마 보지 못하겠어서 이제 나가서 한 해 동안 집에 돌아오지 않으려 하오, 그 동안 스스로 잘 건사하여 누명(縷命)을 잇고 또한 머리도 기르시오, 일 년 후에는 반드시 뜻하는 바를 이룰 것이오, 그럼 이만. 하고는 파립구의(破笠垢衣) 상태로 바람 같이 떠났다.

명기 초운楚雲의 전성

원래 평양은 미인의 산지로 일대에 교명(嬌名)을 날리는 경국지색이 적지 않았고, 풍류운사(風流韻事)를 아는 사람은 기성(箕城, 평양의 옛이름) 땅을 한 번도 밟지 않으면 함께 이야기를 나눌 수 없다 하여, 전국에서 그곳으로 몰려와서 절화반류(折花攀柳)25를 시도하는 자 적지 않았다. 당시 초운이라 하면 조선 팔도에 그 아름다운 이름을 널리 날리고 있었고 그 화안운빈(花顏雲鬢)26은 많은 유자호객(遊子豪客)을 번롱하며 번뇌케 했다. 이에 그 무렵 초운의 집에 객이 한 명 있었다. 원래 장사를 하러 개성에서 온 장사치였는데 우연히 초운의 절색에 미혹되어 유연침면(流連沈湎)27하여 집에 돌아가는 것을 거의 잊었다. 처음에 들고 온 천냥을 눈깜짝할 새 다 소비하고, 다시 집에 돌아가 금 삼천 냥을 가지고 와서 초운이 말하는 대로, 새집을 지어주고 녹창(綠窓)28을 만들고 주란(朱欄)29, 구슬로 엮은 발, 비단 미닫이문, 살림살이 가재도구에 모두 금테를 두르며 온갖 사치의 극을 달렸다. 그리고 그 안에 앉아서 밤낮 주연을 베풀며 초운에게 가야금을 켜게 하고 자기는 생을 불어 합주를 하며 환락의 나날을 보내기에 여념이 없었다. 그렇게 해서 금 삼천 냥도 두달 남짓 지나자 물처럼 다 써버렸다. 그리고 다시 집으로 돌아가서 금 삼천 냥을 가지고 왔다. 이번에도 초운이 시키는 대로 금비녀, 대모 빗, 보석 팔찌, 명주(明珠) 반지, 기금이단(奇錦異緞)

25 꽃을 꺾고 버드나무를 기어오른다는 의미에서 화류계에서 노는 것을 의미함.

26 꽃같이 아름다운 얼굴과 구름같이 아름다운 머리카락.

27 유연(流連)은 유흥에 빠져 집에 돌아가는 것을 잊는 것, 침면(沈湎)은 주색에 빠지는 것.

28 부녀자가 거처하는 방의 창.

29 붉은 칠을 한 난간.

등 고가의 진귀한 물건들을 일부러 북경에서 주문하여 아낌없이 그녀의 일빈일소(一顰一笑)에 따라 바치고, 그 삼천 냥도 석달만에 다 탕진해 버렸다. 이 손님은 틀림없는 그 가난한 선비인 허생이었다. 어떻게 그 유탕거자(遊蕩巨資)를 만들었을까?

초운 기생의 전성은 화류계의 선망의 대상이었다. 원래 평양의 기생은 인정에 냉혹하다. 조선인들 사이에는 오늘날에도 평양기생에게 걸리면 삿갓을 쓰게 된다는 속담이 있다. 이는 돈을 다 털리고 영락하여 서민이 된다는 것을 의미한다. 또한 '이가 뽑힌다'는 말도 있다. 어떤 남자가 어느 기생과 장래를 기약하고 헤어지지 않겠다며 이빨을 뽑아 교환했다. 돈이 떨어질 무렵 여자가 변심하여 남자는 전에 준 이빨을 다시 돌려달라고 했다. 그러자 너무 많아서 어느 것인지 알 수가 없으니, 손궤서랍을 열고 가져가라고 했다. 그래서 그 서랍을 열어 보니 이삼백 개나 되는 남자의 이빨이 들어 있었다는 유명한 이야기에서 나온 말이다. 초운도 그런 부류에서 벗어나지 않아, 마음 속으로는 돈이 있을 때 있는 대로 다 짜내려는 생각뿐으로 허생을 진정으로 사랑하는 마음은 없었다. 이제 이쯤에서 그만두어야지 하고 있었는데, 허생은 또 삼천 냥을 마련하러 개성으로 돌아갔다.

부호저택 내의 진객

오늘 천하의 부호 개성 상인인 백 씨의 저택에 손님이 한 명 와서 주인과 이야기를 나누고 있다. 손님은 그 유명한 허생이다.

"한동안 뜸하시더니 그간 안녕하셨습니까?"

"덕분에 잘 지냈습니다. 그런데 또 돈 때문에 의논드릴 일이 있어서 찾아뵈었습니다. 종종 거금을 빌려 주셨습니다만, 이번에는 금삼천 냥이 있으면 일이 성공을 하게 됩니다, 번번이 이렇게 말씀드리니 신용을 하실 수 없으시겠지만요."

"별 말씀을요. 생면부지인 당신에게 처음에 금 천 냥을 내어 드렸고 잇따라 삼천 냥을 연거푸 내어드린 것은 한 눈에 당신이 보통 분이 아니라는 사실을 직관하고 신용을 했기 때문입니다. 앞으로 만냥이든 이만 냥이든 당신을 위해서라면 조금도 아끼지 않고 내어드리겠습니다."

주인은 바로 일어나서 금궤에서 삼천 냥을 꺼내 기꺼이 빌려 주었다.

"조만간 큰 선물을 가지고 오겠습니다."

라고 인사를 하고 허생은 마침내 떠났다. 문밖으로 나와서 허생은,

"역시 나의 사람 보는 눈은 틀리지 않았어. 주역을 십년 공부한

보람이 있군. 그래도 훌륭한 작자야. 역시 천하의 부호인 만큼 어딘
가 다른 구석이 있다니까…"
라고 혼잣말을 하고 있었다. 저택 안에서는 주인이,

"이상한 작자군, 하지만 훌륭한 사람이야."

이 역시 몇 번이고 감동을 하며 생각에 잠겼다.

캐낸 보물

다시 또 삼천 냥을 들고 평양에 있는 초운의 집으로 돌아간 허생
은 돈을 마구 뿌렸다. 이번에는 말을 한 마리 사서 그것을 타고 온
평양의 기생을 모아 초운과 함께 매일 부근에 있는 명승지를 찾아다
니며 놀았다. 돈봉투를 산더미처럼 만들어 쌓아 놓고 그 많은 기생
들에게 아낌없이 용돈을 뿌려댔다. 그것은 초운의 환심을 사기 위해
서였다. 그러는 사이 그 삼천 냥도 마침내 구름처럼 흩어져 완전히
무일푼이 되었다. 돈이 떨어지면 연도 끊어지는 법. 초운은 슬슬 본
성을 드러내며 냉담하게 대하였고 어떻게 하면 쫓아낼까 몰래 획책
을 궁리했다.

허생은 짐짓 적막하고 처량한 태도를 보이며 시무룩하게 초운에게 말했다.

"내가 이곳에 온 것은 원래 장사를 배우기 위해서이다. 어쩌다 네게 반해 자본을 전부 탕진해 버렸다. 무일푼으로는 장사도 배울 수 없다. 그리운 마음은 태산 같지만 이제 눈 딱 감고 떠나려 한다. 너는 조금도 미련이 없느냐?"

"뭐든지 때가 중요한 법이죠. 참외는 익으면 꼭지가 떨어집니다. 꽃이 지면 나비는 찾아오지 않습니다. 제게는 전혀 미련이 없습니다. 저는 마음을 접었습니다."

라고 잘라 말했다. 허생은 다시,

"지금은 헤어져도 사람의 정이란 그립게 마련이다. 뭔가 정표로 물건을 하나 주면 그것을 가끔씩 보며 너를 생각하며 위안을 삼고 싶은데 무엇을 줄 것이냐?"

"아무거나 마음에 드는 것을 골라 가세요."

"그렇다면 이것을 가져가겠다. 너와 함께 불을 쬔 기념이다."

라고 하며 허생은 방 한 켠에 있는 까만 화로를 가리켰다.

"그런 쓸 데 없는 것을 가져가신다구요?"

초운은 웃었다. 허생은 서둘러 그것을 자루에 담고 작별인사를 하고 개성으로 돌아가 백 군의 집을 찾았다. 그리고 그 물건을 보여 주며, 희대의 귀한 보물이라고 했다. 그리고 그 연유에 대해,

"이것은 서시가 일본 근해에 빠뜨려서 나중에 일본에서 인양되었고 임진왜란 때 고니시 유키나가[30]가 전장에 가지고 왔는데, 평양에 체류하던 중 명(明)의 장군 이여송[31]에게 공격을 당해 패배하여 급거 퇴각하던 통에 진중에서 잃어버린 것이, 돌고 돌아 기생 초운에게 돌아간 것입니다……아무도 그것이 천하의 보물임을 모르고 있었습니다. 소생이 점을 쳐서 보물기운이 있는 곳을 알아내 마침내 손에 넣은 것입니다. 만금을 줘도 바꿀 수 없는 물건입니다."

"그 정도 알고 있었다면 뭐 그리 번거로운 수고를 거치지 않고 바로 손에 넣을 수 있었던 것 아닙니까?"

"그렇게 간단하지가 않습니다. 대개 천하의 보물에는 영기(靈氣)가 깃들어 있습니다. 할 수 있는 만큼 하지 않으면 좀처럼 손에 들어오지 않는 법입니다. 지금 영기를 보건대 북쪽으로 가면 이것이 큰돈으로 바뀔 것입니다. 빨리 돈으로 바꾸어 오겠습니다."

그 길로 허생은 회령으로 가서 십만 금을 받고 그것을 들고 백 씨를 찾아가서 건네주었다. 백 씨는,

30 고니시 유키나가(小西行長, 1555 ~1600). 도요토미 히데요시(豊臣秀吉)의 가신으로, 임진왜란 때 선봉으로 조선에 침공하여, 부산, 평양을 점거한다. 1597년 정유재란 때 재차 조선으로 침공하지만, 이듬해 히데요시의 죽음으로 조선에서 철수한다.

31 이여송(李如松, 1549~1598). 중국 명(明)의 장수로서 임진왜란 당시 명의 2차 원병(援兵)을 이끌고 참전하였다.

"이는 당신의 안목으로 얻은 것입니다. 일찍이 내어 드린 돈은 처음부터 받을 생각이 없었습니다. 전부 당신이 가져가세요."

"사람을 너무 못난 사람으로 보시면 안 되지요. 저는 책을 읽고 그 뜻을 즐기는 사람으로 금전에는 조금도 집착하는 마음이 없습니다. 이 번 일은 장난 반으로 좀 해 본 일일 뿐입니다."
라고 하며 허생은 한 푼도 받지 않고 떠났다. 백 씨가 사람을 시켜 몰래 미행을 시켰더니, 소각봉(素閣奉) 아래 작은 누옥이 있었다. 그 후 매달 거르지 않고 한 달치 식량과 엽전 수십 꿰미를 허 씨 집안에 들여 놓았다. 허 씨는 웃으며 그것을 받았다.

일개 가난한 서생이 대신을 매도하다

그 무렵 명조의 위세가 점차 쇠하고 북적으로 천시하던 만몽벌판에 애신각라(愛新覺羅)[32] 씨가 궐기하여 장차 중원을 평정하려 하여, 그 세력이 요동벌에 불처럼 일었다. 대대로 사대를 일삼고 명조의 만대(萬代)를 믿었던 조선으로서는 일대 위협을 느껴 조야(朝野) 진해(震駭)[33]하며 그 거취에 부심했

32 청나라 태조 누루하치의 성.
33 몸을 벌벌 떨며 놀람.

90

지만, 여전히 대세를 달관할 전망 없이 고식(姑息) 국책으로 수서양단
(首鼠兩端)34을 하며 당면의 안위에 급급했다. 당시의 대감 이완35 공
은 그 대책에 부심하다 허생이 아주 현명하다는 말을 전해 듣고는,
그에게 의견을 물어 가르침을 받고자 어느 날 밤 미복을 하고 몰래
허생의 누옥을 찾았다. 허생은 이미 역술로 대감이 올 것을 미리 알
고 있었다. 이대감이 의견을 물으면서 허공과 이공의 대화가 시작되
었다.

　"지금 내게 세 가지 방법이 있소."

　"삼가 고견을 듣고 싶소."

　"우선 첫째로 현재 조정은 당파에 따라 사람을 쓰고
있고 당파의 폐해가 심하기 때문에 만사 당쟁심으로 철
주(掣肘)36되어 도무지 국책도 포부도 수행을 하기가 어
렵소. 우선 공께서 주상께 아뢰어 그 악폐에 일대 부월
(斧鉞)37을 내려 당파를 근저에서 타파하고 널리 천하의
인재를 조정에 끌어들여 유용하게 쓰시오. 이것이 국가
를 진흥하기 위헌 최우선 급무요. 과연 공께 그것을 단
행할 용기가 있소?"

　"……도저히 불가능한 일이요."

34 쥐가 머리만 내밀고 두리번거
　　린다는 뜻으로, 얼른 결정을 못
　　하는 우유부단 또는 이모저모
　　살피는 기회주의를 꼬집는 말

35 이완(李浣, 1602~1674). 조선
　　중기의 무신.

36 곁에서 간섭하여 마음대로 못
　　하게 함.

37 출정하는 대장에게 통솔권의
　　상징으로 임금이 손수 주던 작
　　은 도끼와 큰 도끼. 정벌, 군
　　기, 형륙(刑戮)을 뜻한다.

"두 번째로 지금 병정의 상태를 보건대, 양민은 모두 그것을 기피하여 빈민만이 취역(就役)하고 있소. 또한 부자는 돈을 내고 대리인을 고용하여 내고 있소. 때문에 병사들 중에는 노인이나 어린아이가 섞여 있으며, 영양이 좋지 않은 빈민들이 있어서 체력도 약하고 용기도 없고 봉공심도 없소. 만약 무슨 변고가 있을 때라도 아무런 도움이 못 되오. 또한 군포를 징발하여 거두는 것도 너무 가혹하고 과중한 부담을 주어 백성들에게 고통이 되고 있소. 공이 이것을 개혁하여 양가 향상(鄕相)의 자제라도 병역을 부과하여 피할 수 없게 하고 또한 군포의 부담을 공평히 하는 것, 그것이 일국의 병권을 정비하는데 최우선 급무요. 과연 이것을 실행할 수 있겠소?'

"……. 그것은 도저히 불가능하오."

"다음 세 번째로는 우리나라 땅은 삼천리 동해에는 어렵(漁獵)의 이(利)가 있고 국내에서는 쌀을 생산할 수 있다고 하지만 몇 년동안 먹을 것을 축적할 만큼의 양은 안 되고 겨우 한 해를 날 수 있는 양에 지나지 않소. 이와 같이 생산력이 빈약한데도 불구하고 헛되이 예법에 얽매여 겉치레를 중시하고 형식에만 사로잡혀 공명심에 들떠 있소. 도저히 국가로서 존재할 능력이 없는 이상 과감히 나라를 청국에 내주오. 그것이 오히려 국민들의 행복을 위해서 나을지 모르겠소. (원문에는 이와 같이 명명백백하게 나와 있지는 않지만, 그런 뜻으로 완곡하게 적혀 있다) 이것을 과연 실행할 수 있겠소?"

"…… 그것도 도저히 어려운 일이오."

그러자 허생은 화난 눈빛을 하며 목소리를 높여 이공을 나무랐다.

"당신은 일국의 대감으로서 중책을 맡고 있으면서, 시의를 전혀 읽지 못하고 애국심도 전혀 없고 또한 일을 단행할 용기도 없구려. 어떻게 큰 뜻을 세울 것이며 무슨 일을 할 수 있겠소. 빨리 떠나서 다시는 오지 마시오… 흠."

이공은 식은땀을 흘리며 다시 오겠다고 하고 허둥지둥 들개처럼 도망을 쳤다.

다음날 이공은 생각했다. 그 자는 훌륭한 자이기는 하지만 도저히 살려 둘 수 없는 놈이라고 생각해서 사람을 보냈다. 하지만 이미 소각봉 아래에 있는 허생의 집은 쥐죽은 듯 조용하여 인기척이 없었다.

평하건대, 이 이야기는 이백 년 정도 전에 쓰여진 것이기는 하지만, 황당무계한 진시황과 고려조 대신에게 가탁하여 당시 이조의 악정을 비판하며 분개의 마음을 표현한 것이다. 특히 그 안에 있는 한 구절, 조선은 생산력이 약하여 도저히 한 국가로서 존재할 능력이 없음에도 불구하고 헛되이 나라를 세워 겉모습을 꾸미는 허례허식에만 얽매이기보다는 오히려 온 나라를 다른 나라에 부속시키는 것이 국민의 행복을 위해 낫다고 하는 내용을 쓴 것은, 상당히 경세달관(經世達觀)한 자의 글이라 해야 할 것이다.

용감한 태수부인

옛날 밀양에 어떤 태수(군수)가 있었다. 중년이 되어 상처를 하고 첩과 딸 하나가 있었다. 딸은 태어나서 곧 몇 달 만에 어머니를 여의고 유모의 손에 맡겨져 다른 방에 기거를 했다. 태수는 그 딸을 몹시 사랑했지만 어느 날 유모와 함께 행방불명이 되어 읍내촌리를 구석구석 찾았지만 모습이 보이지 않았다. 태수는 놀란 나머지 정신을 잃고 마침내 머리가 이상해져서 울부짖고 있을 뿐이었다. 결국은 직을 잃고 경성에 돌아와 얼마 안 있어 죽고 말았다.

그 후 밀양 태수로 봉해진 사람은 부임 첫날 반드시 맥없이 급사를 했다. 서너 번이나 같은 일이 반복되자 사람들은 그곳을 흉가라 하였고, 밀양에 가기를 꺼려해서 아무도 갈 사람이 없었다. 조정에서는 몹시 걱정을 하여 문무백관을 모두 소집하여 지원자를 모집하기로 했다.

한 무인이 있었다. 오랫동안 금군(禁軍)에 근무하고 있었는데 승진을 약간 하고는 곧 그만두고 이십여 년이나 실직상태로 있었다. 나이는 벌써 육십 가까이 되었으며 기한(飢寒)이 몸에 사무쳐서 말 그대로 십 년을 한 가지 옷에 삼순구식(三旬九食)의 비참한 생활을 계속하고 있었기 때문에 외출을 할 일도 없었고 따라서 명사 대감 중 아는 이 한 명 없었다. 그런데 밀양태수를 모집한다는 이야기를 듣고는 아내에게 의논을 했다. 아내는,

"사람은 한 번은 죽는 법입니다. 두려워할 것 없습니다. 설령 그날 죽는다 해도 태수가 될 수 있습니다. 만일 요행으로 죽지 않는다면 그거야말로 수지맞는 것 아니겠습니까? 꼭 지원해서 갑시다."

라고 했다. 무인은 과연 그렇겠군 하고 바로 조정에 나아가 아뢰었다. 제가 미력하기는 하지만 가고 싶습니다. 왕은 크게 기뻐하며 그의 이름을 명부에 올리고 그날로 교지를 내렸다. 그는 바로 집으로 돌아갔지만 걱정이 돼서 견딜 수가 없었다.

"당신 말에 따라 지원을 한 것까지는 괜찮은데, 꼭 죽을 것 같소. 그래도 나는 어쨌든 태수라는 명예를 얻을 테니까 죽어도 여한은 없지만 당신 일족에게는 아무런 의미도 없소. 그래서 영원한 이별이라

96

생각하니 괴롭소."

아내가 대답했다.

"전에 태수가 돌아가신 것은 모두 그 사람의 수명이 그래서 그랬던 것입니다. 요괴가 사람을 죽인다하니 바보 같은 이야기입니다. 저는 여자의 몸이지만 당신을 호위해 드리겠습니다. 부디 함께 데리고 가 주세요."

그래서 아내를 데리고 출발을 했다. 밀양에 도착하자 지역 관리들이 속속 모습을 드러냈지만, 모두 기껏해야 이틀사흘짜리 군수가 뭘 하는 표정을 하고 전혀 경의를 드러내지도 않고 오히려 얼굴을 찌푸리고 있었다. 특히 아내와 동행한 것을 보고는 머리를 싸쥐고 괴로워 하며 관청으로 들어가 버렸다. 건물은 오랫동안 수리를 하지 않아 반쯤 무너져 내려 보기에도 스산했다. 저녁이 되자 심부름꾼과 급사마저 말도 않고 떠나버려 관청은 텅텅 비었다. 공포스런 밤이 찾아왔다. 부인이 태수에게 말했다.

"당신은 방안에 계십시오. 저는 남장을 하고 관아 주변을 살피겠습니다."

그리고 촛불을 켜고는 딸랑 혼자 앉아 있었다. 밤이 깊어져서 한밤중이 되자 갑자기 차가운 바람이 쌩 휘몰아치며 촛불을 꺼트렸다.

차가운 기운이 몸안에 스며들었다. 얼마 후 대문이 저절로 쓱 열리더니 머리는 산발을 하고 전신에 피투성이가 된 어린 여자아이가 손에 주기(朱旗)를 들고 집안으로 들어왔다. 아내는 꿈쩍도 하지 않았다.

"너는 필시 누군가에게 원한이 있어서 그것을 이르고자 온 것이겠지? 내가 네 원수를 반드시 갚아 줄 테니 잠시만 기다리거라. 그리고 두 번 다시 나오지 말거라."

그렇게 말을 하자 여자아이는 인사를 하고 사라졌다. 아내는 방에 있는 남편에게 갔다.

"요괴는 이제 나갔습니다. 겁낼 것 없습니다. 자 일어나세요."

그는 아직도 무서웠지만, 아내의 모습을 보고 할 수 없이 잠자리에서 나왔다가 잠시 누웠지만 끝내 잠을 이루지 못하였다. 날이 밝자 문밖에서 시끌시끌 사람들 발소리가 나고 수군거리는 소리가 났다. 문틈으로 내다보니 관리들을 비롯하여 잔심부름하는 무리들이 어떤 자는 멍석을 들고 어떤 자는 거적을 들고 줄지어 들어오려고 하다가, 네가 먼저 들어가라는 둥 네가 문을 열라는 둥 서로 미루며 아무도 나서는 사람이 없었다. 그래서 태수는 앉아서 의관을 바로하고 문을 열고 말했다.

"왜들 이리 꾸물거리고들 있느냐? 그리고 대체 거기 들고 있는 것은 무엇이더냐?"

관리들은 깜짝 놀라 눈이 휘둥그레져서 이건 귀신이 틀림없다며 엎드려 절을 했다. 태수는 어제 결례를 한 죄를 물어 관원들을 모조리 도태시켰다. 명령은 엄중하고 분명하였으며 다스리는 법이 매우 확실했다. 관원들은 몸을 움찔움찔하며 아무 소리도 내지 못하였다.

그 날 밤 부인에게 지난 밤 일의 전말을 묻자, 그녀는 있는 그대로 이야기했다.

"이는 필시 전관이었던 모 아무개의 따님으로 흉한의 손에 억울하게 죽임을 당한 것을, 세상 사람들이 모르고 그냥 행방불명이라고 한 그 아이임에 틀림없습니다. 이는 은밀히 조사를 해서 만약 이름이 주기라는 자가 있으면 물어볼 것도 없이 그 자를 끌고 와야 합니다." 라고 했다. 태수는 고개를 끄덕였다.

다음날 아침 출사하여 우연히 장교 명부를 훑어 보다 보니 집사 이름 중에 주기(周箕)라는 자가 딱 눈에 띠었다. 그래서 동헌에 앉아 위엄을 갖추고 수많은 형장을 내오라 하고 주기를 잡아 사슬로 묶었다. 그리고 형틀 위에 올려놓고 큰 칼을 채웠다. 까닭을 모르는 마을들은 한 사람도 빠짐없이 모두 깜짝 놀라며 의아해 했다. 태수는 심문했다.

"전관 아무개에게 딸이 있었던 것을 너는 알고 있을 터이다. 뜨거운 맛을 보이기 전에 자백을 하거라."

신임 태수의 엄격한 명령은 이미 잘 알려져 있었고, 하물며 죄인의 몸이라는 자각이 있어서 그는 두려워 하고 있었다. 일이 여기에 이르자 새파랗게 질려 거짓말을 할 수도 없어 있는 그대로 자백을 했다. 그에 의하면, 전태수가 어느 날 영남루(嶺南樓)를 구경하러 나온 일이 있었는데 그 때 이 남자는 문 틈으로 엿보다가 문득 마음이 일었다는 것이다. 유모와 여자아이는 다른 방에 기거하였고 또한 딸은 유모가 하는 말은 무슨 말이든 잘 듣는 것을 알고 있었기 때문에, 유모를 매수하여 딸을 그 누각으로 데려오면 천금을 주겠다고 약속을 했다. 그 누각은 관헌 훨씬 뒤쪽에 떨어져 있는 대나무 숲 옆에 있었고 마침 산보 장소가 되어 있었다. 유모는 돈에 눈이 어두워 딸을 데리고 누각으로 나와 달을 보고 있었다. 악한은 누각 아래 몸을 숨기고 있다가 갑자기 튀어나와 딸을 안고 대나무 숲 깊숙이 들어가 범하려 했지만 딸은 울부짖으며 말을 듣지 않았다. 그는 이렇게 된 이상 어쨌든 죽을 죄에 처해질 것이라고 생각하고 결국은 딸을 칼로 찔러 죽였다. 더구나 유모까지도 살려 두었다가는 일이 모두 발각될 것이라고 생각하여 그 또한 죽여서 양팔에 시체를 각각 하나씩 안고 담을 넘어 관청 뒤 먼 산에 갖다 묻어 버렸다. 그리고 몇 년이 지나는 동안 지금까지 아무도 그 사실을 몰랐던 것이다.

태수는 사정을 듣고 영(營, 지금의 도청)에 보고하여 즉일 사형에 처했다. 또한 딸의 시체를 파 보니 피투성이가 되어 있었다. 의복을 갈아 입히고 관에 넣어 그 집에 알리고 선조의 무덤 옆에 나란히 묻어 주었다. 그리고 그 누각을 부수고 대나무도 베어 버렸다. 후에 그 지역은 무사태평하였고 사람들은 태수를 대명신(大明神)으로 받들었다. 그는 출세하여 고관이 되었으며 명성이 자자하였다고 한다.

게와 조선

스물세 종의 게를 먹다

조선인은 옛날부터 게를 좋아한 것으로 보인다. 게는 지방의 산물로서 옛책에 여러 군데 실려 있다. 근 수 년간 내가 조사한 바에 의하면, 많든 적든 지금 잡아먹고 있는 게의 종류는 스물세 종이나 되는 많은 수에 달한다. 그리고 그 중에서 가장 널리 그리고 가장 많이 먹고 있는 게는 각 하천 유역에서 잡히는 참게와 서부 및 남부에서 썰물 때 잡히는 방게이다. 조선의 동해안에서 잡히는 털게와 바다참게를 먹는 데에 익숙한 내지인에게는 위와 같은 게는 좀 이상하게 느껴질 지 모르지만, 이렇게 게에도 내선 기호 상의 차이가 있다는 것은 재미있지 않은가?

함경남도 신포(新浦) 앞바다는 예부터 명태가 많이 잡히는 것으로 유명한데 한일 병합 전에는 이 명태어망에 털게가 많이 걸리는 바람에 어부는 귀한 어망이 끊어져 곤란해 하면서도 그 게를 먹으려는 생각은 하지 않았다. 동해안의 털게, 영덕대게, 러시아게의 식용을 시작한 것은 내지인이다. 물론 바다게라도 예의 가자미는 조선에서도 꽃게라고 해서 옛날부터 먹었다.

게 진정서를 내다

참게는 조선 팔도에서 잡히는데 그 중에서도 경기도 파주, 함경남도 영흥산 것은 그 이름도 파주게, 영흥게라고 해서 널리 인구에 회자되고 있는데, 참게는 조선에 많은 폐디스토마의 중간숙주라고 해서 1924년 4월 총독부령으로 그것의 취급 및 수수를 엄금하고 있었다. 그리고나서 10년이 지났을 무렵에는 농산어촌 경제 갱생이나 경제 부흥 슬로건 하에 여러 가지 시설이 시도되고 다양한 신규사업이 시작되었다. 그리고 그 시대의 흐름을 탄 것이 오랫동안 식용이 금지되어 있던 그리운 참게였다. 그 정도로 맛있는 것을 잡지도 않고 먹지도 않고 내버려 둔 것은 아깝지 않은가? 그 때 한 시라도 빨리 해금을 해 줬으면 하고, 우선 그 게의 본고장인 경기도 파주군에서는 군내 10개 면장들이 모여 연판하여 상당히 떠들썩하게 진정서를 요로에 있는 대관들에게 제출했다. 다행히도 면장들의 그 열성적인 운동은 마침내 효과를 거두어 1934년 8월 해금을 보았다. 그러나 생식이 좋지 않은 것은 예나 지금이나 아무런 차이는 없기 때문에 해금 후라고는 해도 생식은 엄중히 금지되고 있다.

참게 튀김

평양 모란대 아래 있는 오마키노차야(お牧の茶屋)[38]의 명물로 게 튀김이 있다. 물론 그것은 대동강 얼음이 다 녹은 3월 중순 이후에서 4월까지 짧은 기간에 한해 나오는 반찬인데 그 게의 정체는 참게새끼로 크기가 등딱지 길이와 폭 모두 10밀리도 안 되는 극히 작은 것이다.

대동강가에 사는 조선인들은 얼음이 녹는 초봄에 길이 2미터 정도의 수수깡을 가지고 와서 그 껍질을 벗겨

38 식민지시대 평양 모란대에 있었던 요정. 이름의 유래는 오마키(お牧)라는 일본여성이 개업한 데서 유래. 다카하마 교시(高浜虚子) 등 문인묵객이 찾아 그 요정을 읊은 구비(句碑)가 마당에 있었으나, 독립 후 폐업.

내고 큰 것은 두 세 개, 작은 것은 네 다섯 개씩 빈틈없이 차례로 쌓아서 좁은 뗏목 같은 것을 만들어 그것을 몇 개고 강가의 지면에 밀착시켜 세워 둔다. 강물 쪽에는 수수깡 끝을 접하게 하여 뚜껑을 열어둔 빈 석유통을 놓아 둔다. 새끼 게들은 만조를 따라 강물을 타고 강가로 올라와서 그 수수깡 울타리에 들러붙는다. 수수깡을 넘어가지 못해서 그냥 수수깡을 따라 왼쪽이나 오른쪽으로 간다. 그런데 왼쪽으로 가면 물이 없어지니까 다시 오른쪽으로 가서 모두 울타리 끝에 가서 통 속으로 굴러떨어진다. 간조 때에는 다시 밀려와서 위와는 반대 방향에서 수수깡 울타리에 붙어 있다가 통속으로 떨어지기 때문에 하루 동안 지옥의 가마솥이 두 번 열리게 되고 어부들은 2, 3일 간격으로 강가를 돌아보며 망으로 건져 올려서 잡는다.

오마키노차야의 명물은 그 새끼 게를 이용하여 튀김을 만든 것이다. 승천한 게공들의 피부는 황금색으로 빛나고 두 눈은 툭 튀어나왔으며 손을 들고 가위를 벌리고 있으며 다리를 양쪽으로 뻗어 몹시 풍류가 있어 보여 상당히 재미있을 뿐 아니라, 술안주로도 천하일품이다.

새끼 참게는 봄이면 하천 하류 어디서든지 잡을 수 있기 때문에 경성 요정에서도 한강 것을 한 번 잡아 보면 어떨까 한다. 확실히 경성에서도 명물이 될 수 있을 것이라 믿지만 말이다. 하지만 아무래도 새끼 게들이라서 남획을 하면 참게가 절멸할 염려가 있어 감히 추천할 만큼 용기가 나지 않는다.

썰물 때 게 잡기

벚꽃도 다 지고 신록의 계절에 들어선 오뉴월 무렵 조선 서부와 남부의 썰물이나 간척지에서는 밤마다 게를 잡느라 여념이 없다. 평안남도 한천(漢川) 같은 곳은 대단하다. 그 게는 아시하라가니(葦原蟹), 하마가니(浜蟹)라고 하는데, 조선인은 평북, 경기에서는 칼게, 충남에서는 참게, 경남에서는 방게라고 부른다. 등딱지 길이 25밀리, 폭 30밀리 정도의 작은 게로, 썰물 때 지팡이를 세로로 세게 짚어 생긴 것 같은 구멍을 파고 그 안에 살고 있는데, 밤이 되면 먹이를 찾아 구멍 주위를 돌아다닌다. 사리 때 따뜻하고 바람이 없거나 또 빗물이 뚝뚝 떨어지는 밤이면 한 마리도 남김없이 모두 나와 돌아다닌다. 그래서 그런 날에는 어두워지기를 기다렸다가 썰물 때 수많은 남녀노소들이 각각 램프와 석유 등을 들고 앞다투어 나간다. 갑자기 조명을 받아 깜짝 놀라 멈춰서 있는 게를 재빨리 차례차례 주우며 우왕좌왕하는데 그것을 멀리서 보면 게를 주울 때마다 명멸하는 램프가 반짝반짝 빛나서 도시 야경을 보는 것 같다. 한창일 때는 그야말로 불야성을 이룬다.

참게 퇴치

그렇게 잡은 게는 빈 독에 소금물을 넣어 담가 두었다가 나중에 먹고 나머지는 시장에 내다 한 사발(큰 그릇 같은 것에 고봉으로 담아)에 15전 정도에 판다. 그 중에는 고추를 넣고 양념을 해서 담그는 것도 있다.

그 게는 초봄에 동면에서 막 깨어났을 때가 맛이 있다. 그것보다 늦으면 썰물 때 싹이 나는 빨간 칠면초(七面草)나 갈대 등을 먹기 때문에 일종의 텁텁한 맛이 생겨 맛이 없다고 한다. 경상남도 해안지방에서는 유월, 칠월 무렵 많이 잡아먹는다. 이상 시장에서는 참게 한 되를 1원 50전 정도로 팔고 있는 것 같은데. 비가 오는 날 밤 농부는 석유에 불을 붙인 횃불을 들고 물가에 나가 잡는다. 오륙 년 전까지는 부산부 사상(沙上) 아베(阿部)농장에는 많은 게가 있어서 소작인들은 순식간에 한 되나 잡았다고 한다. 하지만 함부로 잡은 결과 지금은 매우 줄었다고 한다. 이 근처에서 논이라는 것은 간석지에서 소금기를 빼서 만든 것이기 때문에 논이라고는 해도 게로서는 고향과 같은 것이다. 그래서 게공 일동은 그곳을 떠나려 하지 않고 이번에는 논두렁으로 이사를 와서 구멍을 파 물이 새게 하고, 못자리를 준비할 철이면 뿌려 놓은 볍씨를 마구 휘저어 놓거나 싹이 튼 지 얼마 안 되는 모종을 가위로 잘라 완전히 망쳐버리기 일쑤다. 그러니 그 게를 퇴치하는 것은 일거양득이 되는 셈이다.

가을 게 시장

논에 황금물결이 일 무렵이 되면 시골 농가에서는 여기저기에서 밤에 게잡이를 시작한다. 여기저기 원두막이 선다. 그 게는 새끼게가 주먹만하게 자란 것으로 조선인들은 게 또는 참게라 한다. 단순히 게라고 할 경우에는 이 게를 일컫는다. 가을이 되면 그들은 교미와 산란 때문에 논에서 나와 도랑으로 들어가고, 도랑에서 개울물을 찾아 가며 더 본류를 찾아 단숨에 하구로 향하게 되는데, 게를 잡는 기술은 그 코스를 거슬러 올라가는 데에 있다. 그러니까 가장 쉬운 것은 논 속을 흐르는 도랑에 판대기를 걸쳐 놓고 밤에 거기에 앉아서 발 끝을 물 속에 집어 넣고 담배를 피우며 가만히 기다리고 있으면, 게가 슬금슬금 내려와 발 끝에 닿기 때문에 아주 간단히 손으로 잡을 수 있다. 대량으로 잡을 때는 개울에 고기잡이 발을 세워 놓거나 그물을 쳐 놓는다. 발은 대나무가 없는 조선에서 수수대나 포플라 가지로 짠다. 농부는 강가에 오두막을 지어 놓고 밤새워 잡지만 가장 많이 잡히는 시각, 즉 게가 많이 내려오는 시각은 저녁 6시 무렵에서 밤 10시 무렵까지라 한다.

게는 간장게장을 담궈 먹으면 맛이 있기 때문에 여기저기서 살아 있는 채로 시장으로 가져가 게시장은 아주 활기차진다. 경성 남대문 시장에서도 가을 무렵 도로 양쪽에 석탄상자나 포대에 담아 놓고 지나가는 사람들을 불러 세운다. 달라고 하면 볏집으로 아주 솜씨 좋게 한 마리씩 차례로 엮어 준다.

9월 말에 2, 3전 하는 것이 10월 말에는 배 이상이 되기 때문에 농부는 생발 안에서 기르다가 값이 비쌀 때를 봐서 시장에 내온다. 살이 빠지지 않도록 생발 안에 수수이삭을 매달아 놓고 먹이를 준다. 생발 안에 있는 게는 밖으로 도망치려고 자꾸 발버둥을 치기 때문에 가위의 털이 발의 철조망에 닿아 닳아 없어진다. 그래서 갓 잡은 것인지 아니면 잡아 놓고 기르다 가져온 것인지 그 털을 잘 보면 쉽게 구별을 할 수 있다.

간장게장 담그기

간장 게장은 조선간장으로만 담근다. 그냥 날 간장에 담그는 것이 아니라 한 번 끓여서 식힌 간장에 통째로 담그는 것이다. 맛을 좋게 하기 위해 한 번 만에 끝내는 것이 아니라 같은 동작을 두세 번 반복하고, 간장 속에 고추나 생강을 넣는다. 게는 뜨거울 때 넣으면 껍데기가 빨개져서 원숭이 같고 다리를 처음부터 떼버리는 원리를 알고 있는지, 반드시 간장이 식을 때까지 기다렸다가 붓는다.

암컷은 등딱지 안에 소위 뇌수[39]라 하는 노란 간장(肝臟) 외에 붉은색 난소가 가득차 있어 맛있기 때문에 숫게보다 훨씬 비싸다. 그러나 설사 암게라고 하더라도 상처가 났거나 다리가 한 개라도 없으면 그곳으로 간장이 쓸데없이 들어가서 균일한 맛을 내지 못하기 때문에 결국 상처가 나지 않은 게를 가장 상

[39] 일본에서는 게 알을 뇌수라 한다.

등으로 친다.

숫게나 상처가 난 게는 집에서 먹는 용으로 돌리는데, 시장에서 살 때는 소위 게의 배딱지가 넓은 것이 암컷이고 좁은 것이 숫컷이니 속지 않길 바란다.

내지인이 신차를 좋아하듯이 게는 어떤 것이 좋을까? 게 중에는 디스토마 유충을 속에 키우고 있는 것도 있기 때문에 일수가 지나기 전에 먹는 것은 좋지 않고, 3주일이나 4주일 지나서 먹으면 걱정하지 않아도 된다.

파주게 통조림

경부선 경성과 개성 사이에 문산이라는 역이 있다. 그곳은 예전부터 좋은 게가 나기 때문에 그 이름도 파주게라 해서 왕가에 헌상했을 정도이다. 그 문산을 중심으로 한 지방은 경기도 파주군 관할로 한강 및 임진강의 지류가 흘러든다. 관개수가 풍부한 그 지역의 논은 게공들에게는 더없는 서식지가 되어 논두렁에 구멍을 파고 많이 살고 있다. 어느 가을 날 그 주변에 나가 보니 노랗게 물든 논 안이

112

나 개천가에 몇 개나 되는 무인 오두막이 있었다. 그것은 밤에 게를 잡기 위한 오두막이었다.

1934년 문산에서는 면장의 주선으로 파주군 산업개량 조합이라는 것이 생겨 군내에서 생산하는 게를 그곳에서 사들여 간장게장으로 만들고 그것을 통조림으로 만들어 팔았다. 그런데 그 통조림에는 멸균법이 생략되어서 오래 저장 할 수 없는 결함이 있었다. 멸균법을 시행하면 게의 색이나 맛이 변해 도저히 방법이 없어서, 지금으로서는 폐업을 하지 않을 수 없는 지경에 이르렀다. 뭔가 방법이 없을까? 이 간장게장은 등껍질 색이 검푸른 천연색이고 다리가 열 개 다 달려 있는 것이 중요하므로 그것을 조건으로 궁리를 해야 할 것이다.

겨울 게잡이

전라남도 근처 해안은 겨울에 따뜻한 날을 골라 썰물 때 게잡이를 한다. 굴 속 깊이 들어가서 조용히 자고 있는 게를 파내는 것이므로 미안한 일이기도 하다. 파낸 게의 종류도 앞에서 말한 방게 외에 모말게, 말똥게, 꽃발게 등 어느 것이 주라고 할 수 없을 만큼 뒤섞여 있는데, 그것을 가마니에 잔뜩 채워 광주 같은 커다란 도시에 내다 근수를 달아 판다. 아무래도 때가 추운 겨울이니 만큼 아무리 난폭한(乱暴漢)이라도 다리 열 개가 맘대로 되지 않아 마치 마취라도 된 것처럼 가만히 있는다. 그래서 그것을 다루는데 아무 불편도 느끼지 못하지만, 만약 그것이 여름이었다면 기어 나가는 것을 어쩔 것인가? <u>호호흠</u>.

(필자: 경성사범학교 교유)

거짓말의 효용

화창한 가을의 신랑

옛날 어떤 곳에 큰 부자 양반이 있었다. 그 집에는 나이가 찬 외동딸이 있었는데 그녀가 또 엄청난 미녀라서 연담이 비오듯 퍼부었다. 그런데 장난기가 많은 이 양반은 무슨 생각을 했는지, '만약 거짓말을 해서 날 속일 정도가 되는 자가 있으면 내 딸을 주겠다' 라고 공언을 했다.

그 이야기를 들은 젊은이들은 천 리를 머다 않고 우르르 몰려들어 여봐란 듯이 양반을 상대로 거짓말을 늘어 놓았다. 하지만, 양반은 일체 상대도 하지 않고, 그것은 거짓말 축에도 못 든다, 그런 말에 속지 않는다 라고 하는 통에 어느 누구하나 거짓말 시험을 패스하는 자가 없었다.

115

어느 날 또 늘 그렇듯이 면회를 요구하는 젊은이가 있었다.

"저는 당신을 감쪽같이 속이고 싶어서 찾아뵈었습니다."

라고 말을 했다. 그러자,

"허허, 자신만만하군, 그런데 그 거짓말이라는 것이 대체 뭔가? 한 번 들어 보세."

"그러면 말씀드리겠습니다. 저는 기가 막히게 좋은 돈벌이 방법을 생각했습니다. 그게 무엇인고 하면, 종로 뒤쪽에 이렇게 커다란 구멍을 이삼십 개 파십시오……"

"흐흠……그것이 어떻게 돈벌이가 되는가?"

"지금은 바야흐로 한창 추울 때이니 그 구멍에 몰아치는 찬바람을 담아 두었다가, 내년 여름 한창 더울 때 조금씩 꺼내서 팔면 크게 수지를 맞을 것입니다."

그 이야기를 들은 양반은, 흠, 이 자는 좀 얘기가 되겠는 걸, 좀 거짓말이 되고 있는데… 하고 생각했다. 그러자 그 남자는 품에서 고증문(古證文)을 한 장 귀한 듯 꺼내어,

"이것은 당신 아버님께서 아직 생존 중이실 때 제게 빌려 가신 10만 냥에 대한 차용증서입니다. 부디 이것을 보시고 이제 갚아 주십시오."

116

라고 했다.

이렇게 되니, 그것을 거짓말이라고 하면 귀한 딸을 내주어야 하고, 거짓말이 아니라고 하면 빌린 10만냥을 갚아야 하게 되어, 결국 그 양반도 대답이 궁하게 되었다.

그러나 잘 생각해 보니, 이 정도 지혜와 재능이 있는 사람이라면 딸을 주어도 전혀 상관이 없을 것이라고 생각하여 결국은 그 남자를 사위로 삼기로 했다.

출세의 실마리

어느 날 아무개라는 사람이 대신으로 임명되었다. 으레 그렇듯이 대신이 바뀌면 맹렬하게 엽관운동(獵官運動)이 암약명동(暗躍明動)하는 법이므로 그 대신은 방지책을 강구하여 문 앞에 커다란 방을 붙였다. 그 문구는 다음과 같았다.

"면회사절. 단 거짓말로 나를 속일 자신이 있는 자는 예외로 한다."

그 날 밤 몰래 대신 집 대문을 두드리러 온 엽관들도 그 문구를 보고는 주저하여 면회를 요구하는 사람이 거의 없었다. 그러나 그

중에는 친구들과 머리를 맞대고 지혜를 짜서 어떻게든 대신을 한 번 골려 주려고 다양한 방법을 강구하여 면회를 하는 자들이 있었다. 하지만 즉각 거짓말이 들통 나서 맥없이 물러나는 형국이었다.

그리하여 어떤 곳에 몇 명이 모여 그 소문에 대해 이야기를 하고 있자니, 지나가던 촌뜨기 젊은이가,

"그런 일이라면 식은 죽 먹기 아니오?"

라고 무심코 중얼거렸다. 그러자 일동은 깔깔대고 웃으며,

"경성에서 내로라 하는 똑똑한 사람들이 머리를 쥐어짜도 대적을 할 수 없는데, 자네 같은 시골뜨기 풋내기가 참 가소롭군."

하며 와 하고 비웃었다. 그 남자는 아무렇지도 않게,

"어디 두고 보시오. 나중에 가서 무슨 말을 하는 지 보겠소."

라고 말을 마치자마자, 바로 대신의 집을 향해 떠났다.

마침내 문 앞에서, 면회를 요청하여 대신의 면전에 섰다.

"무슨 일인가?"

"예, 대감님을 속이러 왔사옵니다."

"허허, 것 참 기특한지고. 어디 한 번 들어보세."

"그럼 말씀 드리겠습니다. 이 놈은 오늘 아는 사람의 생일잔치에 가려고 경성에 왔습니다(조선에서는 부모의 생일을 성대하게 축하하는 습관이 있어

서 그것을 자식의 큰 효도라고 생각한다). 그 잔치에서 엄청나게 큰 대추를 먹었습니다. 우선 그 크기는 쌀가마니만큼 큽니다."

그 이야기를 들은 대신은,

"거짓말 마라, 그렇게 큰 대추가 있을 리 없지 않느냐? 뻔한 거짓말도 정도가 있지. 바보 같은 놈."

라고 야단을 쳤다. 그런데 젊은이는 태연하게 시치미를 떼고,

"그것은 좀 말이 지나쳤습니다. 그러니까 이 화로 정도의 크기인 것 같은……."

"그렇게 큰 대추는 없다."

"그럼 더 작았는지도 모릅니다. 대감마님 머리통 만 한……"

"뭐 말도 안 되는 말을."

라고 하면서 점점 작아져서 결국 계란 만 한 크기를 손가락으로 만들어 보이니,

"뭐, 그 정도 크기라면 없지는 않겠지."

라고 납득을 하자 그 젊은이는 득의양양한 표정을 지으며,

"대감마님, 그럼 감사합니다. 물러나겠습니다."

라고 인사를 하고 돌아가 버렸다.

마침 엄동설한이기 때문에 경성은 온천지에 눈이 쌓여 은세계였

119

다. 대신은 대추의 크기에만 마음을 빼앗겨 계절 상 그 때 대추가 있을 리가 없다는 것을 잊고 그만 젊은이의 덫에 걸려든 것이었다.

대신은 그 젊은이를 찾아내어 관직을 주었고, 그는 크게 출세를 했다고 한다.

거짓말로 도미를 낚은 이야기

봄이 되면 꽃돔이라는 말도 있듯이, 도미에 특유한 풍미가 생겨 서울 사람들의 입맛을 즐겁게 한다. 몇 명이나 되는 도미장수가 지게에 도미를 잔뜩 지고,

"도미 사려! 도미 사려!"

하고 활기찬 목소리로 도미를 팔러 다니며 문 앞을 지나간다. 그것을 가만히 듣고 있던 어떤 가난뱅이가 있었다. 도미는 먹고 싶고 돈은 없고, 아무리 지갑을 털어 봐도 속에 들어 있는 것은 십 전짜리 엽전 한 장 뿐. 아무리 생각해도 방법이 없었다. 입맛을 다시면서 아, 뭐 좋은 수가 없을까 하며 고육지책을 강구하고 있다가 마침내 무릎을 탁 치며 일어섰다.

마침 지나가는 도미장수를 불러 세워, 실은 돈이 이것밖에 없다며 부탁을 해서 작디 작은 그것도 조금 흠이 있는 도미 한 마리를 겨우 10전으로 깎아서 사서 집으로 가지고 왔다.

그 다음에 다시 온 도미 장수를 불러 세워 방금 전에 산 도미와 비슷한 크기의 도미를 집어들고,

"잠깐만 기다려 주시오. 집에 있는 마누라에게 물어 보고 올 테니."

라고 그 도미를 집으로 가져가 아까 산 것과 바꿔치기를 하고,

"상처가 나서 안 된다네."

라고 돌려주었다.

그 다음 도미 장수한테서는 방금 전 도미보다 약간 더 큰 도미를 들고 마찬가지로 마누라에게 물어 본다고 하고 집으로 가져가서,

"지금은 도미가 필요 없다 해서…"

라고 돌려주었다. 그 수를 스무 번 정도 되풀이하는 동안에 처음에 보잘것없이 작았던 도미가 금방 1척 몇 촌이나 되는 큰 도미로 바뀌어 버렸다.

"헤헤헤, 10전으로 이렇게 큰 도미라니… 싸기도 하군!"

라고 기뻐하며 회를 뜨랴 구으랴 찌랴 하느라, 온 집안 식구가 모여 야단을 떨며 입맛을 다졌다.

경성의 자연과 풍경

문득 지친 머리를 들어 창문 너머를 바라보니 작년에 심은 백화나무의 듬성듬성한 나뭇잎이 흔들리고 있다. 작년에도 이파리가 조금밖에 없었기 때문에, 올 봄에는 싹이 날까 내심 걱정이 되었다. 작은 싹을 틔우고 드문드문 이파리를 붙이고 마침내 한 치 정도 되는 작은 이삭 모양의 열매도 열리고 달랑달랑 영락(瓔珞)[40]이 흔들리듯이 여름 동안 작은 풍경 노릇을 대신 해준 백화나무도 이제 얼마 후면 노랗게 물이 들 것이다. 공부를 해야 한다고 매일 빚쟁이에게 쫓기는 기분이면서도 매일 찜통 같은 날씨 때문에 통 진척이 없던 일도 근 2, 3일 동안 시원한 바람이 불어와서 그런지 어느새 손에 잡히게 되었다. 맞은 편 언덕의 소나무숲 아래에 난 풀들이 노랗게 물들고 무전 철탑이 선명하게 남색

40 부처의 목·팔·가슴 같은 곳에 두르는 보석 따위를 꿴 장식품.

123

하늘에 우뚝 서게 되면 일 년 중 가장 기분 좋은 가을볕이 찾아온다.

경성의 가을, 9, 10, 11월 3개월은 정말로 좋다. 하지만 12월이 시작되면 다시 추운 겨울이 찾아온다. 여름 동안 보트를 띄우고 있던 한강이 온통 얼어붙고 활기가 가득 찬 사람들이 스케이트를 즐길 때 근대문명을 자랑하는 머리 위 철교에 만전(萬電)의 소리를 내며 달리는 특급열차가 있는가 생각하면, 얼음에 구멍을 뚫고 하루 종일 묵묵히 낚시 줄을 드리우고 있는 노인이 보인다. 또한 어린이들이 잠자리를 좇던 청량리 논은 추수를 끝내고 얼음이 얼어 스케이터들이 원을 그리며 소용돌이치고 있다. 그리고 저 멀리 드문드문 눈을 이고 있는 북한산이 우뚝 솟은 바위를 드러내 보일 때면 또 멋진 정(靜)과 동(動)의 대조가 눈에 띤다.

×

작년 12월 초순이었던가? 평소처럼 효자정까지 전차로 북문을 지나 무당들로 유명한 무계동(武溪洞)41을 지나 세검정에서 비봉에 갔다. 단풍을 보기에는 좀 늦었지만, 햇빛 아래 밟는 낙엽 소리, 승가사(僧家寺) 뒤에서 낙엽을 태워 국을 끓이던 기억에 참으로 가을이 사랑스럽게 여겨졌다. 재작년에

41 종로구 부암동에 있던 마을로서, 중국의 무릉도원에 있는 계곡처럼 생겼다고 하는 데서 마을 이름이 유래되었다.

124

도 딱 이맘 때 산우(山友)의 입영을 축하하며, 젊은 산우들과 이별 하이킹을 할 곳으로 비봉을 골랐다. 마침 승가서 입구에 사철나무가 심어져 있었다. 낙엽을 밟은 후에 눈을 자극하는 짙은 녹색 활엽수인 사철나무를 보니, 따뜻한 햇빛이 느껴진다. 사철나무라 하면 경성의 겨울을 누그러뜨리는 대표적인 상록 활엽수로서 여기저기 마당에 한 두 그루씩 심어져 있는 것이 눈에 띄는데, 남미창정(南米倉町)42의 구 경성구락부의 사철나무 생울타리는 추운 경성 땅을 감안해 볼 때 그야말로 천하일품이다.

×

또한 가을에는 북한산을 오르는 것이 좋다. 지금은 돈암정 방면이 교통이 좋아져서 그 방면으로 올라가는 것도 좋지만, 나는 역시 북문에서 세검정 길을 선택한다. 저녁에 경성을 나가 평창리 부근에서 하얀 종이를 바른 벽을 볼 때 십수 년 동안 해마다 몇 번씩 지나다니는 길이면서도 늘 여수가 밀려온다. 그리고 앵두나무가 옷을 벗은 생울타리 사이를 지나갈 때 초봄 여행 때 하얗게 핀 앵두꽃 기억이 눈앞에 떠오른다. 옛날 혜화정 근처였다고 생각되는데 앵두꽃을 심어 놓은 약간 비스듬한 밭이 있었다. 하얀

42 현 남창동.

125

게 핀 앵두꽃 덤불에 단채색 옷을 입은 기생이 가슴 언저리 위에서 헤엄을 치듯이 왔다갔다 하며 노래를 부르는 것을 본 기억이 되살아 났다. 그것은 기억인지 들은 이야기에서 연상이 된 것인지 잘 모를 만큼 아련하지만, 언젠가 앵두꽃이 자태를 뽐낼 때 아름다운 기생이 따라 주는 술을 먹고 싶은 것은 연래의 염원이다.

×

문주암(文珠庵) 아래 언덕배기에 다가가자 경성 시내에서 반짝이는 불빛이 보인다. 날이 저물고 나서 반짝이는 불빛을 보면 구슬픈 기분이 엄습하는 것은 나뿐일까? 저녁에 반짝이는 불빛을 보며 어머니를 그리워하고 아버지를 그리워하는 마음이 사무치는 것은 널리 공통되는 심정 아닐까? 멀리 여행을 와서 낯선 땅에서 등불을 보면 덧없는 세상사는 사라지고 동심으로 돌아가 돌아가신 부모님이 그리워지는 법이다. 여행은 실로 동심을 불러일으킨다. 그리고 북한산은 내게 긴 여행도 필요 없이 겨우 두 세 시간 만에 여수를 맛보게 한다.

문주암에 도착하자 전면(동쪽)에 있는 보현봉(普賢峰)의 암벽이 가파르게 우뚝 서 있어 압박을 가해 온다. 마치 동석동(動石洞)에서 보는 집선봉(集仙峰, 금강산)이나 가라사와(沽澤)에서 우러러보는 호타카(穗高,

126

上高地)처럼. 암자 부근에서 전골을 먹은 후, 한 손에 카메라를 들고 부근의 바위에 가서 경성의 불빛을 바라보며 감상에 젖는 것은 영화관의 불결한 감상에 비하면 몇 배나 가치가 있다.

×

나는 또한 남산을 오르는 것을 좋아한다. 시기는 춘하추동 언제든 좋다. 또한 매일 올라가도 매일매일 경치가 바뀐다. 하루 중에서는 이른 아침이나 저녁때가 좋다. 나는 3, 4년 전 30일 동안 매일 아침 4시 반에 일어나서 5시 조금 지난 시각에 남산 정상에 올라갔다. 그때마다 매번 경치를 바꾸며 새로운 자극을 주었다. 딱 6월 중순에서 7월 중순까지 매일 아침 아름다운 운해(雲海)를 발 아래 놓고 내려다 볼 수 있었다. 예를 들면, 어느 날 남쪽을 보면 소나무 가지 사이로 아직 채 날이 밝지 않은 어스름하게 빛나는 한강 위에서 롤케익 같은 구름 덩어리가 동쪽에서 서쪽으로 떠가고, 그 위에 관악산이 머리를 내밀고 있다. 북쪽을 보면 바로 발 아래에 어렴풋이 도심 같은 거뭇한 것이 보이는데, 조금 더 멀리 보면 운해가 두꺼워서 아무것도 보이지 않는다. 왼쪽의 안산(鞍山)[43], 인왕산도 운해에 싸여 있다. 전면에 있는 북한 웅봉은 우뚝 솟은 예리

43 무악산으로도 불리며 서울특별시 서대문구에 있는 산.

한 봉우리를 운해 위에 내밀고 있다. 아득히 보이는 도봉산도 쟌달무[44] 상태로 늘어선 봉우리들을 드러내고, 운해는 그 방향에서 흘러나오고 있다. 크고 작은 수천만 개의 물결이 밀려왔다가는 사라지고 밀려왔다가는 사라지며 서서히 움직이고 있다. 북악산쪽은 조금 물결이 높아지고 있다. 보고 있는 동안 북악의 예리한 봉우리가 운해 위로 드러난다. 이어서 안산도 인왕산도 조금씩 모습을 드러낸다. 또한 일진의 바람으로 인해 모두 운해 속으로 가라앉아 버린다. 오른쪽을 보니 운해는 아득히 지평선까지 이어지고 그 사이에 불암산, 수락산 두 산을 비롯해 십 수개의 산들이 떠 있다. 이윽고 오른 쪽 저 멀리 지평선에서 새빨간 빛줄기가 일순 눈을 찔렀다. 담회색 운해 물결은 저 멀리 수천 수만 개의 은빛 날개를 겹친 봉황의 날개로 변한다. 그리고 은빛 날개 위에 떠 있는 산들은 진홍색으로 물든다. 그러나 은빛 날개 아래의 거리는 아직 어둠에 잠겨 있다. 희미하게 삐걱거리는 전차소리가 들릴 뿐이다. 이윽고 운해는 차차 상승하기 시작한다. 그 때 나는 산을 내려온다.

44 쟌달무(gens d'armes, 프랑스어로 헌병, 전위봉(前衛峰)의 뜻)는 오무호타카산(奧穗高岳) 서남서쪽에 있는 돔형 암석 능선. 표고 3,163m.

×

    남산에서 보는 풍경은 그렇게 멋지지만, 도시 남산 안에 안겨 보면 녹아들 것 같은 온화함이 느껴진다. 남산의 대부분은 예전에는 작은 소나무산이었는데 지금은 적송이 자라 우뚝우뚝 서 있고 소나무 사이에는 어느새 활엽수도 많이 자라고 있다. 예를 들면 산벚나무, 홍매화, 밤나무 등이 자라서 봄에는 선명한 녹색으로 물들고, 그 아래에는 진달래, 병꽃나무 등의 관목이 아름다운 꽃을 피우고 있으며, 남산제비꽃도 예쁜 꽃을 피우고 있다. 여름에는 진녹색 남산에 구름이 낮게 드리우고 안개 속에 바위떡풀이나 보라색 싸리꽃이 눈에 띄어, 고원지대에서 놀고 있는 듯한 착각에 빠진다. 가을에는 또 소나무 사이에 섞인 활엽 교목, 관목 단풍, 그리고 소나무 숲 사이에 드문드문 보이는 오솔길에서 낙엽을 밟으며 다람쥐와 노닌다. 그리고 일 년 내내 가지가지 새들이 지저귄다. 꿩은 춘하추동 금실이 좋아 때로는 새끼를 데리고 먹이를 찾기도 하고 구구구구 하며 애조 띤 노래를 하기도 한다. 저녁 무렵에는 늘 부엉이가 운다. 특히 늦봄에서 여름에 걸쳐서는 휘파람새와 두견새가 지저귀는 소리가 끊임없이 들린다. 그 외에 갖가지 꽃이 피고 여러 가지 새가 노래한다. 실로 백 만 도시 경성이 자랑할 만한 휴식의 장소이다.

129

×

조선신궁 경내에서 내려다보는 경성의 도시미는 아마 일본에서 최고일 것이다. 어쩌면 산악도시로서도 세계 굴지의 도시일 것이다. 산악과 도시의 배합과 조화에 이 이상 더 좋은 것을 생각할 수는 없을 것이다. 아침저녁 산과 건물의 색깔의 변화, 한강 물과 모래의 색깔, 우리 모두 일 년 동안 몇 번 몇 십 번, 아니 많은 사람은 몇 백번 되풀이해서 바라보는 경치이기는 하지만, 필설로 다 할 수 없는 풍광이다. 특히 가을에서 겨울에 걸쳐 새벽에 온돌을 덥히는 굴뚝의 하얀 연기에 아련히 쌓인 거리 위로 산의 골격을 드러내며 우뚝 솟아 있는 북한산 봉우리 봉우리에 아침 햇살이 빨갛게 빛날 때면 새삼 경성의 아름다움을 실감한다.

×

경성신사 아래에서 프랑스 교회를 바라보는 경치 또한 경성의 명물이다. 아침저녁 사양에 건물 전체가 빨갛게 불타오르고 유리창이 황금색으로 반짝일 때, 거리의 기와지붕 저 너머로 북한산 봉우리 봉우리들이 보라색으로 혹은 회색으로 변하는 것을 바라볼 때 나는 삶의 보람을 절감한다.

반도호텔 8층 흡연실에서 내려다본 종로의 조선식 기와지붕의 물결 또한 경성의 자랑거리이다. 여덟팔자 모양으로 뻗쳐 올라간 기와지붕의 물결 너머에는 백악의 전당이 있고 그 뒤에는 예의 이등변삼각형 모양의 아름다운 북악산이 솟아 있으며 북악산이 바라다 보인다. 또한 장충단 박문사(博文寺) 산문에서 비스듬하게 바라다보는 경성도 버릴 수 없는 프로필이다.

×

장충단에서 고개를 넘어 한강리로 나오는 길도 풍경이 아름다운 지대이다. 지금은 신당동에서 한남정으로 통하는 자동차도로가 생겨서 구 한강리가 어떻게 발전했는지 모르지만, 그 고개를 넘어 아름다운 소나무 숲을 빠져나가 한강리로 나오면 나는 늘 내지의 해변에 있는 작은 어촌 마을이 연상된다. 집이 늘어서 있는 모양으로 보나 강가에 늘어서 있는 돛단배 모양으로 보나 말이다.

여름의 산보객도 줄어든 가을의 청량리, 소나무 숲에 햇빛이 비쳐지면에 줄무늬를 그리며 숲 속에서 붉나무가 노랗게 물들고 옻나무가 빨간 색으로 곱게 물들 무렵, 할아버지 할머니들이 소나무잎을 긁어모으는 풍경은 고요한 가을 정취를 물씬 느끼게 한다.

×

가오리에서 우이동에 걸쳐 피어 있는 산벚나무 또한 경성의 자랑거리이다. 근래에는 어지간히 때가 묻었는지 나는 좀처럼 밖에 나가지 않고 있는데, 벚나무 아래 피는 진달래, 조선의 땅 색깔과 잘 어우러진 진달래 색은 몽환적이다. 진달래가 질 무렵에는 철쭉이, 아름다운 석남화(石楠花)처럼 담홍색 꽃을 피운다. 그리고 잎이 달린 산철쭉이 핀다. 듬성듬성 소나무 숲 아래 진달래, 철쭉, 산철쭉이 차례로 필 무렵 키가 다섯 치도 안 되는 붓꽃과의 제비꽃이나 금붓꽃이 봄의 화원을 꾸미는 것은 볼만한 풍정이다.

진달래 하니 생각난 것인데, 올봄에 본 비원의 진달래는 정말 볼만 했다. 아직 싹이 트지 않은 커다란 적송나무 아래 잘 배합된 고색창연한 건물과 어우러져 흐드러지게 핀 진달래의 아름다움은 재작년 새벽에 본 비원의 멋진 단풍의 인상과 함께 영원히 내 뇌리를 떠나지 않을 것이다.

주변의 모든 것들이 제각각 매력을 갖고 다가온다. 하지만 그 모든 것들을 제치고 나의 감각을 사로잡는 것이 있었다. 가을도 깊어갈 무렵 구조선 거리의 좁은 길을 흙담을 따라 걷다가 문득 올려다본 지붕 위로 두 척 정도 되는 바위솔이 연보라색 술을 달고 맑디맑

은 남빛 하늘에 솟아 있고, 두세 마리 고추잠자리가 날고 있는 것을
보았을 때, 조선의 가을 정취를 백분 느꼈다.

(필자: 경성제국대학예과교수)

짚신 장수와 계집종

경남 양산군에 오 아무개라는 자가 있었다. 천성이 느긋하고 짚신을 만들어 팔며 생계를 유지했다. 그 짚신은 모양이 아주 볼품이 없었는데, 경성에서 온 한 소년이 그것을 보고 농담으로 이 짚신은 경성이라면 틀림없이 백 원에 팔릴 것이라고 했다.

오 아무개는 그것을 정말로 믿고 칠십 켤레나 만들어서 경성에 지고 가서 길가에 짐을 풀었다. 사람들이 가격을 묻자, 일 원이라고 하니 모두 코웃음을 치며 지나가 버려 며칠 동안 좌판을 벌이고 앉았지만 한 켤레도 팔리지 않았다.

마침 어느 대감 집 계집종이 한 명 있었다. 용모도 아름다운 데다 똑똑하기도 하며, 나이는 마침 이팔청춘. 아직 시집을 가지 않았는데, 늘상 나는 내가 신랑을 고를 거예요 라고 이야기했다. 어느 날 우연히 오 아무개가 짚신가게를 벌여 놓은 곳을 지나가게 되었는데, 그 가격이 턱없이 비싸서 아무도 사가는 이가 없는 것을 보고, 그것 참 이상하다고 생각했다. 사흘이나 계속해서 보러 왔지만 아무 변화가 없었다. 그래서 오 아무개에게,

"내가 전부 살게요, 얼마예요?"

라고 물었다.

"칠십 켤레에 칠십 원이요."

"그럼 저를 따라 오세요. 돈을 드릴 게요."

"아, 예."

하고 오 아무개는 짚신을 메고 따라갔다. 그러자 계집종은 으리으리한 대문에 굉장히 큰 저택 안으로 들어가더니 자신의 방으로 안내를 했다. 자리에 앉자 오 아무개는 짚신값을 요구했다.

"내일 드리지요. 오늘 밤은 부디 마음 편히 이곳에서 주무세요."

라고 미주가효(美酒佳肴)를 내오고 저녁까지 대접을 하는데 그릇도 훌륭하고 요리도 먹어 보지 못 한 것뿐이었다. 시골에서 맛없는 음식만 먹던 그는 순식간에 그릇을 비웠다.

다음 날 아침 채 날이 밝기도 전에 일어나서 그녀는 장롱을 열어 새 옷을 꺼내고, 몸을 씻게 한 후 그것을 입혔다. 상당히 남자다운

136

늠름한 모습이었다. 그녀는 말했다.

"저는 이 집의 계집종입니다. 당신은 이제 저와 결혼을 하셨으니, 대감님을 찾아뵙고 인사를 드리는 것이 좋겠어요. 하지만 바닥에서 절을 하면 안 됩니다."

"아, 예."

그녀는 안에 들어가서 대감께 고했다.

"어젯밤에 저는 서방님을 찾았습니다. 한 번 봐 주시길 바랍니다."

"허허, 그렇더냐. 어서 데리고 오너라."

오 아무개는 대청마루에 올라가 인사를 했다. 하인들이 그를 아래로 끌어내리려 했으나 그는 떡하니 버티고 서서 움직이지 않았다.

"나는 향족(양반 다음 신분)이오. 설령 계집종의 지아비가 되었다 해도 땅에 내려가서 절을 할 수는 없소."

대감은 웃으며,

"흠흠, 그래, 그래, 하고 싶은 대로 내버려 두거라."

라고 했다.

그는 그대로 계집종의 방에 머물게 되었다.

어느 날 계집종이 말했다.

"당신 아무래도 너무 천하태평이네요. 돈을 쓰시면 필시 여유도

137

생기고 머리도 돌아갈 것입니다."

라고 하며 엽전 한 다발을 주었다.

　"이것을 가지고 가서서 다 쓰고 오십시오."

　그런데 저녁이 되어서 오 아무개는 돌아와서 말했다.

　"뭐 딱히 배가 고프지 않으니 술 생각도 없고 떡이 먹고 싶은 것
도 아니고, 하루 종일 빈둥빈둥 돌아다녔지만 따로 쓸 데도 없고 해
서 한 푼도 쓰지 않고 돌아왔소."

　"그럼 길에 거지가 꽤 많이 있을 것입니다. 왜 주지 않았습니까?"

　"아 그렇군, 그 생각을 못 했네."

　다음 날 다시 엽전 한 다발을 들고 나가 거지들을 많이 불러모아
던져 주었다. 거지들은 서로 앞다투어 돈을 주워갔다. 그 꼴이 하도
재미있어서 그 짓을 매일 반복했다. 그러나 생각해 보니, 많은 돈을
허비했네, 거지들은 전혀 은혜도 모르지, 라는 생각이 들었다. 그래
서 활터에 가서 활을 쏘는 무리들과 교제하며 술과 고기를 사며 매
일 나눠 주었다. 그러는 동안 그들과 완전히 사이가 좋아졌다. 그 다
음에는 누추한 집에서 독서를 하고 있는 가난한 선비들과 왕래를 하
며 아침저녁 음식을 사주기도 하고 필묵을 사 주기도 했다. 사람들
은 오 아무개라는 사람을 요즘 세상에 보기 드문 인물이라고 칭찬을

했다. 계집종은 사기삼략이나 손자병법을 배우라고 권했기 때문에 대강의 뜻을 알게 되었다. 그리하여 얼마 안 있어 수백 원을 써 버렸다. 여자는 다시 활쏘기를 배워 대성하라고 권했다. 오 아무개는 원래 건장한 데다 사수들과 사이가 좋았기 때문에 그들은 기꺼이 활쏘는 법을 가르쳐 주었다. 그래서 철 화살, 가는 화살 모두 익히게 되었고, 무경칠서(武經七書)도 통독하게 되었다. 무과 시험을 치르자 너끈히 급제하여 증서를 받았다. 그것을 감춰 두고 집안사람들에게 알리지 않았다. 그리고 오 아무개에게 말했다.

"제가 모아둔 돈은 천 원밖에 없습니다. 당신은 지금까지 벌써 칠백 원이나 썼습니다. 이제 삼백 원밖에 남지 않았습니다. 이것으로 장사를 합시다."

"하지만 나는 무슨 장사를 해야 할 지 통 모르겠소."

"올해는 대추가 매우 흉작이라 합니다. 다만 충청도 모 마을만은 대추가 잘 영글었다 하니, 가서 전부 사 오세요."

오 아무개는 시키는 대로 그 마을에 갔다. 하지만, 흉년이 들어 곡식을 거두지 못해 많은 사람들이 쓰러져 있었다. 그 모양을 본 그는 가엾어서 그만 가는 데마다 돈을 주어 결국 빈털터리가 되어 집으로 돌아왔다. 계집종은 말했다.

"좋은 일은 하는 것은 아주 훌륭합니다. 하지만 제가 모아 놓은 돈은 이제 다 떨어져갑니다. 어떻게 살면 좋을까요?"

그러더니 백 원을 더 주며 말했다.

"목화도 온 팔도에서 흉년이 들었다고 합니다. 겨우 황해도 두 세 군데 마을만 농사가 잘 되었다고 들었습니다. 그곳에 가서 목화를 사 오세요."

오 아무개는 다시 황해도에 갔지만, 전과 마찬가지로 빈손으로 돌아왔다.

"이제 백 원밖에 없습니다. 있는 돈을 다 드릴테니 이것으로 전부 싼 옷가지를 사서 함경도에 가서 인삼하고 바꿔 오세요. 전처럼 허비하면 안 됩니다."

오 아무개는 시장에 가서 옷가지를 몇 십 벌 사서 북쪽으로 갔다. 북쪽에서는 목화가 나지 않기 때문에 값이 비싸서 사람들은 옷을 사입을 수 없었다. 그래서 따뜻한 겨울에도 추위에 떨고 있었다. 오 아무개는 돈 씀씀이가 헤프고 장사에는 소질이 없어서 함경남도 안변군(安邊郡)에서 함경북도 육군(六郡) 주변을 돌아다니는 동안에 옷이 없는 사람들에게 다 주어 버려 남은 것은 치마와 바지 한 벌 밖에 없었다. 그는 한숨을 쉬었다.

"내가 천 원이나 되는 재산을 허비했군. 빈손으로 돌아가면 집사람을 볼 면목이 없어. 차라리 호랑이나 맥에게 잡혀먹는 게 낫겠어."

그래서 밤중에 깊은 산속으로 들어갔다. 벼랑을 기어오르고 언덕길을 따라 올라가자 계곡이 하나 나왔다. 가만히 보니 울창한 숲속에 불빛이 빨갛게 빛나고 있었다. 그 집에 다가가 문을 두드리며 잠자리를 청했다. 노파가 문을 열고 나왔다.

"이렇게 깊은 밤에 이런 산 속에 무슨 일로 오셨수?"

라고 안으로 데리고 들어가 밥을 내주며 정중하게 대접을 했다. 오 아무개는 남아 있던 치마와 바지를 노파에게 주었다. 노파는 매우 기뻐하며 당장 입고는 몇 번이나 고맙다는 인사를 했다. 오 아무개가 밥을 먹으면서 찻물을 잘 보니 인삼이었다.

"이 차는 어디서 났습니까?"

라고 묻자 노파는,

"가까이에 도라지 밭이 있습지요. 늘상 거기서 캐다 차를 끓여 먹고 있어요."

라고 한다.

"캐다 놓은 것이 아직 더 있습니까?"

라고 묻자, 노파는 몇십 채나 되는 것을 내다 보여 줬다. 모두 다 인삼으로 작은 것은 손가락만 하고 큰 것은 종아리만 하였다.

그 때 문밖에서 짐을 내리는 소리가 났다.

"아아, 아들이 돌아왔습니다. 저 아이는 이상한 아이로, 태어날 때 양쪽 겨드랑이 밑에 작은 날개가 있어서 높은 곳으로 날아다닐 수가 있어요. 애비가 쇠를 달구어 그 날개를 태웠습니다만, 다시 났습니다. 크더니 저렇게 강력무쌍해졌습니다. 아무 일 없으면 그래도 괜찮은데 만일 재난이 있으면 안 되기 때문에(당시 너무 힘이 센 자는 관리들에게 죽임을 당했다), 깊은 산속에 숨어 살고 있습니다. 애비는 죽고 지금은 이 에미 혼자 남았습니다."

그리고 밖을 향해 말했다.

"귀한 손님이 오셨다. 들어와서 인사를 하거라. 내게 옷을 주셨으니 어서 입어 보거라. 큰 은인이다."

아들이 들어와서 감사의 인사를 했다.

다음 날 아침 오 아무개는 노파에게 말했다.

"도라지 밭 좀 구경해도 될까요?"

노파는 오 아무개를 데리고 고개를 하나 넘어 가서 가르쳐 주었다. 온 산이 인삼으로 가득했다. 그는 하루 종일 그것을 캤다. 크기는 들쑥날쑥 했지만 그 중에는 동자삼이 다수 섞여 있어서 전부해서

대여섯 바리나 되었다.

"산속이라 말도 없고 어떻게 가지고 가면 좋을까?"

하며 오 아무개가 걱정을 하고 있자 아들은,

"제가 원산까지 날라 드리지요. 거기서 말에 실으면 되요."

라고 하는 말을 듣고 그대로 해서, 말에 싣고 자기 집까지 왔다. 그리고 자초지종을 아내에게 말했다. 계집종은 크게 기뻐했다.

"당신이 선행을 거듭하니 하늘이 보물을 내려 주신 것입니다. 이렇게 돌아오신 것은 우연이 아닙니다. 다행히 내일은 대감마님의 환갑잔치이니, 조정의 대신들이 모두 모이실 것입니다. 당신이 여러 대감님들을 만나시면 곧 좋은 기회가 생겨 쉽게 임관할 수 있을 것입니다."

다음날 아침 인삼 중 큰 것 다섯 개를 골라 대감에게 바쳤다.

"제 서방님이 행상을 갔다가 이것을 손에 넣었습니다. 부디 받아 주십시오."

대감은 크게 기뻐하여 오 아무개를 불러들였다. 계집종은 미리 준비해 둔 의례용 의복과 모자를 쓰게 했다. 대감은 이상히 여겼다.

"그것은 웬 복장이냐?"

오 아무개가 대답했다.

"저는 이전에 무과에 합격을 했습니다만, 장사꾼이 되었기 때문에 증서를 숨겨 두고 영감마님께 아직 알리지 않은 것입니다."

"허, 그랬구나. 몸도 아주 튼실하구면."

그럭저럭 하는 사이에 여기저기서 대감들이 속속 모였다. 모두 인삼을 알아보고,

"이런 희대의 진품은 대감 혼자 드시면 안 됩니다. 소생에게도 한 뿌리 나눠 주시오."

라고 했다.

"하지만 이것 밖에 없소. 줄 수가 없구려."

오 아무개는 곁에서 듣고 있다가,

"제 개나리짐에는 인삼이 아직 남아 있습니다. 대감마님들께 나눠 드려 경의를 표하고 싶습니다."

라고 집으로 돌아가 각각 세 뿌리씩 여러 대감들에게 바쳤다. 대감들 역시 크게 기뻐했다.

"대체 저 자는 누구인가?"

대감이 대답했다.

"우리 집 계집종의 서방인데 신분은 향족이네. 무과에도 급제했네."

"대감 댁 종의 남편으로 그런 무인이 있는데도 여태 임관이 안 되

었다니, 그것은 대감 탓이구려."

"아니 아니, 무과에 급제했다는 말은 나도 오늘 처음 들었네."

이제 날이 저물어 여러 대감들도 모두 거나해진 기분으로 각자 돌아갔다.

오 아무개는 그 인삼을 팔아 돈을 몇천 원이나 벌었다. 여러 대감들은 서로 그를 끌어당겼다. 얼마 안 있어 임관이 되어, 의전관(시종관 같은 짓)을 겸하였고 차차 벼슬이 높아져 결국은 수군절도사(해군대신)까지 벼슬이 올라 아내에게도 충분히 은혜를 갚고 행복한 부부가 되었다는 이야기.

정익공貞翼公과 쾌도快盜

지금은 옛날, 정익공(貞翼公)45이 아직 젊었을 무렵, 어느 날 산에 사냥을 나간 적이 있었다. 처음에는 가까운 산속에 있었으나 사냥감을 좇다 보니 자기도 모르는 사이에 깊은 산속까지 들어가 버렸다. 해도 떨어지고 주위를 둘러보아도 인가는 눈에 띠지 않고 마침 멀리서 절의 종소리가 희미하게 들릴까 말까 했다. 어쨌든 그는 몹시 불안해졌다. 그래서 정신없이 길을 찾아 근처 산속을 돌아다니다 어느 분지로 나왔다. 그곳에는 기와지붕을 한 커다란 집이 한 채 있었다. 이것 참 잘 되었구나 싶어 말에서 내려 그 집 문을 두드렸지만 대답이 없었다. 잠시 후 안에서 한 여인이 나타나서,

"여기는 손님께서 머무실 곳이 아닙니다. 어서 한 시라도 빨리 떠나십시오."

라고 했다.

45 이완(李浣, 1602~1674) 조선후기 무신. 정익(貞翼)은 시호. 북벌운동의 중심인물

정익공이 그 여자를 자세히 보니, 나이는 스물 남짓 상당한 미인이었다. 그래서 심호흡을 하고,

"이렇게 깊은 산속에서. 게다가 날이 저물었소. 호랑이나 맥이 날뛰는 위험한 곳을 헤매다가 겨우 찾아낸 것이 당신 집이오. 그런데 이렇게 갑자기 뿌리치다니 너무 하구려. 아니면 뭔가 까닭이 있소?"
라고 원망스러운 듯이 말했다.

"그렇습니다. 만일 이곳에 계시다가는 필시 목숨이 위험해질 것입니다."
라고 여인이 말했다.

하지만 물러나 봤자 맹수들의 먹이가 되는 것은 사필귀정이고 어차피 죽을 것이라면 이쪽이 낫겠다 싶어 공은 문을 열고 안으로 들어가 버렸다. 여인은 이제 어쩔 수 없이 그를 방으로 안내했다. 자리에 앉자 그는,

"대체 무슨 연유로 이곳에 있으면 안 된다는 것이오?"
라고 물었다. 여인은,

"실은 이 집은 산적 두목의 은신처입니다. 저도 원래는 양가집 딸로 몇 년 전에 이 도적에게 납치되어 도망을 가지도 못하고 여기에 있습니다. 다만 지금은 두목이 사냥을 나갔지만 밤이 깊어지면 반드

148

시 돌아옵니다. 그리고 손님께서 계시다는 것을 아는 날에는 모두 끝장입니다. 저도 당신도 단칼에 목이 떨어져 나갈 것입니다. 당신은 어떤 분이신지 모르겠지만, 도적의 손에 걸려 죽는다면 목숨이 너무 아깝습니다."

라고 설명했다.

"아 그런 사정이 있었구려. 하지만 나는 배가 고프오. 설사 죽는한이 있어도 밥을 굶을 수는 없소. 뭐 먹을 것 좀 주시오."

라고 하는데, 그는 생각 외로 침착했다. 여인은 순순히 도적의 식사를 날라와서 그에게 대접을 했다. 공은 배불리 대접을 받자 여자에게 도망을 치자고 권했다. 하지만 그녀는 강하게 거부했다.

"설마 그런⋯⋯그것이야말로 나중에 정말 큰 일 납니다."

"아니 이렇게 된 이상 이제 어떻게 되든 마찬가지 아니오? 한 밤중에 사람이 없는 곳에서 남녀가 한 방에 있었다면 아무 일 없었다고 해 봤자, 다른 사람들은 믿어주지 않소. 사생결단이오. 그렇게 떨지 않아도 되오."

라고 공은 나이에 어울리지 않게 뚝심을 발휘했다.

그런데 얼마 후 갑자기 밖에서 문을 두드리는 소리와 짐을 내리는 소리가 났다. 여인은 그 소리를 듣자 부들부들 떨며 새파랗게 질렸다.

"두목이 돌아왔습니다. 아, 어떻게 하지요?"

하지만 공은 아무렇지도 않은 듯 시치미를 떼며 듣고서도 못 들은 척 했다. 그곳에 거대한(巨大漢) 하나가, 자세히 말하자면 키는 열 척, 하목해구(河目海口) 같은 얼굴에 풍모는 몹시 사납다고 하면 좀 과장이지만, 손에 장검을 들고 술기운이 가득해서 천천히 들어왔다. 그리고 자기 방에 모르는 남자가 누워 있는 것을 보자 순식간에 열화와 같이 화를 내며 벼락을 치듯 고함을 질렀다.

"뭐야, 넌 대체 어디서 굴러온 놈이야? 왜 이런 곳에 와서 내 여자를 도둑질하고 난리야?"

"아니, 아니, 나는 단지 산에서 사냥을 하다가 길을 잃었는데 날은 저물고 해서 잠깐 쉬고 있을 뿐입니다."

라고 공은 여전히 침착하게 대답했다.

"뭐라고! 그냥 쉬고 있을 뿐이라구! 이 작자 아주 뻔뻔스런 작자구먼. 그냥 쉬는 것이라면 밖에 마루에서 쉬어도 되잖아. 방에 들어와서 남의 여편네하고 시시덕거리다니 이건 죽을 죄야. 게다가 네 놈은 나그네인 주제에 집 주인이 와도 인사를 하기는 커녕 누워 자빠져 있는 무뢰한이구먼. 대체 뭐하는 놈이야. 목숨이 아깝지 않나?"

공은 빙긋 웃으며,

"일이 이 지경이 되었으니, 설사 내가 결백하고 부인과 떨어져서 앉아 있었다고 해 봤자, 자네는 납득을 못 하시겠지. 어차피 한 번 태어났으면 언젠가는 죽는 법이지. 뭐 무서울 것은 없네. 자 어떻게 하든 하고 싶은 대로 하시게."

라고 고개를 쑥 내밀었다.

그러자 두목은 굵은 새끼줄을 가지고 와서 공을 기둥에 묶어 두었다. 그리고 마누라에게,

"저기 잡아온 것들이 잔뜩 있어. 빨리 요리 좀 해 줘."

라고 명했다. 여인은 나가서 멧돼지, 노루, 사슴 등 고기를 잘라 굽고, 찌고 하며 큰 쟁반에 산더미처럼 담아 와서 두목에게 권했다. 물론 술도 큰 잔으로 벌컥벌컥 몇 잔이나 들이켰다. 그리고 고기는 검을 나이프 삼아 잘라서 먹었다. 그러는 사이 고기 한 조각을 공의 앞에 내밀며,

"이것 참 혼자 먹어도 별 맛 없네. 자네는 이제 죽을 몸이지만 좀 먹여주지."

라고 하며 그 고기를 공의 입에 넣어주었다. 그러자, 공은 입을 쩍 벌려 쩝쩝대고 먹는데 무서운 기색도 없이 천연덕스러웠다. 천하의 도적선생도 공의 그런 배짱에는 두 손을 들고,

"흐흠, 쓸모 있는 작자군!"

라고 웅얼거렸다.

"자네 나를 죽일 것이라면 꾸물거리지 말고 빨리 죽이게. 쓸모 있
는 남자도 아무짝에도 쓸모가 없네."

두목은 그 이야기를 듣자 칼을 집어들고 일어서서 새끼줄을 끊고
손을 잡아 앉혔다.

"자네는 참 신기한 사람일세. 나는 처음 보네. 앞으로 곧 출세해
서 나라의 간성(干城)이 될 인물일세. 나는 차마 죽일 수가 없네. 아
니 그뿐인가! 앞으로는 정반대로 내 친구가 되어 주게. 저 여자는 내
여편네지만, 자네를 좋다고 한다면 자네 마누라로 삼게. 이제 나는
손을 떼겠네. 그리고 창고 안에 있는 재산도 모조리 자네에게 주겠
네. 거절하지 말게. 밑천이 없으면 출세를 할 수 없네. 그 대신 언젠
가 내게 힘든 일이 생기면 그 때는 자네에게 신세를 지겠네."

라고 말을 끝내자 마자 표연히 나가 버렸다. 그래서 날이 밝자 공은
자기 말에 여인을 태우고 또 마굿간에 있는 말을 끌어내 거기에 재
물을 잔뜩 싣고 산을 내려갔다.

그 후 공은 출세하여 훈련대장 겸 포도대장이 되었다. 그 때, 성
밖에서 대도가 잡혀 재판을 하려고 끌어내어 그 얼굴을 자세히 보니

그는 이전의 그 두목이었다. 그래서 왕에게 아뢰어 방면을 해 주고 포교로 삼아 주었다. 훗날 그도 차차 입신하여 무과에 합격하고 결국은 영관(지방의 무관장)까지 되었다고 한다. 경사스러운 이야기이다.

신申 부인의 홀어미성

전라도 순창읍에서 담양으로 가는 한길을 약 10분 정도 가면 '홀어미성'—미망인의 산성이라는 뜻—이라는 이상하게 생긴 성이 바로 옆으로 보이는데, 여기에는 안타까운 전설이 담겨있다.

옛날 순창읍에 온후하고 가문이 좋으며 용모까지 일세를 풍미할 만큼 미인인데다 덕행을 겸비하고 있어서 사람들이 모두 우러러 존경하는 부인이 있었다. 성이 신申 씨여서 모두 '신 씨 부인'이라고 불렀다.

그러나 딱하게도 이 부인은 시집을 간 지 얼마 안 돼서 하늘처럼 믿고 의지하던 남편을 잃고 혼자 남아 과부가 되었다. 하지만 다른 젊은 과부들과는 달리 재혼할 생각은 전혀 없었고 꽃 같은 청춘을 그대로 결백하게 보내려고 했다.

155

같은 동네에 사는 소(蘇) 씨라는, 권세가 있는 집안으로 유명한 학자가 한 명 있었는데, 그 소 씨 역시 상처를 한 홀아비로 쓸쓸히 지내고 있었다.

어느 날 소 씨 쪽에서 신 부인에게 중매장이를 보내 혼담을 넣었다. 그러나 신 부인은 유명한 학자의 명성에도 욕심을 내지 않고 거대한 권력 앞에서도 자신의 정조를 더럽히지 않겠다고 결심하고 단호히 혼담을 물리쳤다.

지금까지 마음먹은 대로 하지 못 한 일이 거의 없는 큰 힘을 갖고 있는 소 씨도 강철 같이 견고한 신 부인의 절조에 대해서는 어찌 할 수가 없었다. 하지만 소 씨의 타오르는 젊은 가슴 속에는 꽃처럼 아름다운 신 부인의 모습이 골수에 사무친 듯 각인되어 버렸다. 소 씨도 식자이기 때문에 몇 번이고 신 부인에 대한 생각을 잊으려고 노력하며, 들뜬 마음을 진정시킬 생각으로 시를 짓고 술을 마시며 나날을 보냈지만, 소용이 없었다. 봄에 마당에 핀 꽃을 볼 때면 자신도 모르게 신 부인을 생각했고, 팔월 보름에 동쪽에서 뜨는 밝은 달을 바라볼 때도 신 부인에 대한 생각이 새록새록 솟아나는 것을 어찌할 수 없었다.

마침내 견디지 못하고 다른 배우자를 찾으려 했지만 신 부인에 비하면 천한 여자밖에 없었다.

소 씨는 그렇게 해서 떨쳐내려 해도 떨쳐낼 수 없는 신 부인에 대한 짝사랑이 가슴깊이 뿌리내려 있어 위협도 해 보고 눈물을 머금고 애원도 해 보았지만, 마음만 태울 뿐이었다.

소 씨는 사흘 동안이나 괴로움에 몸부림 친 끝에 마지막 수단으로 신 부인에게 다음과 같은 제안을 하였다.

"나는 굽이 삼척이나 되는 나막신을 신고 한양에 다녀오고, 당신은 마을 서북쪽 언덕에 있는 작은 산에 산성을 쌓읍시다. 그리고 그중 어느 쪽이 빠른지 내기를 합시다. 내가 지면 연담을 없었던 것으로 하고 다시는 입에 담지 않고 또한 모든 잡념을 멀리 하고, 당신이 지면 내 소원대로 해 줘야 합니다."
라고.

신 부인은 십중팔구 이길 자신이 있었고 또한 귀찮고 성급한 소 씨의 일을 어떻게든 빨리 정리하는 것이 좋겠다고 생각하여 마지막 제안을 받아들이기로 했다.

그렇게 해서 약속한 날 아침 일찍. 소 씨와 신 부인은 서로 내가 이기겠다며 각자 팔을 걷어붙이고 기를 썼다. 한 사람은 오랫동안 마음 속에 담아온 의지를 이루고자 했고, 또 한 사람은 어떤 폭풍우

157

속에서도 정조를 지켜 마지막 승리를 얻으려 노력했다.

경주라기보다는 싸움이 시작되었다. 약 두 시간이 지난 후 앞산에 아침 해가 얼굴을 내밀려 할 때였다. 신 부인이 손끝이 다 닳을 정도로 노력하여 성을 다 쌓고 나서 심호흡을 한 번 할 무렵, 소 씨가 돌아왔다. 신 부인이 생긋 미소를 띠며 소 씨를 보았을 때 무엇을 재빨리 보았는지, 소 씨는 이겼다고 외치면서 미친 사람처럼 펄쩍펄쩍 뛰며 기뻐했다.

신 부인은 성을 쌓은 후 '이겼다' 라고 안심을 하고 있었는데 치마의 흙을 털지 않았던 것이다. 겨우 그제서야 상황을 알게 된 신 부인은 그대로 수백 척 벼랑에 있는 깊은 물 속으로 첨벙 하는 소리와 함께 몸을 던져 깨끗한 몸으로 죽은 남편의 뒤를 따라가 버렸다.

부인의 죽음을 한없이 안타까워 하며 슬퍼한 사람들은 부인이 쌓은 성을 '홀어미산성'이라 했고, 그것이 지금까지 전해져 오고 있다는 것이다.

유생의 장난

경성에 명통사(明通寺)라는 절이 있어 장님들의 집합소가 되어 있었다. 1월 25일에는 모두가 모여서 경을 읽거나 건강을 축복하는 습관이 있었다. 직위가 없는 자는 당에 들어가고 지위가 낮은 자들은 문 앞에 서서 망을 보며 다른 사람들은 일체 들어가지 못하게 했다.

그런데 장난을 좋아하는 유생이 한 명 있어 몰래 담을 넘어 들어가서 상량 위로 기어올라가 안의 모습을 살피고 있었다. 장님 한 명이 작은 종을 쳐서 바야흐로 식을 시작하려고 했다. 그 때 상량 위에서 유생은 종의 줄을 위로 잡아당겼다. 장님은 그것이 보이지 않았기 때문에 채로 허공을 치고 말았다. 그러자 이번에는 줄을 좀 풀어 종을 내렸다. 장님이 손으로 종을 만져 보니 제대로 원래 자리에 매달려 있었다. 그래서 다시 한 번 힘껏 쳐 보았지만 또 허탕을 치고 말았다. 그렇게 서너 번 반복을 한 후에 장님이 말했다.

"아무래도 누군가가 종을 끌어올리는 것 같네."

그래서 많은 장님들은 의아해 하며 고개를 갸웃거렸다. 한 장님이 말하기를, 이는 필시 도마뱀이 벽에 붙어서 하는 짓임에 틀림없다는 것이었다. 그래서 한 사람이 일어나서 벽을 만져 보았지만 아무 것도 없었다. 또 다른 장님이 그러면 이는 필시, 닭이 상량 위에 있음에 틀림없다고 했다. 일동은 다시 앞다투어 긴 장대를 가지고 와서 위쪽을 아무렇게나 긁어댔다. 유생은 마침내 위에서 견딜 수가 없어서 바닥으로 쿵하고 떨어졌다. 장님들은 크게 분개하여 유생을 묶어 놓고 실컷 두들겨 주었다. 유생은 크게 낭패를 보았다. 유생은 기겁을 하고 겨우 집으로 돌아왔다.

그 다음 날 그는 노끈을 몇 개 준비해서 다시 절로 숨어 들어가 변소에 숨어 있었다. 그런 줄도 모르고 장님 한 명이 와서 느긋하게 쭈그리고 앉았다. 유생은 갑자기 재빨리 노끈으로 그의 물건을 묶어 잡아당겼다. 장님은 비명을 지르며 도와 달라고 했다. 많은 장님들이 서로 쫓아와서 하느님께 기도하며 말하기를, 아무래도 스승님은 변소귀신이 붙은 것 같다고 했다. 어떤 사람은 북을 가지러 가고 또 어떤 사람은 약이 없냐며 소리를 지르고, 북을 치면서 부디 목숨만 살려 달라고 기도하는 자도 있었다.

구두쇠 이야기

어떤 곳에 욕심이 많기로 이름이 난 사내가 있었다. 그 욕심은 보통이 아니라서 세상 사람들로부터 지탄을 받을 정도였다. 그 사람에게는 아들이 몇 명 있고 모두 어느 정도 나이가 들었지만 재산을 나누어 줄 생각은 조금도 없었다.

어느 날, 그 노인의 집에 아는 사람이 찾아와서 말하기를,

"오늘 댁에 오는 길에 참으로 아름다운 광경을 보았습니다. 그것은 장례식 행렬이었는데 관 양쪽에 구멍을 뚫고 죽은 사람이 두 손을 밖으로 쑥 내밀고 있는 것이었습니다. 어떻게 된 일이냐고 사정을 물어 보니, 죽은 그 사람은 생전에는 매우 욕심이 많았지만 하루 아침에 병으로 쓰러져 일어나지 못하고 막 임종을 할 무렵에, 자신의 평생의 죄를 홀연히 깨닫고 세상의 구두쇠들에게 가르침을 주기 위해, 사람이 죽어서 저 세상으로 갈 때는 아무 것도 가져갈 수가 없

다, 적수공권(赤手空拳)이다 라는 사실을 세상에 알리기 위해, 그런 이 상한 장례식을 유언으로 남겼다는 것을 알았습니다."

그 이야기를 들은 천하의 구두쇠 노인도 마음 속으로 느끼는 바가 있었다. 곰곰이 생각하더니, 참으로 일리가 있는 말이다 라고 번연히 깨닫는 바가 있어, 그 후에는 완전히 다른 사람이 되었다는 것이다.

×

유유 상종이라고 걱정거리가 많은 사람들이 네 다섯 명 이마를 맞 대고 물자절약 방법을 이리저리 논하고 있었다. 그 중 한 사람이,

"매년 여름에 부채를 하나씩 써서 없애는 것은 정말 아까운 일이 네. 반만 펴서 그것을 올해 사용하고 내년에는 다시 나머지 반을 펴 서 쓰는 방법은 어떨까?"

라며 코를 씰룩거리자, 그 이야기를 듣고 있던 다른 사람이,

"무슨 그런 말을… 그 정도 일이라면 우리들 사이에서는 일도 아 니네. 2, 3년 쓰고 버리는 것은 말도 안 돼지. 우선 부채를 펴서 천 정에 매달아 두게. 더우면 자기 얼굴을 내밀고 전후좌우로 흔들어 보게. 그렇게 하면 부채는 몇백 년이 지나도 망가지지도 않고 닳지 도 않을 것일세."

162

신라 무사도 초

동도회고부편東都懷古賦篇

치란흥망治亂興亡의 터

'조선에 무사도가 있는가' 라는 질문은 참으로 무례한 질문임에 틀림없다. 조선의 역사는 삼천 년, 또는 반만 년이라 한다.

흥망성쇠 삼천 년 동안 국방 국가체제의 문화양식은 없다 해도 조국을 생각하는 민족의 성쇠, 왕실을 염려하는 충신이 없을 리가 없다.

송도라 하는 구 도읍지 개성 교외 선죽교를 보는 사람은 누구나 그 충렬을 생각하는 것처럼, 그 조국(肇國)으로부터 신라, 고려, 백제로 각각 군웅할거 국가 존망하기는 했지만, 그 애사, 비사를 점철하는 한 줄기 충성은 결코 호국의 정신을 잃지 않았다. 참으로 흥망이 끊임없는 조국의 산하이지만 피로써 국토를 사수하고 국왕의 안위를 걱정한 신하가 있었다.

게다가 무사도의 발상지, 해가 뜨는 나라 일본과는 같은 원천이며 동근동종이라 하여 상견(相牽)은 일가(一家)이고, 내선일체이다. 인방우호(隣邦友好)의 연쇄에는 때론 공수(攻守)의 향배(向背)는 있지만 조국 수호의 애국충혼에 이르러서는 서로 통하는 바가 있음은 부정할 수 없다.

조선에 무사도가 없다는 말은 절대로 할 수 없다. 조선의 역사에는 치란교착(治亂交錯)하여, 국토안온(國土安穩) 시대는 별로 많지 않지만, 나라가 어지럽기 때문에 충신이 필요한 것이며 집안이 가난하기 때문에 효자가 나타나길 바라는 것이다. 삼천 년이 지나도 반만 년이 지나도 난세가 많았던 이 나라의 흥망성쇠의 이면에는 충신, 효자로 기려질 만한 사람이 반드시 그 동란과 함께 많았음은 부정할 수 없다고 생각한다.

고도 신라 문화

조선의 과거 삼천 년에 걸쳐, 무사도를 왈가왈부할 여지는 없지만 지금 신라 천 년의 역사를 들어 보고 그 도읍지인 경주를 돌아 볼 때, 거기에는 우리 다치바나(橘) 공 부자46의 충렬에 비할 만한 충신이, 국가의 안위와 군왕의 존엄을 앙양하기 위해 멸사봉공의 정성을 다하여 충절을 지킨 충렬(忠烈)을 생각나게 하는 것이 발견된다.

일찍이 천년의 고도였던 우리 나라(奈良)에 견줄 만한 경주가 그 후 경북 경주가 되었고, 오랫동안 잊혀져 있었지만 훌륭한 고적 발견과 함께 조선의 경주가 되었으며 마침내 일본의 경주가 되고 동양의 경주가 되어 바야흐로 그 찬란하고 유구한 문화는 완전히 세계의 문화가 되어 떠받들어지기에 이르렀다. 하지만 세계적으로 떠받들어지는 것은 단순히 공예미술 등 소위 동양예술의 정수였다. 그 문화를 오늘날에 보낸 제작자가 곧 그 문화국가를 창조하고 수호한 사람들로서 추앙을 받은 것은 아니다. 설령 예술인은 아니라 하더라도, 만계에 자랑할 대예술의 온상국가를 수비한 그런 사람들을 돌아볼 필요가 있다.

46 헤이안시대의 무사 다치바나노 기미나가(橘公長)와 다치바나노 기미나리(橘公業) 부자. 생몰연도 미상.

우리 일본에는 황은이 망극할 일이 일일이 열거할 수 없을 만큼 많지만, 이 나라에서는 너무나 드물기도 하고 후세에 전해질 만한 일들도 빛을 보지 못하고 말았다. 신라는 박혁거세(황기604년 스진천황(崇神帝 41년)에서 제56대 경순왕 8년의 퇴위에 이르기까지 992년의 유구한 역사를 갖고 있으며, 그 문화 특히 불교문화는 우리의 나라(奈良) 문화의 모체라고 할 만큼 찬란한 것이었음을 알고, 오늘날 이 구도(舊都)를 찾는 자들 모두 경탄해 마지않는 바이다. 종횡으로 화려함의 극치에 달한 이 위대한 문화는 신라조의 번성을 이야기하는 것이다. 동시에 그 대문화를 창조하여 조국의 초석이 된 많은 사람들이 지하 깊숙한 곳에 잠들어 있음을 간과해서는 안 된다.

오늘날 겨우 남아 있는 유적과 문헌이 전하는 바를 근거로 하여, 그 당시 치란을 맞이하여 치구(馳驅)함으로써 국가의 주석(柱石)이 된 사람들을 기리며 소위 '신라 무사도'의 일단을 이야기해 보고자 한다.

임금을 모시는 충

경주 김 씨의 발상지라 불리는 계림, 그곳에서 남천(南川) 강변을

166

지나 서쪽으로 난 길 왼편에 조선식 도리이(鳥居)47를 앞에 놓고 돌담으로 둘러싸인 비각(碑閣)이 있다. 재매정(財買井) 저택 터이다. 신라의 명장 김유신의 저택 터이다. 돌담 안쪽 동남쪽 구석에 우물정자 형태의 돌을 쌓아 놓은, 한 평 남짓 되는 우물이 있다. 지금도 여전히 남색을 띠고 있다. 재매정이라 한다.

　이조 숙종(肅宗)시대 최제암(崔齋巖)의 시에,

　　　강상주려지(江上住麗地)　　종횡우양도(縱橫牛羊道)
　　　욕문장군택(欲問將軍宅)　　유정매황초(有井埋荒草)

라는 오언절구가 있다. 이 시대에 이미 사방은 소와 양의 길이었고 재매정은 거친 풀 속에 묻혀 있었던 것이다. 이 재매정의 주인 김유신이야말로 신라 무사도를 이야기해 주는 충신이자, 무열왕(제29대), 문무왕(제30대) 두 조정을 익찬하여 삼국통일의 대업을 완성한 대공신이다.

　한 나라가 발흥할 때 반드시 그곳에는 국가총동원의 사풍(士風)이 분연히 일어나는 법으로, 신라가 삼국통일을 완수했을 때의 신라 사풍은 흡사 독일의 히틀러 총리가 일어나 국민총력 지도에 정신(挺身)한 것과 마찬가지로, 김유신은 일국사풍의

47 신사(神社) 입구에 세운 기둥문.

167

지도장군이 되었다. 물론 그 대업은 무열, 문무라는 두 명군이 있었기에 가능했고, 또한 원효(元曉), 강수(强首) 등 공신도 있고 군주의 측근에서 죽음으로써 국가에 신명(身命)을 바치는 사풍은 우리나라의 무사도와 아무런 차이가 없다. 당시 고려, 백제 두 나라와 대치하고 있던 신라는 흡사 영불(英佛)에 대적하는 오늘날의 독일과 같았다. 신라는 거국적으로 국민총력으로 상하일심하여 도의상마(道義相磨)하고 기절상허(氣節相許)할 만큼 신라무사도의 황금시대라 칭할 때로, 고승 원광은 그 오계(五戒)로,

첫째, 임금을 섬김에 충성으로써 하라.

둘째, 부모를 섬김에 효로써 하라.

셋째, 친구를 사귐에 믿음으로써 하라.

넷째, 싸움에 임함에 물러서지 마라.

다섯째, 살생을 가려서 하라.

라고 하며, 첫째는 임금을 섬김에 충절을 역설하였고 더 나아가서는 싸움에 임해서는 물러서서는 안 된다고 가르쳤다. 이는 우리나라의 무사도 정신을 방불케 하는 면이 있다. 신라의 속언에 '전사(戰死)를 기뻐해야 한다' 라는 말이 있듯이, 사풍이 전대 미증유로 성행하였다. 절도(節度)와 전사를 일본의 전유물이라 생각해서는 안 된다. 신라의

무장들은 전쟁에 임하면 전사하는 것이라고 각오를 하고 있었다.

이야기가 좀 옆으로 새는데, 백제 의자왕이 장군 윤충(允忠)[48]으로 하여금 대야성을 공격하게 했을 때 신라의 도독 품석(品釋)[49]이 그와 맞서 싸웠지만 승산이 없었다. 윤충은 마침내 성을 포위하여 공격을 감행했다. 이 때 품석은 도저히 대적할 수 없음을 깨닫고 군왕에게 면목이 없다는 도독으로서의 자책으로 인해, 먼저 그 처자를 죽이고 자결을 해 버렸다.

사지(舍知)[50] 죽죽[51]이 성문을 더 꼭 걸어닫고 끝까지 항전을 계속했다. 마찬가지로 사지 용석[52]이 죽죽에게, 이제 항전을 그만두고 적에게 항복하여 훗날을 기약하는 것이 좋겠다고 권고했다. 그러자 죽죽이 대답하기를,

"우리 아버지가 내 이름을 죽죽이라 하신 것은 나로 하여금 추울 때에도 시들지 말고 꺾일지언정 굽히지는 말라 함이다. 어찌 죽음을 겁내 살아 항복하리오."
라고 하며 듣지 않고 마침내 성이 함락되기에 이르자 성을 베개 삼아 전사하였다. 항복을 권한 용석이 그 죽죽의 행위에 감격하여 죽죽의 시신 위에 겹쳐 자결하였다. 그 사후에 신라충신 죽죽지비(竹竹之碑)가 세워졌다.

48 생몰년 미상. 백제시대의 장군.

49 김춘추의 사위 김품석.

50 신라 관직 위계(位階)의 하나. 17관등(官等)의 열셋째.

51 죽죽(竹竹, ?~642). 신라의 장군. 선덕 여왕 11년(642)에 백제의 장군 윤충(允忠)이 공격하여 오자, 대야성(大耶城) 도독(都督) 김품석(金品釋)이 죽은 후에도 끝까지 성을 지키다가 전사하였다.

52 용석(龍石, ? ~ 642). 신라 제27대 왕 선덕여왕 때의 장군이다. 642년 사지의 관등으로 대야성 도독 김품석의 휘하에 있을 때, 백제의 윤충이 공격해 오자 김품석의 사망에도 불구하고 죽죽과 함께 끝까지 싸우다가 전사하였다.

홍등녹주의 거리

신라에는 경주 김 씨와 김해 김 씨가 있다. 김유신은 김해 김 씨이다.

경주 김 씨는 계림 궤짝 속에서 태어났고, 김해 김 씨 즉 임나 김 씨는 낙동강의 물고기에서 태어났다고 전해지는데, 상자든 물고기든 모두 물의 흐름에 의해 배로 우리 섬나라 일본에서 표류한 것이라는 설도 있지만 여기서는 그 점에 대해서는 언급하지 않기로 한다. 김유신의 조상에 대해 문헌에 기록된 것을 살펴 보자.

김해는 남조선의 물을 모아 바다로 보내는 낙동강 하구에 있으며, 우리 일본과는 국제교섭의 문호이기도 했다. 이 김해 양반의 딸이 어느 날 강가에 빨래를 하러 가서 물에 발을 담그고 빨래를 하다가 마치고 집으로 돌아가기 위해 일어서려는 순간, 뭔가가 발뒤꿈치를 찔렀다. 발밑을 보니 얕은 여울에 등지느러미가 반쯤 벗겨진 은어 한 마리가 자꾸만 처녀의 발뒤꿈치를 물어뜯으려 했다. 처녀가 발로 쫓으려 하자 지느러미를 움직이며 따라왔다. 처녀도 왠지 마음이 끌려 손으로 잡아 대야에 넣어 집으로 가지고 왔다.

그 후 물을 갈아 주고 먹이를 주며 몰래 그것을 길렀다. 그러자 그녀는 어느새 태기가 있었다. 마침내 달이 차서 낳은 아이는 옥동자였고, 그것이 바로 물고기에서 태어났다고 하는 김해 김 씨의 시조 수로왕이다.

서사가(徐四佳)[53]의 시에,

김노분전석수토(金老墳前石獸免)	천년검기상기기(千年劍氣尙奇奇)
윤시백우추전업(綸市白羽追前業)	단려황초기후사(丹荔黃蕉起後思)
유객제시과장열(有客題詩誇壯烈)	무인천총근요리(無人穿塚近要離)
천관사고지하처(天官寺古知何處)	만고아미성자수(萬古蛾眉姓字隨)

이는 김유신의 묘에 대한 추도시인데, 김유신은 김해의 알에서 태어났다는 김수로왕의 제11대손이라 한다. 신라 제26대 진평왕 17년(황기 2055년 스이코천황 3년) 경주에서 약 60리 떨어진 파계(杷溪, 영일군)에서 태어났으며, 아버지는 서현(舒玄)이라 했다. 그 무렵에는 일선관계가 매우 친밀한 이웃이었고, 5월에는 고려에서 혜자법사가 귀화하여 섭정태자 우마야도태자(厩戶皇子)[54]가 그를 스승으로 삼았으며, 백제에서도 설총[55]이 도일하였다.

53 서거정(徐居正), 1420~1488의 호. 조선전기의 문신 『경국대전』, 『동국통감』, 『동국여지승람』 편찬에 참여했으며 『향약집성방』을 번역했다.

54 쇼토쿠 태자(聖德太子, 574~622)를 말함. 아스카시대(飛鳥時代)의 황족이자 중심인물. 수나라에 견수사를 파견하여 중국의 선진문물제도를 수입했으며 12계(十二階)의 관위와 17개조 헌법을 제정.

55 설총(薛聰, 655~?). 신라 중기의 대학자. 원효의 아들이자 유교의 거목.

김해 김 씨가 김해에서 신라로 온 것은 김유신의 아버지 서현의 조부인 구해(仇亥) 때의 일로, 우리나라 안칸천황(安閑天皇)[56] 원년 신라 법흥왕 19년이었다.

김유신은 훗날 신라 제일의 개국공신의 이름을 받았으며 각간(角干) 선생이라 숭앙받았지만, 청년시절에는 김왕손(金王孫)이라 했다.

그 청춘시절에는 그야말로 백마은안(白馬銀鞍)의 귀공자로, 젊은 피가 끓던 시절에는 홍등녹주(紅燈綠酒)의 거리에서 홍등가를 드나들기도 했다. 예나 지금이나 아들을 생각하는 어머니의 마음은 변함이 없어 그 어머니는 그가 홍등가를 드나드는 것을 탄식하며 어느 날 밤 그를 슬하에 앉혀 놓고 엄하게 훈계를 하였다. 그도 크게 깨닫는 바가 있고 자책을 하는 바가 있어서, 미몽에서 깨어나 나쁜 친구를 끊고 문무의 길에 전념하게 되었다.

그 무렵 신라는 북쪽은 고구려, 서쪽은 백제로부터 늘 위협을 받는 상태로 하루도 편안할 날이 없는 때였기 때문에, 그는 남쪽으로 솟아 있는 단석산(斷石山)에 올라 인박령(咽薄嶺)에 틀어박혀 신에게 기도하고, 열심히 무예를 닦았다. 단석산이라는 이름은 그가 조상에게서 받은 신검(神劍)으로 암석을 잘라 신명(神明)께 대답을

56 안칸천황(安閑天皇, 466~536). 일본의 제27대 천황, 531년부터 535년까지 재위하였으며 일본 도처에 국가의 곡물창고를 건설하였다.

했다고 해서 붙여 줬다고 전해진다.

비련悲戀 천관天官의 자진自盡

이는 유신이 어머니의 훈계에 의해 문무의 길에 힘쓸 무렵의 일이다.

어느 봄날 밤, 한양 사람이 남천강 둑에서 꽃과 안개에 둘러싸여 즐기던 긴 하루도 저물고 오릉(五陵)을 둘러싼 숲 위로 떠오른 달이 아련히 얼굴을 내밀던 무렵이었다. 유신은 교외로 산보를 가려 했다. 그것은 조국의 안위가 그의 가슴을 짓눌러 아련히 떠 있는 달보다 어두웠기 때문이다. 백마의 안장 위에서 조국의 내일을 걱정하며 조용히 말을 달리고 있자니, 갑자기 히히힝거리며 소리높이 울부짖는 말 울음소리가 그의 귀를 울렸다. 문득 정신이 들어,

"아 벌써 집에 돌아왔군."

하고 눈을 떠 보니, 말이 울음소리를 멈춘 곳은 자신의 집이 아니라 그가 일찍이 드나들던 사랑하는 여자, 기생 천관(天官)의 집 앞이었다. 깜짝 놀란 그는 갑자기 말에서 뛰어내려 허리에 찬 칼을 빼들고,

"어머니께 한 맹세를 깬 것은 너 때문이다."

173

라고 말을 하자 마자, 손이 보일세라 단칼에 애마를 베고 안장을 버리고 자기 집을 향해 순식간에 돌아가 버렸다. 그 뒤에는 백마가 무참하고 가엾게도 피로 물든 사체를 아련한 달빛에 드러내고 있었다. 문 앞의 그 처참한 광경을 본 기생 천관은 그 광경에 비통스러운 나머지 깊이 무상감을 느끼며 방으로 돌아가 자진하여 세상을 떠났다. 박명한 이 가인(佳人)을 묻어준 사람들은 그 집을 절로 삼고 기생의 이름을 그대로 따서 '천관사'라 부르며 그녀의 극락왕생을 빌어 주었다.

그 절은 지금은 없어졌지만, 절터는 오릉과 도당산(都堂山) 사이에 있어 당시 탑의 파편이나 주춧돌들이 남아 있으며, 남천을 따라 난 푸른 숲에서 옛날을 생각하기에 족한 곳이 되어 있다. 이공승(李公升)[57]의 만가(挽歌)에,

57 이공승(李公升, 1099~1183).
고려중기의 문신.

사호천관석유록(寺號天官昔有綠):
절 이름을 어찌하여 천관(天官)이라 하는가.
홀문경시일처연(忽聞經始一悽然):
홀연 그 세워진 사연을 들으니 한결 같이 슬퍼 처연하구나.
다정공자유화하(多情公子遊花下):
여흥에 취한 공자는 꽃 아래 노니는데

함원가인읍마전(含怨佳人泣馬前):

원망을 머금은 미인은 말 앞에서 흐느껴 우네.

홍렵유정환식로(紅鬣有情還識路):

홍렵(紅鬣)이 정이 있어 옛길 따라 온 게지

창두하죄만가편(蒼頭何罪謾加鞭):

노복(蒼頭)은 무슨 죄로 부질없이 매질인가?

유여일곡가사묘(惟餘一曲歌詞妙):

그대 남긴 그 노래 슬퍼도 아름다워

섬면동면만고전(蟾免同眠萬古傳):

달밤을 함께하며 만고에 전하네.

라고 되어 있다. 참으로 처절하기 짝이 없다.

　그러한 비련을 연출한 유신은 더욱더 그 내부생명을 강하게 키워 조국을 태산 같은 반석 위에 올려 놓기 위해 문무의 길에 전념하였다. 그 정신은 마침내 그를 옥으로 다듬어주었다. 때는 신라 제27대 선덕여왕 때의 일로 이웃나라 백제, 고구려는 끊임없이 이 나라를 침범하였고 국방의 필요성은 주야를 가릴 수 없을 지경에 이를 만큼 긴박해져서 충성스럽고 용맹한 무장을 필요로 하는 가을이 되었다. 선덕여왕은 신라조 최초의 여왕이었다. 외적이 틈을 노린 까닭도 첫째는 그녀가 여자였다는 점에 있었던 것으로 생각된다.

유신은 그 수어지교(水魚之交)주인 김춘추의 추대를 받았다.

선덕여왕 13년.

백제는 북방의 강국 고구려를 물리치고 그 여세를 몰아 신라를 침범하였으며 동도를 일거에 무너뜨리려 국경으로 몰려왔다.

여자의 몸이기는 하지만 총명한 선덕여왕은 그와 같은 일이 일어나리라는 것을 이마 간파하고 있었음은 물론, 국경 수비에 만전을 기하도록 참모계획을 수립하여 군신을 불렀다.

그 당시 유신은 이미 김춘추에게 천거되어 초라성(草羅城, 양산)의 태수가 되어 있었다. 국왕의 사자는 초라성으로 날아왔다.

유신은 칙사를 맞이하여 부랴부랴 입궐해서는 일찍이 각오하고 있던 대로 국왕으로부터는 백제정토대장군(百濟征討大將軍)의 관직을 받았다.

그는 왕명을 받고는 일사보국을 위해 멸사봉공을 하겠다고 아뢰고, 분수에 넘치는 광영을 기뻐하며 왕성을 떠나 바로 군비를 준비하였다.

176

용왕녀 계선桂仙

백제는 신라에게는 확실히 강적이었다.

백제가 고구려를 무너뜨린 여세를 몰아갈 수 있었던 배경에는, 오늘날의 독영대전(獨英大戰)에서 원영(援英) 공작을 하는 미군과 같은, 당의 원군이 있었다. 당 원병은 황해를 통해 무한대로 무수한 병력과 무기를 후원했기 때문에, 바야흐로 신라는 위급존망의 가을이었다. 그 전쟁은 선덕여왕 13년, 진덕왕 7년간, 무열왕 7년간, 문무왕에 이르기까지 전후 40여년에 걸친 장기전이었다. 그 장기항전에서 유신은 햇수로 50년 동안을 백제 정벌 총수로서 늘 제일선에 서 있었다.

그가 전선에 서서 분투한 수년 간은 전혀 집안을 돌아볼 여유가 없었다. 전장에서 기거한 지 몇 년째인가 그는 2만 병사와 함께 자신의 집 앞을 지나갔다. 그러나 국가의 일에 종사하는 그는 그저 말 위에서 자신의 집을 녹음 사이로 겨우 바라보며 지나가 버렸다.

일찍이 총수인 그가 지나간다는 이야기를 들은 집안 식구들은 모두 문 앞에 서서 그의 장도를 전송하며 눈물을 흘리고 그 늠름한 행군의 뒷모습을 바라보았다.

177

봉공을 하는 유신의 눈에는 집안 식구들의 모습도 확실히 보이지 않았지만, 그는 집 문 앞에서 50보 정도 멀어지자, 비로소 말을 멈추고 부하에게 명하여 그 집에서 물 한 잔을 떠오게 해서 말 위에서 단숨에 들이켰다.

"우리 집 물맛은 여전하구나."

라고 소리 내어 웃으며 말에 채찍질을 가하여 서쪽을 향해 진격했다. 그 한 순간의 정경은 우리 나라의 하치만타로(八幡太郎) 요시이에(義家)[58]의 나코소노세키(勿来の関)의 풍아함, 사쓰마(薩摩)의 수령 다다노리(忠度)[59]의 노래와 비슷한 옛 무사와 같은, 공사를 명백히 구별한 신라 무사의 진면목을 이야기해 주어 아직도 그 여운이 남아 있다.

50년에 걸쳐 전장을 왕래한 그의 충절담은 한이 없겠지만 무열왕에 이르러 그는 5만 대군을 이끌고 왕성에서 3리 정도 진군한 지점에서 첫째 날 숙영을 했다.

한 여름 해질녘이었다. 나뭇가지 사이로 불어오는 저녁 바람을 맞으며 장병들이 숙영 준비를 하고 있을 때였다. 머리 위 총수 깃발이 바람에 펄럭거리는 소리를 내는가 싶더니, 서쪽 하늘에서 까치 한 마리가 날아와 진영 위를 맴돌았다. 얼마 후 총수 깃발에 앉아 시끄럽

58 미나모토 요시이에(源義家, 1039~1106)를 말함. 헤이안시대(平安時代) 후기의 무장. 통칭 하치만타로. 훗날 무가정권인 가마쿠라막부(鎌倉幕府)를 연 미나모토 요리토모(源頼朝), 무로마치막부(室町幕府)를 연 아시카가 다카우지(足利尊氏)의 조상으로서 영웅시된다.

59 헤이안시대 말기의 무장 다이라노다다노리(平忠度, 1144~1184)를 말함.

178

게 울어대자 장병들은,

"원정 가는 길에 왠 불길한 소리를 내는가?"

하며 모두 불쾌한 기분이 되었다. 묵묵히 바라보고 있던 총수 유신은,

"미물이 어찌 대장부 군중에 들어오느냐?"

라고 호통을 치며 허리에 찬 칼을 뽑아 순식간에 깃발 위에 앉아 있는 까치를 베자, 까치는 그 장군의 일격에 맥없이 펄썩 땅에 떨어졌다. 그런데 이상하게도 그 까치는 금방 사람으로 바뀌었다.

좌우 병사들이 잡아 보니 그것은 꽃이 무색할 만한 절조가인(竊窕佳人), 게다가 그 가인은 당시 삼국의 미인으로 칭송받고 있던 적국 백제의 공주 계선이었다.

이런 식의 전설 같은 설화는 지금 식으로 생각하면 매우 비과학적이지만, 문헌에 따르면 백제의 공주 계선은 어렸을 때부터 검도를 배우고 또한 신술(神術)도 익혔으며 게다가 자용병기(自勇兵器)라는, 요즘 말로 하자면 자동장갑차 같은 병기를 고안하여 어떠한 강적의 포위도 돌파할 수 있었다 하니 굉장히 머리가 뛰어난 여성임에 틀림없고, 백제왕의 신뢰와 총애는 여간이 아니었으며 계양(桂陽) 공주에 봉해졌을 정도였다고 한다.

어느 날의 일이다. 백제왕은 신라의 용장 김유신이 대거 공격해

온다는 정보에 놀라 공주에게 선후책을 꾀하라 하니,

"과연 말씀하신 바와 같이 김유신은 신라 유일의 용장입니다. 마음을 놓을 수 없습니다. 그러나 제게는 자용병기가 있습니다. 염려하실 것 없습니다. 어쨌든 저는 혼자 적지에 들어가서 모습을 살피고 오겠습니다."

라고 공주 계선은 까치 모습으로 변신을 했다. 즉 까치 스파이가 된 것이다.

유신은 그 이야기를 듣더니,

"네 자동 병기 정도는 우리 군사로서는 사마귀가 앞발을 들고 큰 수레의 앞을 막아서는 것처럼 무모한 짓이다. 그보다는 어서 돌아가서 우리 대군을 맞이할 준비를 하는 것이 좋을 것이다. 목숨은 말 위에서 빼앗겠다…"

라고 진중의 모습을 그대로 보여 주며 문 밖으로 놓아 주었다.

왕 친히 병상에 왕림하시다

문 밖으로 내쳐진 계선공주는 제 정신을 차리고 보니 적장이기는

180

하지만 유신의 늠름한 모습에 감동을 받지 않을 수 없었다. 한동안 문 앞에 멍하니 서 있었지만, 국가 유사시이니 용기를 내어 다시 까치로 변신을 하고 조국의 하늘을 향해 날아갔지만, 이미 날개에 완전히 힘이 빠져 오봉산 기슭에 떨어져 죽고 그 혼만 부여산으로 날아갔다. 산록에서 떨어져 죽은 그곳은 지금도 여근곡(女根谷)이라 하여 건천역(乾川驛)과 아화역(阿火驛) 사이의 명승지가 되었다.

유신이 삼국통일의 대업을 완수하기까지 이룬 위훈은 더 많이 있지만, 지면의 제한으로 그의 만년으로 넘어가겠다.

유신의 부인 지소[60]는 무열왕의 셋째 딸로 문무왕의 숙모에 해당한다. 그 저택이 남천재매에 있었기 때문에 재매부인이라고도 했다. 오남사녀를 낳았지만 차남 원술(元述)은 문무왕 12년에 부장(副將)이 되어 평양을 지킬 때 당나라 군사와 말갈 연합군과 싸우다 대패했다. 신라의 무장 효천(曉川)이나 의문(義文)도 그곳에서 전사했으며 원술도 용감하게 적진으로 파고들어 전사할 뻔 한 것을 보좌관 담릉(淡凌)이 말재갈을 단단히 잡아당겨 결국 탈출하여 신라로 데리고 돌아왔다.

아버지 유신이 그 소식을 듣고는 왕명을 더럽히고 가훈을 어겼다며 베어 버리려고 하자 문무왕이,

60 원문에 소지(炤智)라 나오나 지소로 바로 잡아 번역한다.

181

"부장에게만 중형을 과하는 것은 부당하다."

라고 칙명을 내렸다. 하지만 이후 아버지를 보는 것을 허락받지 못했다. 물론 그는 아버지의 장례식에도 참석할 수 없었다. 그래서 아버지 유신이 돌아가신 후 하다못해 늙은 어머니에게라도 그 고충을 이야기하려 했지만 거절당했다. 그 어머니는,

"원술은 아버지의 자식으로 인정을 받지 못 하였다. 그런데 어찌 내가 그 어미라고 할 수 있을 것인가?"

라며 그 바램을 받아 주지 않았다. 유신 사후 2년 당나라 군사가 국경을 침범했을 때, 원술은 지금이야말로 설욕의 기회라 생각하고 고군분투하여 적병을 물리쳐 그 공을 크게 인정받았지만, 그것 때문에 오히려 죽을 곳을 잃어 원통하고 실망스런 세상을 원망하며 재야에서 그 끝을 알 수 없는 상태로 생을 마감했다. 당시 사람들은 원술에게 많이 동정했지만, 가문을 지키는 그 어머지 지소부인의 엄숙함에 감동을 받아 자녀 교양의 거울로 삼았다고 전해진다. 다이난코(大楠公)[61] 부인, 쇼난코(小楠公)[62]의 어머니하고도 비슷한 현모이자 양처라 할 수 있을 것이다.

신라조 몇 안 되는 충신 유신은 선덕, 진덕, 무열, 문

61 가마쿠라시대 말기에서 남북조 시대에 걸친 무장 구스노키 마사시게(楠木正成, 1294~1336). 그 부인은 마사시게의 충성의 신념을 지지.

62 구스노키 마사시게의 아들 마사쓰라(征行, ?~1348)를 말함. 1336년 미나토가와전(湊川の戰い)에서 전사한 아버지의 수급이 도착하자 자결하려 했지만 어머니의 가르침을 받아 개심했다 한다.

무 4대조를 모시기를 50년. 반도 통일의 대업을 완수하였으며 그 평생을 신라통일에 바치고, 문무왕 13년 77세로 세상을 떴다. 문무왕은 유신의 병이 중하다는 소식을 듣고 가마를 그의 병상으로 돌려 친히 위문하였다. 그 때,

"창업의 어려움보다 수성(守成)의 어려움을 잊지 마시고, 늘 군자를 가까이 하고 소인을 멀리하며 상하 서로 잘 융화하여 천운(天運)을 지켜야 합니다."

라며 충신으로서 마지막 진언을 올렸다.

각간(角干) 선생전에 의하면, '가을 7월 반듯이 누워 좋다. 향년 79세. 왕(문무왕) 부보(訃報)를 듣고 애통해 하며 비단 천 필, 조 2천석을 내려 주었다.

묘는 지금 경주에서 서쪽으로 27정 떨어진 송화산 중턱에 있다. 신라 장군 각간 김유신묘라는 묘표가 있으며 지금으로부터 230년 전 조선 숙종왕 16년에 지어진 것으로 24개 정도의 호석(護石), 24개의 돌기둥, 12지신상 등 그 기교는 극히 정교하다고 한다. 그가 만년에 원원사(遠願寺)를 발원 건립하여 외적항복, 국가안녕을 기원한 것은 몽고침입 당시 우리나라 체제의 거국자태와도 통하는 국가진호의 적성(赤誠)이라고 볼 수도 있을 것이다. (1941.5.12)

팔도 소화집 八道笑話集

종의 기발한 꾀

세종시대에 오(吳) 씨라는 관리가 죄를 지어 사형을 언도받았다. 드디어 내일 형 집행이 있게 될 바로 전날, 그의 아내 허(許) 씨가 기발한 꾀를 내었다. 어느 종에게 여장을 시켜 얼굴을 천으로 깊이 감싸고 옥에 가서 말하게 하였다.

"죄인 오 아무개의 처입니다. 듣자오니 내일 남편의 형이 집행된다고 하더군요. 부디 이승에서의 마지막 인사를 나누고 싶으니 한번 만 만나게 해 주십시오."

옥리는 동정을 하여 그것을 허락하였다. 여인과 죄인은 방 한 구석에서 서로 끌어안고 울며 부부의 이별을 나누었다. 그런데 종은 미리 가위를 품에 넣어가서 죄인의 사슬을 끊고 대신 자신을 묶고, 여자옷을 벗어 죄인에게 입혀 문밖으로 내보냈다.

"마누라가 돌아가요."

밖에는 말이 준비되어 있어서 남편은 그것을 타고 달렸다. 잠시 후 옥리가 방에 들어가 보니 죄인이 아니라 그 종이 있었다. 당황하여 쫓아갔지만 소용이 없었다. 그러나 종을 벌할 수는 없어서 충복이라 하여 놓아 주었다.

주문呪文

개성의 길인 벽란도(碧瀾渡)를 배가 건너고 있었다. 물결이 높아 배는 지금 당장이라도 뒤집어질 것 같았다. 배안에 중이 기도를 했다.

"나무아미타불, 나무아미타불."

장님도 있었다.

"각항씨방(角亢氏房, 별 이름) 각항씨방."

무당도 있었다.

"아왕만수(我王萬壽), 아왕만수."

의사도 있었다.

"이중탕이중탕(理中湯理中湯)."

덕분에 배는 뒤집히지 않고 건너편에 닿았다. 그 중에 유생 한 명이 있었는데 바위 위에 오르자 물었다.

"스님이나 장님이나 무녀의 주문은 의미를 알겠습니다만, 의원님의 이중탕이라는 것은 무슨 의미입니까?"

의사가 대답했다.

"속병에는 이중탕이 제일 잘 듣네. 흔히들 배(腹)를 배(舟)라고 하잖나. 그렇게 빈 것이네."

듣고 있던 사람들이 모두 배를 잡고 웃었다.

국기판國忌板

전국 명군에 국기판(국가의 기일을 적은 게시판)이 섰다. 그 제일 앞에 성절(聖節, 임금의 생일)과 천추(千秋, 태자의 생일)가 덧붙여져 있었다.

고사문(高斯文)이라는 자가 협천군(陜川君) 군수를 하고 있었는데, 어느날 손님과 회식을 했지만 고기를 먹지 않았다. 손님이 왜 먹지 않

느냐고 꾸짖자 그가 답하기를,

　"오늘은 국기일(國忌日)이요."

　"그럴 리가 없지 않소."

하고 손님이 말하자 고사문은 국판(國板)을 가리키며

　"하지만 오늘은 천추의 국기일이지 않소."

　듣는 이는 아연실색했다.

들에 군자가 있다 (숨은 군자 이야기)

　고려 말기, 황익성공(黃翼成公)[63]이 적성(積城)군에서 학생들을 가르치고 있을 때, 개성에 가려고 길을 나섰다 한 노인을 만났다. 노인은 누런 소와 검은 소 두 마리를 데리고 밭을 갈고 있었는데, 그때 마침 쟁기를 끄르고 풀밭에서 쉬었다. 공도 그 옆에 말을 세우고 노인에게 물었다.

　"어르신의 소는 두 마리 모두 상당히 훌륭한 소인데, 어느 쪽이 더 셉니까?"

　노인은 달려와 공에게 다가오더니 귓전에서 속삭였다.

63 조선조 명재상 황희(黃喜, 1363 ~1452)를 말함.

"누런 소가 세지요."

"어르신, 어찌하여 그렇게 몰래 말씀하시오. 소가 두려우시오?"

"이거야 원, 그대는 아직 젊어서 사물의 이치를 모르시는 게군. 축생이란 아무럼 사람의 말을 알아듣지는 못하나 그 말의 좋고 나쁨은 분명하게 이해하고 있다오. 가령 자기 쪽이 약하다고 들으면 화가 나는 것은 사람과 똑같다오. 아시겠소?"

공은 그 말을 듣고 그만 두려워졌다. 공의 근엄한 인품은 그 노인의 말을 듣고부터라고 전해지고 있다. 고려조 말기에는 산야에 은거한 군자가 많았다. 노인도 필시 그 중 한 사람일 것이다.

허풍선이

신(辛) 씨 성을 가진 관리가 있었다. 경박한 남자로, 함부로 허세를 부려 부유한 것처럼 보였다.

어느 날, 쌀을 한 움큼 문 밖에 뿌려 두고 손님이 다가오자 고개를 숙여 바닥에 떨어진 쌀을 보고 있는 하인을 꾸짖었다.

"어떻게 이런 아까운 짓을 저지르는 게냐, 괘씸한 놈 같으니라고.

그저께는 충청도에서 쌀 이백 말을 보내고, 어제는 전라도에서 쌀 삼백 말을 가져 왔는데, 이렇게나 엎질러 버렸지 뭐요. 아깝게도."

또 고운 첩이 있다는 것을 보여 주려고 항상 지분을 방 벽에 묻혀 놓고는 객이 오면 하인을 꾸짖었다.

"어떻게 이렇게나 벽을 더럽히느냐. 어젯밤 묵고 간 그 기생이 오늘 아침 돌아갈 때 화장을 하더니 그 애가 더럽힌 것이 틀림없군."

또 어느 때는 미리 하인에게 비단 조각을 주고는 객이 왔을 때 마당에 꿇어 앉아 그것을 보이며 이렇게 말하게 하였다.

"아씨의 비단신 무늬는 꽃으로 할까요?, 아니면 구름으로 할까요?"

"음, 커다란 구름이 좋겠다."

라고 대답하는데 그녀들의 이름은 모두 당대 유명한 기생들뿐이었다.

또 친구가 모두 높은 신분이라고 생각하게 하려고 이것도 미리, 권세 있는 재상의 이름을 쓴 편지를 하인에게 주고는, 객과 마주하여 담소를 나눌 때 공손하게 가지고 오게 하였다. 그는 그것을 옆에 두고 일부러 오래도록 보지 않은 채 내버려 두었다. 객이 봉투의 이름을 보면 재상의 이름이었다. 깜짝 놀라 돌아가려 하면 이를 말리며,

"뭘요, 아주 친한 친구라 괜찮습니다그려. 자 편히 더 계시지요."

라고 했다. 그러면 바로 하인이 한 번 더 나타나,

190

"이미 돌아가셨습니다."

라고 고했다. 그는 싱긋 웃으며 말했다.

"그러냐. 꽤 오랫동안 못 만나 잠깐 보고 싶었는데."

물론 사람들은 머지않아 이 속임수를 꿰뚫어 보고 그 저열함을 비웃었다.

파리 목사

양(梁) 모라는 무관이 있었다. 공주(公州) 목사가 되었다. 여름이 되자 파리가 들끓었다. 그것이 참을 수 없도록 싫어서 군내의 관리들에게 명하여 여자나 하인에 이르기까지 매일 아침 파리를 한 되씩 내도록 했다. 따르지 않는 자는 엄벌에 처했기 때문에 위아래 없이 다투어 파리를 잡느라 쉴 여가도 없는 형편이었다. 자루를 메고 파리를 팔러 다니는 사람까지 나타났다.

당시 사람들은 그를 파리 목사라 불렀다.

벼락영감과 까칠부인

어떻게 두 사람을 납득시켰나

안동에 권진사라는 사람이 있었다. 집은 그다지 유복하지는 않았지만 상당히 완고한 외골수로 집안에서 벼락영감으로 통했다. 아들이 한 명 있어 며느리를 들였는데 그 며느리가 만만치 않은 이로 보통 방법으로는 뜻대로 다룰 수 없었다. 고집불통 영감에게조차 한 치도 지는 법이 없었다.

어느 날, 아들은 이웃마을 처가에 갔다. 돌아오는 길에 공교롭게도 소나기를 만나 길가 여인숙 처마 아래에서 비를 피했다.

그런데 그 여인숙에는 이미 한 젊은이가 내실에 들어가 있었다. 보아하니 마구간에는 대여섯 필의 준마가 매어져 있었고 수행하는 하녀와 하인도 많이 거느리고 가족과 함께 여행을 떠난 것처럼 보였다. 그 젊은이는 처마에서 비를 피하고 있는 권 씨 청년을 보고 가 없게 여겨 들어오라고 초대했다. 자리로 불러들여 술과 안주를 대접했다. 술은 아주 고급이었고 안주 역시 상당히 맛이 좋은 것이었다.

"그대는 어디서 오셨소? 함자는 어떻게 되시오?"

하면서 권 씨 청년의 이름과 주소를 물어와 바르게 대답하고 상대의 이름과 주소를 묻자 이름은 말해 주면서 주소를 밝히지는 않았다.

마침 이곳을 지나다 나도 비를 피해 이 집으로 들어온 거라오. 서로 비슷한 나이의 사람이 이런 우연한 기회에 친근하게 이야기를 나누고 이렇게 좋은 술을 맛보다니 정말 뭐라 말할 수 없는 기분이라오. 등등 교묘하게 대답을 피했다. 잔을 주고받는 사이에 이윽고 권 씨 청년 쪽이 먼저 술에 취해 쓰러져 잠들었다.

그런데 밤이 깊어지면서 문득 술이 깨어 눈을 뜬 권 씨 청년이 주위를 둘러보자 어젯밤 함께 술을 마신 젊은이는 이미 없었다. 그리고 자신은 내실에 있었는데 옆에는 십칠팔 세 정도 되어 보이는 정말로 아름다운, 게다가 아주 상류층 자녀로 보이는 여인이 있는 것이 아닌가.

권 군은 깜짝 놀라 꿈인가 하고 무릎을 꼬집어 보니 역시 아프다.

"그대는 도대체 누구시오? 나는 어디에 있는 거요, 여기는 어디요?"

놀란 권 군은 겸연쩍은 듯 이렇게 정색하고 물었다.

그 미소녀는 아무 대답이 없다.

"어떻게, 어떻게 된 것이오? 도대체 나는 어떻게 이곳에, 그리고 그대는, 그대는 도대체 누구시오?"

어쩐지 으스스해지는 기분에 이번에는 조금 떨리는 소리로 질문 했지만 그래도 그녀는 묵묵부답이었다.

애가 탄 권 군은 그녀의 어깨를 흔들며 물었다. 하지만 역시 대답 은 없다.

그럭저럭 한 30분, 권 군으로서는 거의 두세 시간으로 느껴졌지만 그 정도의 시간이 흐르고 혹시 벙어리가 아닌가 하고 생각되었던 그 녀가 처음으로 작은 목소리로 띄엄띄엄 이야기하기 시작했다. 그 내 용은 다음과 같은 것이었다.

소첩은 도읍 어느 현관의 집에 태어나 열네 살에 결혼했는데 열다 섯 살에 이미 남편과 사별했습니다. 친정에서는 양친이 일찍 돌아가 시고 오라버니께서 집안을 이어받으셨는데, 재혼이야기가 나오자 친 척들이 그래서는 집안의 명예를 더럽힌다는 등 반대가 심했습니다.

그렇다고 오라버니로서는 이제 와서 친정에서 거둘 수도 없고 해서 생각 끝에 소첩을 데리고 정처 없이 여행하다 그 사이 누군가 좋은 사람이 생기면 거기에 맡기고 친척들에게는 어디서 어떻게 되었는지 행방을 모른다고 하며 체면치레를 할 작정이었습니다. 어젯밤 당신이 취해서 쓰러지는 것을 보고 하인을 시켜 내실로 옮겨 눕혀 드렸습니다. 그리고 오라버니는 지금쯤 벌써 서둘러 말을 타고 나갔을 겁니다. 여기에 상자를 두고 갔습니다만 여기에는 오류백 냥의 돈이 들어 있습니다. 이것으로 소첩의 의식(衣食)에 쓰라고 두고 갔습니다.

권 씨 청년은, 묘한 이야기가 다 있다 싶어 바로 밖에 나가 보았지만 과연 어젯밤에 보았던 젊은이도 없고 말도 없었다.

아, 할 수 없구나 하고 방으로 돌아와 생각해 보니 집에는 완고한 부친이 있어 자기 마음대로 여자를 집에 들였다가는 어떤 날벼락이 떨어질지 모른다. 그건 그렇다고 해도 부친보다 더 심한 아내가 질투라도 하면 끝장이다. 그야말로 온 집안에 말썽이 날 것이 틀림없다. 한데 어떻게 해야 할지 이리저리 생각하고 갖가지로 마음을 써 봐도 이렇다 할 좋은 생각이 떠오르지 않는다.

그렇다고 해서 모처럼 기회를 얻은 이 아름다운 여인이 불행해지는 것을 무작정 내버려 두는 것도 불쌍하여 고민하던 중 날이 밝아

와 부득이,

"집에는 양친도 계시고 해서 일단 돌아가 허락을 얻고 정식으로 와서 우리 집으로 모실 터이니 그때까지 얌전히 기다려 주시오."
하고 굳게 약속하고 또 그 집주인에게도 만사 잘 부탁하고 귀로에 올랐다.

서둘러 친구 중 지혜로운 자를 찾아가 실은 여차저차 하여 이러저러한 사정이라고 실정을 밝히고 상담을 청한 바, 그 친구는 잠시 묵묵히 생각에 잠겨 있더니 이윽고,

"상당히 어려운 일이군. 좀체 좋은 생각이 안 나긴 하지만 한 가지 방법이 있네. 자네가 집에 돌아가 이삼일 지나거든 내가 뭔가 핑계를 대서 한 자리 만들어 자네를 초대하지. 그러면 자네도 그로부터 며칠 지나 나를 위해 술자리를 만들어 불러 주게. 그러면 내가 어떻게든 해 보지."

권 군은 그 이야기를 듣고 다소 안심하면서 집으로 돌아갔는데 며칠 지나자 과연 그 친구로부터 심부름꾼이 와서

"한 잔 하자 싶어 친구를 불렀더니 모두들 와 주어서 아주 유쾌한데, 자네만 오지 않으니 이상하지 않은가."
라고 전했다. 권 군은 이를 부친에게 고하고 잔치에 갔다. 그리고 그

다음날, 부친에게 말하기를,

"어제는 저 친구에게 초대받았으니 이쪽에서도 한 번 부르지 않으면 의리가 없는 일이겠지요."

라고 하여 부친의 허락을 얻어 그 친구와 인근의 젊은이들을 불러 대접하게 되었다.

초대된 이들은 모두 권 노인에게 인사를 올렸는데 그 때, 권 노인이 말하기를,

"젊은이들끼리 한 잔 마시는 건 좋지만 어른께 꼭 오십사 초대하지 않는 것은 무슨 경우이냐."

그러자 예의 그 젊은이는,

"어르신께서 자리에 앉아계시면 저희 젊은이들은 편히 먹고 마시기 어려운 법입니다. 어르신이라 하면, 대단히 엄하시다는 평판이신지라 저희들이 이렇게 인사는 드리지만 무슨 잘못이라도 해서 노하시게 하지 말아야지 하고 얼어있는 형편입니다. 그러니 하루 종일 주석(酒席)에 계신다면 완전히 흥이 깨질 뿐이지요."

하고 농반 진반으로 대답했다.

권노인은 쓴 웃음을 지으며,

"자자, 그렇게 말하지 않아도 되네. 술자리에서 나이 구별은 필요

없는 거지. 오늘은 내가 한 턱 내는 거니까 모두 상하 구분 없이 즐기면 되네. 충분히 누리고 아무리 흐트러져도 지장 없네. 가끔은 이렇게 노인의 주름살도 펴 주지 않으면 곤란하다고."
라고 하므로, 모두들 찬성하고 나이에 관계없이 자리를 마련해 주연이 시작되었다.

주연의 흥이 최고조에 이를 즈음, 예의 젊은이는 권노인 앞으로 다가가,
"실은 오래된 이야기입니다만, 정말 기묘한 이야기를 들었습니다. 술안주 삼아 말씀드리고 싶은데 어떠십니까?"
하자 노인도,
"옛날이야기는 언제 들어도 좋지. 어서 들려 주게나."
하고 청했다.
그래서 젊은이는 예의 권 군이 비를 피하다 아름다운 여인과 만난 기이한 이야기를 옛날이야기풍으로 들려 주었다. 그러자 노인은 무릎을 치며,
"이거야 정말 아주 희한한 인연도 있구나. 옛날에는 그런 재미있는 일도 있었는데 근래에는 그런 이야기를 듣지 못해 유감이로군."

199

하고 무심코 입에 올리자 기회를 놓치지 않고 그 젊은이는,

  "만약 그러면 어르신께서 그런 경우를 만나신다면 어떻게 하시겠습니까? 세상에 보기 드문 미인이 그런 곤란한 지경에 있는 것을 보시면 어떻게 하시겠습니까? 그리고 한번 그 여인을 가까이 한 이상 첩으로 들이시겠습니까, 그렇지 않으면 버리시겠습니까?"

하고 묻자 노인은,

  "관의 벌이라도 받고 있는 죄인이라면 모르겠지만 훌륭한 남자로서 아름다운 사람을 만나 이를 버리는 법은 없는 게지. 또 이미 숨김없이 이야기하고 부탁받은 이상 그를 데리고 돌아와 돌보는 것은 당연하고 그를 버린다는 것은 악을 거듭하는 것이지."

하고 대답했다. 그래도 젊은이는,

  "아니 아니, 어르신께서는 몹시 엄격하신 분이시니 그런 경우에도 훌륭하게 처신하시겠지요."

하고 말하니 노인은 머리를 흔들며,

  "아니 아니, 나도 그런 경우에는 이해하지. 애당초 그 젊은이가 내실에 들어간 것은 일부러 그런 것이 아니라 속아서 들어간 것이지. 스스로 관습을 어기고 저지른 죄가 아니라고 할 수 있다네. 게다가 젊은이가 아름다운 여인을 보고 마음이 움직이는 것은 당연한 데다,

그런 경우에 그 여인을 버린다면 한을 품고 죽을 지도 모를 일. 그래서야 도리어 결과가 나쁘지. 사대부란 자는 그럴 때 주저 없이 처신할 방법이 있는 법이지."

"인정으로 봐도, 사물의 이치로 봐도, 과연 그 말씀에 틀림이 없습니까?"

"전적으로 거기에 거짓은 없네. 결단코 그런 경우 가련한 여인을 불행에 빠뜨려서는 안 될 일이지."

그러자 그 젊은이가 말하기를,

"그렇다면 이 이야기는 슬픈 이야기가 아니겠군요. 어르신의 아드님이 실제로 일전에 맞닥뜨린 사건입니다. 어르신께서는 방금 재삼 사리 당연하다고 하셨으니 아드님께 죄는 없을 테지요."

이것을 듣고 그 대단한 노인도 일언반구가 없었다. 하지만 이윽고 낯빛을 바로 하고 눈썹을 치켜 올리며,

"자네들은 이제 돌아가게! 이 일은 우리 집안일이니 내가 알아서 처리하겠네."

하고 노해 소리쳤다. 일동은 놀라 도망쳤다.

그리고 권노인은 다시 큰 소리로 외쳤다.

"대청에 빨리 자리를 깔아라!"

노인이 대청에 자리를 깔고 앉으면 그걸로 끝장이었다. 죄 있는 하인이나 하녀 등을 때려 죽이는 것도 예사이고 목숨을 구한다 해도 피를 보지 않고 끝나는 일은 없으므로 집안사람들은 이 '대청에 자리를 깔아라' 라는 명이 떨어지면 누군가가 죽어나겠구나 하고 오싹해지는 것이 보통이었다.

아니나 다를까, 또 시작이군, 하고 집안사람들이 창백해지는 것도 상관 않고 노인은 자리에 앉아 또 큰 소리로 호통을 쳤다.

"어서 작두를 가져 와라."

하인이 서둘러 작두와 목판을 마당에 가져왔다.

"애송이를 붙들어 목판 위에 비틀어 눌러라."

하인들은 하는 수 없이 권 군을 붙들어 목을 목판 위로 눌렀다. 노인은 아주 난폭한 기색으로

"이 애송이 녀석이 아직 젖내도 가시지 않았는데 부모와 의논하지도 않고 멋대로 첩을 정하다니 이런 놈을 살려 두면 집안의 이름만 더럽힐 뿐 아무 득도 없을 것이다. 게다가 지금 부모가 있는데도 이런 식이니 우리가 죽고 나면 더 큰 걱정이 될 터이다. 차라리 지금 죽여 버리는 편이 나을 것이다."

라고 하면서 하인으로 하여금 그 목을 치게 했다.

이때 일가 사람들은 모두 창백해져 허둥지둥 소란을 떨 뿐이었는데 모친과 그의 처는 역시 옆으로 다가가,

"자자, 기다려 보세요. 설사 죽을 죄가 있다 해도 이 눈앞에서 하나밖에 없는 자식의 목을 치는 것은 너무 무참하지 않습니까?"

하고 슬피 울부짖으며 눈물을 흘렸다.

권노인은 그녀를 향해 거친 소리로 꾸짖었으므로 노부인은 놀라 도망쳤다. 하지만 며느리만은 땅바닥에 머리를 세게 내리쳐 얼굴이 피투성이가 되어서도,

"설사 아무리 죄가 있다 해도 아버님의 핏줄은 서방님 한 분뿐이지 않습니까? 한 때의 화를 못 이겨 죽이시면 선대 조상들의 혈통이 끊어지게 됩니다. 부디 대신 저를 죽이시고 서방님을 구해 주십시오."

하고 열심히 비는 것이었다.

"이런 덜 떨어진 놈은 살려 두어 봤자 집안의 이름을 더럽혀 집안을 망하게 하고 결국에는 조상에게 치욕을 드릴 뿐이니 지금 눈앞에서 죽이면 그럴 걱정이 없다. 어느 쪽이든 망하는 것은 똑같으니 내 손으로 하는 편이 더 나을 것이다."

하고 노인은 전혀 받아들일 기미도 없이 하인에게 목을 치라고 명할

뿐이었다. 과연 가신들도 입으로는 '허 참' 하고 대답하기도 어려운 모습이다. 며느리는 필사적으로 구명을 청했다. 노인은,

"이 애송이 녀석이 이미 집안을 망하게 한 것은 한 가지만이 아니다. 멋대로 첩을 둔 것도 망조의 하나지만 너 같이 질투가 심한 여자와 첩을 같이 둔다면 매일 싸움이 끊이지 않아 집안이 도저히 안정될 리가 없다. 이것이 또 하나의 망조이다. 이런 놈은 빨리 없애 버리는 편이 낫다."

그런데도 처는 필사적으로 남편의 목숨을 빌었다.

"저도 보통 사람입니다. 이런 인연을 보고 어떻게 질투하겠습니까? 만약 허락해 주신다면 반드시 저는 첩과 함께 살며 절대로 싸우지 않겠습니다. 부디 그 점만은 안심해 주십시오."

"하지만 너는 지금 이런 상황이니 그렇게 말하지만 진심은 그렇지 않을 것이다."

"아닙니다. 결코 이 순간을 모면하기 위해 드리는 말씀이 아닙니다. 천지신명께 맹세코 어떤 일이 있어도 실행하겠습니다."

"내가 살아 있는 동안에는 그렇다 해도 죽으면 그 뒤에 또 말썽이 일어날 것이다."

"결단코 결단코 아버님께서 돌아가신 뒤에도 추호도 이 약속에는

변함이 없을 겁니다."

"그렇게까지 말한다면 그 약속을 종이에 써 주겠느냐, 어떠냐?"

"알겠습니다."

그래서 겨우 노인의 화가 풀려 아들을 용서하게 되었다.

서둘러 하인을 불러 마차꾼을 데리고 예의 그 여인숙으로 가 아들의 소실을 데려오라고 명하였다. 그리하여 기이한 인연의 아름다운 여인은 이 집으로 와 시부모에게 예를 올리고 또 사당에 절을 하여 같이 살게 되었다. 과연 질투가 심하다는 평판이 있었던 부인도 한 마디 다툼도 일으키는 일 없이 노년에 이르기까지 화기애애했다고 한다. 경사로다. 경사로다.

자비로운 스님 이야기

충청지방에 빈 절이 하나 있었다. 오랫동안 피폐해져 아무도 손에 넣으려 하지 않았다. 한 노승이 있어, 이를 수리하려고 생각하고 그곳에 가 조사하기로 했다. 그곳은 깊은 산중으로 해가 저물어 빈 방에 들어가 하룻밤 묵기로 했다. 산 속의 밤은 조용히 깊어져 별과 달이 희미하게 빛나고 있었다. 문득 보니 뭔가 커다란 것이 물건 하나를 품고 담을 넘어 들어와 그것을 마당에 두고 살짝 물러나 이를 바라보았다. 그러다 꼬리를 늘어뜨리고 앞으로 나아가 그것을 두드리는 가 싶더니 껑충 뛰어오르고 빙글빙글 돌리거나 하면서 혹은 장난치고 있는 것 같기도 하고 또는 어르고 있는 것 같기도 하는 것이 마치 고양이가 쥐를 희롱하는 것 같았다. 창문에 난 구멍으로 유심히 보니 호랑이가 인간을 괴롭히고 있었다. 스님은 당장에 부서진

207

창문을 집어 호랑이에게 던졌다. 벼락이라도 친 것처럼 산중을 뒤흔드는 소리에 호랑이는 놀라 도망쳐 모습이 보이지 않았다. 노승은 마당으로 내려가 다가갔다. 십오륙 세의 여자아이가 기절해 있는데 몸에 상처는 없었다. 그녀를 구하고자 실내로 안고 들어가 웃옷을 벗기고 팔을 맞대어 체온으로 따뜻하게 하였다. 새벽이 지나 한낮이 되자 회생의 기미가 보이더니 저녁이 되어 정말로 소생했다. 그리하여 따뜻한 물을 만들어 마시게 하고 시종 간호하였더니 여자아이는 완전히 의식이 돌아왔다. 집이나 이름을 묻자 확실하게 대답하였다. 그에 따르면 집은 전라도 경계 쪽으로 여기서는 몇 리 정도 떨어진 곳이다. 그리고 혼례날 밤에 유괴되어 절로 끌려왔다는 것이 후에 밝혀졌다고 한다. 스님은 그 여자아이를 데리고 그 마을로 갔다. 마을 입구에 멈추어 서서 빈승의 거지행색을 하고는 여자의 집 문을 두드렸다. 안에서는 무당이 기도를 하며 딸이 호랑이에게 목숨을 잃어버렸다고 하므로, 부모와 일가친척들은 발을 동동 구르며 슬피 울부짖고 있었다. 여자는 조용히 문으로 들어갔다. 양친은 여자를 보고 처음에는 알아보지 못했다. 잠시 뒤 그녀라는 것을 깨닫고 껴안으며 울었다. 그리고 스님에게 후하게 사례했다. 여자의 집은 마을에서도 좋은 집안으로, 딸에게 힘든 일은 시키지 않았고 또 미인이라는 칭송이 자자했다. 하지만 스님은 간호하는 내내 팔을 맞대고 있었지만 현혹되지 않고 오로지 자비만을 염하며 색욕을 피했다. 사람들은 이를 두고 계행의 표상이라고 말했다.

반도의 고산식물

조선의 고산

조선에서 고산이라 하면 북조선의 소위 개마고원에 우뚝 솟은 백두산(2,714m), 관모봉(2,541m), 북영백산(2,522m), 차일봉(2,506m), 두운봉(2,487m) 등이 손가락에 꼽힌다. 일본에는 2,800m에서 3,700m 정도의 고산이 51개, 대만에는 3,500m에서 3,900m 정도의 고산이 18개 있다. 거기에 비하면 조선의 산은 표고(標高)에 있어서, 또 산의 수에 있어서 공히 자랑할 만하지 않지만 아무래도 위도가 북쪽에 있다 보니 산의 성립을 달리 하고 있으므로 함께 논할 수가 없다. 반도의 남단에 위치한 제주도의 한라산은 겨우 1,950미터이지만 산정은 훌륭한 고산식물로 이루어져 있다.

고산의 특징으로 그곳에 생육하는 초목류가 산기슭에서 정상으로 올라가면서 산록대(山麓帶), 교목대(喬木帶–활엽수림대, 침엽수림대), 관목대(灌木帶), 초본대(草本帶), 지의대(地衣帶)로 마치 산에 머리띠를 한 것처럼 층을 이루어 달리하고 있는 것이 보통이다. 당연하지만 이것은 멀리서 바라본 경관이고 산에 올라 상호의 경계를 실지 답사해 보면 마치 톱니처럼 착종되어 있다. 조선은 물론 일본이나 대만의 고산에도 앞서 말한 다섯 가지 식물대를 완전히 구비하고 있는 산은 없다. 상당히 높아서 관목대의 상층과 초본대의 하층이 함께 있는 정도로 끝나고 있다. 그래서 우리나라의 고산에는 지의대가 보이지 않지만 외국의 훨씬 높은 산에는, 지의대 뿐 아니라 그 위에 또 항설대(恒雪帶)라는 것이 있다. 관목대와 초본대, 지의대를 합쳐서 고산대라고 하고 여기서 자라는 초목류가 이른바 고산식물인 것이다. 유명한 고산 꽃밭은 이 초본대에 짧은 여름동안 백화난만으로 피어 있는 곳을 말하는데 고산에는 평지와 달리 진귀한 종류가 많은 것이 보통이다.

백두산의 고산식물

백두산에 오른 사람은 그다지 많지는 않다고 생각하지만, 적어도 반도에 있는 선비는 일생에 한 번은 반드시 올라 동아시아를 대관(大觀)하고 싶어 한다. 이 산 교목대의 최상층에는 낙엽송이 저송(這松) 같이 되어 끝나고 있다. 이 근처의 교목은 항상 혹독한 강풍을 그대로 맞고 있기 때문에 생장을 방해받아 동남쪽을 향해 산꼭대기에서 산기슭 쪽으로 가지를 뻗고 있다. 여기를 지나면 백두는 이름 그대로 하얀 경석의 들판으로, 내가 이곳에 도착한 것은 1933년 7월 30일이었다. 이 경석들판의 이쪽저쪽에 높이 5, 6치 정도의 두메양귀비꽃이 어울리지 않게 커다란 노란색 꽃을 피워 바람에 머리를 흔들거리고, 같은 높이의 패랭이꽃도 커다란 붉은 꽃을 보여주고 있다. 하늘매발톱꽃이 그 이름대로 아름다운 꽃을 겹치듯 피어 있다. 하얀 꽃인 구름국화가 눈에 띄게 많다. 대부분의 고산에 보이는 담자리꽃나무는 벌써 다 피고 져 흰 털만 나부끼고 있고 시호도 이미 늦었다. 붉은 색의 아름다운 꽃으로 알 수 있는 두메자운영도 이미 개화기가 끝났다. 경석들판에는 또 긴 송라가 마치 선녀가 빗다 떨어뜨린 머리칼이라고 해도 될 정도로 땅에 흐드러져 있는 것이 아무리 봐도 선경이라는 느낌을 주고 있다. 여기서 불과 1리 반쯤 경석들판을 느긋하게 가다 보니 대망의 천지에 도달한다. 내려다보이는 천지는 둘레가 12km나 되는 바닥을 알 수 없는 아주 큰 호수로, 감청색 물로 가득 채워져 파도 한 점 일지 않아 왠지 기분 나쁠 정도로 고요하다. 게다가 때때로 농무가 엄습하면 어찌나 무시무시한지 다리가 후들거린다. 여기 바위틈에는 콩버들이라든가 매자잎버들 같은 버드나무가 보이고, 높이 1, 2치 정도의 두메냉이가 의지하듯 붙어 있다. 백두산의 고산식물로 역시 특별한 것은 지의류인 선태류이다. 낙엽송이 우거진 수풀 아래 세 종류의 선태류가 둥글게 밀집해 있는데, 물기를 품어 부드러운 것이 마치 정제된 목욕수건을 한 면으로 굴린 것 같다. 색은 회백색, 회청색, 혹은 황색이 어우러져 이를 바라보면 마치 지상의 잔설을 방불해 한없이 아름답다.

관모봉의 고산꽃밭

백두산은 산이 형성된 지 아직 얼마 되지 않은 탓인지, 그 정도의 고산이면서도 고산꽃밭이 발달해 있지는 않다. 조선에서 훌륭한 고산꽃밭이 보이는 곳은 관모봉뿐이다. 함북의 경성군과 무산군의 경계에 있는데, 전부 화강편마암으로 이루어진 오래된 지질의 산으로 경내 으뜸가는 경관이 좋은 산이다. 높이 약 2000m 정도에서부터

산정까지 사이에는 높이 30cm 정도의 저송, 곱향나무, 일본매자나무, 계수나무, 철쭉, 두메참꽃나무, 노랑만병초, 물싸리, 산버들, 솔송나무 등이 자라고, 이들 왜생관목(倭生灌木) 사이에 섞여 하얀 꽃인 담자리꽃, 용담꽃, 범꼬리, 박새, 바위취, 국화 등이, 노란 꽃인 애기꽃금매화, 참돌꽃, 털머위, 산미나리아재비 등이, 붉은 꽃인 구름송이풀, 설앵초, 두메자운 등이, 유리색인 매발톱꽃, 송장풀 등이 자라고 있다. 게다가 꽃이 피는 시기가 거의 같기 때문에 한여름에는 높이 300여 m에서 폭 8평에 이르는 실로 광대한 고산꽃밭이 전개된다. 산들쭉나무의 열매는 익으면 검게 콩만 한 크기가 되어 누구든지 따서 잇달아 입에 넣는데, 북조선지방에서 '들쭉'이라고 하는 것은 이 열매를 말하는 것으로, 예로부터 불로장수의 영약이라 일컬어져 백두산이나 관모봉을 비롯하여 북조선의 고산에 대단히 많다. 연산출이 오천 석 이상에 달할 것이라고 한다. 가을에 이들 산록지방을 여행하면, 여자들이 오래된 맥주병에 넣어 모으고 있는 것을 볼수 있다. 비취덩굴의 열매는 타원형인데 들쭉보다 크고, 이것도 먹어보면 상당히 맛있다.

제주도의 고산식물

제주도 한라산(漢拏山)은 일명 한라산(漢羅山)이라고 하는 대단한 경사면을 가진 따뜻한 구(舊) 분화산으로, 이 산을 중심으로 주위에 삼백 여개의 낮은 원추형 산들이 늘어서 있다. 높이 1950m 정도의 산인데, 산록대(山麓帶), 교목대, 관목대, 초본대가 순서대로 연이어 있는데, 조선에서 식물의 수직분포를 알 수 있는 좋은 본보기가 되고 있다. 내가 이 정상에 오른 것은 1932년 7월 28일이었는데 이 날은 날씨가 좋지 않아 강풍에 가랑비까지 내려 입구가 폐쇄되었다. 정상 부근에는 송백, 들쭉나무, 백리향, 시로미, 산버들 등이 지면을 기어가고 있는 것처럼 자라고 있었고 그 사이에 떡쑥, 체꽃 등이 섞여 피어 있었다. 백리향은 그야말로 꽃이 만개하여 섬세한 어린 가지 끝에 작은 적자색 꽃을 피우고 있었다. 이것은 언뜻 보기에 풀과 같지만 실은 나무종류이다. 잎을 비비면 일종의 강한 향기가 나기 때문에 사향(麝香)이란 이름으로도 불린다. 시로미는 이미 꽃 피는 시기가 끝나 열매를 맺고 있었는데 그 과실은 식용으로 쓰이는지 많이 채집되고 있다. 정상에는 백록담이라고 하는 구 분화구에 물이 담긴 큰 연못이 있다. 여름날 햇볕이 오래 내리쬐면 물이 줄어들어 둥근

216

연못은 표주박 모양으로 바뀐다. 내가 갔을 때도 역시 그랬다. 절벽을 내려가 연못가에 서면 적갈색 올챙이가 머리를 언덕 쪽으로 향해 조용히 지면에 엎드려 있었다. 수면에는 물맴이가 빙빙 돌고 있었다.

고산식물의 재배

고산에 올라 그 아름다운 초화(草花)를 접한 자는 흔히 이를 캐내 소중하게 들고 돌아가는데 좀처럼 뿌리내리기 어려운 법이다. 나는 백두산의 노랑만병초, 물싸리, 들쭉나무, 한라산의 백리향, 들쭉나무 등을 이식해 봤는데, 백리향만 성공적으로 뿌리내려 정원에 심은 지 십 년이나 되는데도 잘 자라 몇 번이나 지인들에게 나누어 주었다. 최근 이삼 년 전부터 그 구부러진 줄기를 굵게 만들고 싶어서 잇달아 나오는 어린 가지를 잘랐는데, 이제야 겨우 원하던 굵기가 되었다. 꽃의 빛깔은 옅어져 원래의 것에 비해 그다지 보기 좋지는 않다. 울릉도 성인봉의 만병초도 가지고 왔는데, 이것도 올해로 십사 년이나 되지만 잘 발육하여 이번 봄에는 두 번째 꽃이 필 예정이다. 꽃봉오리가 일곱 개나 열려 기대하고 있다. 석남화는 일반적으로 키우

217

기 쉽다고 전해지지만, 조선은 위도가 북쪽으로 기울어 있기 때문에 고산식물은 대체로 내지보다 평지에서 자라기 쉬운 것 같다. 나는 이 분야에 있어 완전히 초보자이긴 하지만 뭐랄까 그런 기분이 든다. 경성부근에도 고산식물뿐 아니라 널리 산초(山草)를 키우는 취미를 보급하고 싶다. 온실이나 화단에서 자라는 화초에서는 볼 수 없는 훌륭한 것들이 있다.

(필자: 경성사범 식물실 교관)

경성잡관

한 때 유행했던 경성창가 1절에 '산은 북한, 물은 한강, 거리는 자랑스런 남대문'이라고 되어 있는데, 이것은 경성의 경관을 이루는 가장 대표적인 것을 들어 노래하는 것이다. 그 중 남대문은 인공적인 것을 대표하는 것인데, 이 남대문만큼 거리 한가운데서 당당한 미관을 발휘하며 조선을 말하는 기념물은 없다.

마침 이 근처가 두 개의 큰 거리가 만나는 교통 요충지에 해당되어 그 위대한 문의 존재가 교통방해가 된 탓인지, 때때로 이 문을 철거하거나 이전해야 한다는 이야기가 들리는데, 이것은 필시 궤변일 것이다. 이 문을 파괴하지 않기 위해서라면 주변 건축을 어떻게 파괴하든 개조하든 이전하든 아깝지 않다. 문 그 자체의 이전은 엄청난 비용을 필요로 하는 것으로 문제가 될 리 없지만 나는 경성의 도시미화를 위해 아무리 막대한 비용이 들더라도 이 남대문의 손실을 보상할 만한 것은 결코 얻을 수 없다고 확신한다. 즉 남대문을 파괴한다면 도시미화라는 의도는 무의미하게 된다는 것이다. 그만큼 경성에 있어서 남대문의 미적 가치는 크고 새로 만들어지는 건축의 미적 문화적 가치는 부족하다.

은회색 북한산의 남성적인 암봉 부근에서 맑은 하늘색의 푸름에 홀릴 때 경성시가의 먼지나 너저분함을 잊고 이 도시를 찬미하고 싶어지는 사람은 나뿐만이 아닐 것이다. 경성시가는 이 산을 중심으로 흘러나온 계곡물가에 세워진 집들로 형성되었다. 청계천 등의 냇물도 지금은 그 이름에 어울리지 않지만 원래는 물이 맑고 찬 계곡천이었을 것이다. 그러나 지금도 조금만 시가를 벗어나 상류로 가면 그런 하천은 거의 모래가 희고 맑은 물이 바위 위에서 소용돌이치거나 그 사이를 깊이 채우고 있다. 다만 마을 가까운 곳에서는 모처럼의 맑은 물이 세탁비누 때문에 탁해진 것이 유감스럽다. 창동 근처로 내려오는 도중에 만나는 맑은 하천은 반나절을 그 근처에 누워 돌아가는 것을 잊을 정도이다. 그러나 가령 세검정 근처에도 살풍경한 풀장이 생겨 그 경치는 완전히 훼손되었다.

나는 지금은 대부분 대경성부에 편입된 경성교외의 별다른 기이한 것도 없이 담담하고 깨끗한 풍경, 작은 모래산에 드문드문 자란 소나무, 모래내 근처에 한옥이 점재하는 그런 경치를 사랑하지만, 도시가 팽창함에 따라 그런 멋을 어느 정도라도 보존하기 위해서는 역시 장기적인 도시계획에 의해 부(府)가 그런 경승지를 매수하든지, 혹은 공업구역이나 주택구역을 적당히 지정하거나 하기를 희망한다. 이는 거의 공상에 가까운 희망일지도 모르고 또 도시 번영을 위해 경치 등은 문제가 아니라고 할지도 모르지만, 역시 이 정도 대도시가 되면 도시전체의 미관을 위한 풍치구역 보호는 시민위생상 필요하다. 보다 시민의 진정한 번영을 위해 어쩔 수 없는 경우 외에는 무용하게 이러한 교외의 미관을 해치는 영리적 인공을 금지해 주었으면 한다. 시민의 행락지인 우이동 부근도 요즘은 눈 닿는 곳에는 모두 철책이 생겨 조금 안으로 깊이 들어가려고 하면 방갈로라고 하는 공동화장실 같은 건물이 군립해 산의 경치를 망치고 있다.

원래 현대일본의 싸구려 건물만큼 풍경을 망치는 것은 없다. 그것은 예전의 건물처럼 자연에 가깝지도 않고 게다가 서양건축물 같이 인공적으로 묵직하지도 않다. 자연을 방해하지 않고 자연과 조화를 이루지도 못하고 자연 속에 있어도 자연을 돋보이게 할 만큼 당당하지도 않고 아름답지도 않다. 이것은 번번이 말하는 것이지만, 현대

일본의 건축에서 자연의 미를 더하는 것 같은 건축은 거의 없다. 그래서 옛날처럼 천천히 토지를 점유해갈 수는 없기 때문에 건축군으로서의 아름다움은 하나도 없이 비좁고 답답해서 인가가 생기는 즉시 바로 풍경의 파괴로 이어지고 있다.

그곳에 가면 이화여자전문학교 건물 같은 것은 적어도 중심이 되어 하나의 풍경을 이루고 있다. 시중 건축물 중 내가 가장 추악하다고 생각하는 것은 의전병원과 금천대식당이다. 의전병원은 구 경복궁 광화문의 여러 건축물에 비추어 볼 때 그 연화색이며 창문의 추함이며 실로 구토를 불러일으키는 것이다. 구 규장각의 기분 좋은 건물은 어떻게 된 건지 그것을 볼 때마다 아깝다. 금천대식당은 전차에서 그 입구를 볼 수 있을 뿐이지만 그 협소한 곳에 무리하게 세운 방대한 건물이다. 위에서 무겁게 덮쳐오는 것 같은 불안정함을 보면 그저 불쾌해질 뿐 그곳에 가 아무것도 먹을 기분이 나지 않는다.

한강은 경성부민의 수돗물을 끌어오는 생명의 근원이므로 상류를 더럽혀서는 안 되는데 경성이 장차 공업도시로서 더욱 발전하게 될 때 이 큰 강의 미관을 해치지 않고 또는 그 물의 깨끗함을 어느 정도까지 더럽히지 않고 그것을 어떻게 이용할 수 있는지는 전문가에 의해 고려되어야 할 것이다. 나는 부민의 한 명으로서 그것이 신경

쓰인다. 이 큰 강이 도시로서의 경성의 생명에 중대한 관계가 있음을 생각할 때 한강과 경성과의 관계에 대해, 장래 중대한 고려에 의해 진중한 계획을 세울 것을 간절히 원한다. 하류에서도 토지를 늘리기 위해 제방을 쌓고 하천의 폭을 좁히는 곳이 있는데 이 제방의 높이는 지금까지 일어난 홍수의 최고높이로 쌓도록 측정되어 있다.

하지만 어떤 사람은 수년에 걸쳐 바닥이 높아지는 정도를 과연 고려하고 있는지 걱정된다. 전문가의 계산에 과연 오류는 없는지, 그런 이야기를 들으면 신경 쓰인다. 자연을 정복하는 것이 문화의 자랑처럼 여겨지고 있다. 토목공사에 있어서는 특히 그런 면이 있을 것이다. 그러나 서양에서 배운 토목공학자는 내지나 반도의 자연이, 서양의 자연 같이 수수한 것이 아니라는 것을 조금 더 생각해야 될 것이다.

용산에서 서빙고, 왕십리까지 기차 창문으로 주의 깊게 크고 아름다운 한강의 경치를 느낄 때가 많다. 이 강변에 커다란 기분 좋은 길을 만들어 적당한 곳에 적당한 나무를 키운다면 그것이 남산을 둘러싸고 얼마나 좋은 산책길을 만들지 항상 생각하고 있다.

조선제일의 쾌남자

의협심 강하고 꿋꿋한 조선 제일의 통쾌한 남자, 그의 이름은 박눌(朴訥)이다. 조선 연산군대의 사람이다.

연산군은 누구나 알고 있듯이 폭군이었다. 이 연산군에게 한 명의 첩이 있었는데 그 오라버니인 김한(金漢)은 전남 나주에 살고 있었다. 대단히 위세를 부려 무릇 못된 짓을 태연하게 해치울 뿐 아니라 감찰사든 군수목사든 나주 인근 땅에 있는 자는 모두 그 김한의 기분을 맞추지 않으면 안 되었다. 만약 누군가 그의 기분을 상하게 하면 바로 면직시켰다. 김한은 수하로 발 빠른 노예를 세 명이나 두고 있었다. 이 위태천[64]은 나주에서 경성까지 하루 반이면 도착할 만큼 빨랐는데 그는 김한과 경성의 통신용으로 쓰이고 있었다. 나주에 와 김한의 기분을 맞추지 않는 자에 대해서

> 64 위태천(韋馱天). 불교의 수호신. 달리기를 잘한다고 알려짐.

225

는 바로 예의 위태천을 경성에 보내 연산군의 벌을 청했다. 그런 내용을 보내면 누이가 연산군에게 이를 고한다. 그러면 바로 면직되었다. 이런 형편인지라 나중에는 아무도 나주에 가려는 사람이 없었고 또 가도 누구 한 명 오래 있는 자도 없었다.

김한은 사람들에게 미움을 사면서도 아무도 어떻게 손쓸 도리가 없어 그의 포악함은 점점 더해져 갔다.

그런 사정으로 나주목사는 결원인 채로 있었다.

그때 박눌은 자진해서 나주목사가 되어 기꺼이 부임했는데 친구들은 불안해 했다.

그가 부임하자 군주사는 김한의 집에 인사하러 가도록 입이 닳도록 권했지만, 박눌은 인사하러 갈 기미가 전혀 없었다. 모두가 박눌의 앞날을 걱정하고 있었지만 본인인 박눌은 태연했다. 어느 날 박눌은 김한의 집에 인사하러 가겠노라고 하면서 병사들을 이끌고 나섰다. 그리고는 김한의 집에 도착하자마자 바로 그 집을 에워쌌다. 하지만 병사들은 김한의 세력을 두려워해 박눌의 명을 듣지 못하였다는 듯이 그대로 있었다. 그리하여 명을 받아들이지 않는 자는 죽이겠다고 병사들을 위협한 끝에 저택 안으로 들어가 김한을 체포하여 관아로 연행하였다. 돌아오는 길에 관찰사에게 나쁜 놈을 잡았다고 보고하였다. 관아로 끌고 온 김한을 심문했는데 심문에 이어 장으로 치고 장이 작다며 큰 몽둥이로 두들겼다. 결국 연산군 첩의 오라버니로 나는 새도 떨어뜨리는 세력을 가진 김한은 열 번의 장으로 최후를 맞았다. 시신은 버려졌다.

감찰사는 김한 체포보고를 접하고 창백한 얼굴로 목사청으로 달려왔는데 감찰사가 왔을 때는 이미 김한의 시체만이 남겨져 있고 관아 책상 위에는 사직서가 놓여 있었다. 다른 물건들은 봉인을 찍어 정리하여 인수인계가 될 수 있도록 말끔하게 처리해 놓았다. 박눌은 이미 경성으로 출발한 뒤였다.

이 대사건이 일어나자 예의 위태천은 경성으로 보고하기 위해 달려갔다. 그 연락이 누이에게 도달해 누이가 연산군에게 이를 고하자 연산군도 대노하여 박눌에게 죽음을 내렸다. 그래서 사헌부 관리가 독을 가지고 나주로 떠났다. 옛날 조선에서 죽음을 내린다는 것은 관리가 독을 가지고 가 그 독을 마시게 해 죽음을 끝까지 확인하는 일이었다.

경성에 있던 박눌의 친척들은 이 일을 듣고 크게 놀라 곧 죽을 거라고 생각하고 관과 장례도구를 가지고 박눌의 뼈를 수습하기 위해 역시 나주로 향했다.

친척들이 나주에 도착했을 때는 이미 박눌이 출발한 뒤였으므로 서둘러 빠른 말로 뒤를 쫓았다. 그들은 그를 설득해 샛길로 들어갔다.

이어서 사헌부 관리가 나주에 도착했다. 하지만 박눌은 이미 출발한 뒤였다. 서둘러 뒤를 쫓아 큰 길로 나아갔다.

한편 친척들은 박눌을 데리고 샛길을 따라 깊은 산속까지 들어갔다. 어차피 그 정도의 일을 벌였으니 본인은 물론 죽음을 각오하고 있을 터라 태연히 의기양양하게 경성으로 들어갈 염려가 있었다. 그래서 그들은 생각하기를, 그는 술을 좋아하니 깊은 산 한 민가에 머물게 해 성대하게 술을 권한다. 매일매일 취해서 움직이지 못하게 해 두었다.

그러던 중 하늘이 이 쾌남자를 도울 기회가 왔다. 즉 반정이 있어 하룻밤 사이에 연산군은 쫓겨나고 새로 중종이 등극했다.

그리하여 박눌은 왕에게 불려가 부제학을 제수받았다.

그는 이때 줄곧 취해 있어서 반정에 대해 모르고 있었다. 그가 왕을 알현했을 때 전하의 용안은 신이 전에 나주에 부임했을 때 뵈었을 때와 다르다고 말했다.

그는 결국 사직하고 고향으로 돌아갔다.

아주 강력하고 통쾌한 쾌남자가 아닌가.

비련悲戀, 정숙한 여인의 바람

협기俠妓 일타홍一朶紅의 아름다운 이야기

심일송(沈一松)[65]은 어려서 부친을 여의고 학문할 기회를 잃었다. 총각시절부터 허랑방탕하여 매일 밤 청루에 출입하고 공자왕손의 연회나 기녀들의 모임에는 빠지지 않고 출석했다. 봉두난발에 폐의파립(敝衣破笠)으로 다니면서도 아주 태연하므로 사람들은 광동(狂童) 이라고 비웃었다.

어느 날 권력 있는 한 재상의 연회에 가 기생들 틈에 섞여 앉아 취해 크게 소란을 피웠다. 사람들이 쫓아내려고 했지만 끄떡도 하지 않았다. 초대받은 기생들 중에 일타홍이라고 하는 아직 어린 기생이 있었다. 전라도 금산에서 새로 올라왔는데 용모로 보나 가무로 보나 일세에 비할 데가 없었다. 광동 심 군은 그녀의 용모에 반해 그 옆에 앉았다. 그녀는 조금도 싫어하는 기색이

65 일송 심희수(一松 沈喜壽, 1548~1622). 조선 중기 문신.

229

없었다. 때때로 추파를 던지며 그의 기색을 살피더니 일어나 측간에 가는 시늉을 하며 손짓으로 심 군을 불러냈다. 심 군이 따라가자 홍은 그의 귀에 입을 가까이 대고 말했다.

"댁이 어디신지요?"

"모 동에 몇 번지라오."

"그러면 먼저 돌아가시지요. 저는 뒤에 찾아뵙겠으니 기다려 주세요. 저는 거짓을 고하지는 않는답니다."

생각지도 못한 길보에 심 군은 대단히 기뻐하며 서둘러 집으로 돌아가 먼지를 쓸어내고 그녀를 기다렸다. 해지기 전 홍이 약속대로 왔다. 심 군의 기쁨은 이루 말할 수 없었고 두 사람은 무릎을 맞대고 이야기를 나누었다. 한 어린 여종이 안에서 나와 두 사람의 모습을 보고는 심 군의 모친에게 고했다. 부인은 방탕한 아들을 걱정하다 이를 듣고 불러 꾸짖으려 하였다. 그런 사정을 헤아린 홍이 말했다.

"저어, 여종을 불러 주세요. 제가 안에 들어가 어머님을 뵙겠습니다."

심 군이 그녀가 말한 대로 여종을 부르자 홍은 함께 안으로 들어가 계단 아래에서 인사를 올렸다.

"저는 이번에 새로 금산에서 올라온 기생 일타홍이라고 하옵니다. 오늘 모재상의 연회에서 우연히 마님의 아드님을 뵈었습니다. 사람들은 광동이라고 하는데, 비록 천한 몸이지만 제 눈에 비치기로는 가히 아주 훌륭한 귀인의 풍모를 가지셨습니다. 하지만 심지가 매우 거친데다 여색에 빠진 아귀라 하겠습니다. 지금 뭐라도 하지 않는다면 진정한 사람이 되지는 못하리라 생각되옵니다. 그리하여 제가 오늘부터 가무화류의 세계에서 나와 어떻게든 도련님께서 학문을 하시도록 권유코자 하옵니다만 마님의 생각은 어떠신지요? 혹시 제가 자신의 정욕 때문에 말씀드리는 것이라면 실례지만 이렇게 빈한한 가문의 광동을 택하지는 않을 것입니다. 저는 곁에 있어도 결코 정에 이끌려 잘못되도록 하는 일은 하지 않을 터입니다. 부디 그 점은 걱정 마시기 바라옵니다."

"그 아이는 어려서 부친을 잃고 학업을 익히지 않고 방탕만을 일삼았는데 늙은 나로서는 어찌 할 방도가 없이 밤낮으로 노심초사하고 있었다오. 그런 터에 어쩌면 이토록 좋은 일이 일어났는지. 자네 같은 가인이 저런 도락꾼을 돌보겠다니 말할 수 없이 감사한 일이구려. 어찌 내가 싫어하거나 의심할 수 있겠소? 하지만 우리 집은 보시는 대로 빈한하여 겨우 조석을 잇고 있는 형편이라 자네 같은 호사스런 이가 어떻게 이런 곳에서 추위와 배고픔을 견딜 수 있겠소?"

"전혀 상관이 없습니다. 부디 그런 걱정은 마시옵소서."

그날부터 기루와 연을 끊고 심의 집에 몸을 숨기고 이것저것 시중을 들었다. 날이 밝으면 서책을 들려 이웃에 가 배우게 하고 돌아오면 옆에 앉아 일과를 행하게 하여 이를 엄격하게 지켰다. 조금이라도 태만한 빛을 보이면 나무라며 돌아가겠다고 겁을 주었다. 심 군은 사랑하는 여인의 명이므로 열심히 공부에 매진했다.

그러던 중 심 군의 결혼이야기가 나왔지만 그는 홍이 있어 응하지 않았다. 그녀는 그것을 알고 크게 책망하였다.

"당신은 명가의 자제로 전도양양한 분이십니다. 어찌하여 저 같은 일개 천한 기생 때문에 결혼하지 않으려 하십니까? 저는 저 때문에 이 댁의 대가 끊기도록 하고 싶지 않습니다. 바로 떠나겠습니다."

할 수 없이 심 군은 혼인을 하였다. 홍은 유순하게 노부인을 모시듯 새 부인을 모셨다.

이렇게 이삼 년 지나자 심 군은 전보다 더 심하게 학문을 기피하기 시작했다.

하루는 홍에게 책을 집어던지고는 벌렁 누웠다.

"그대는 공부하라고 권하지만 나는 싫으니 할 수 없지 않느냐."

그녀는 그것을 보고 이는 말로 해 봐야 안 될 일이라는 것을 느꼈다. 그래서 심이 외출한 틈을 타 노부인께 고했다.

"서방님께서 날이 갈수록 학문을 기피하시니 저로서도 어쩔 도리가 없습니다. 그리하여 저는 떠나겠습니다. 제가 떠나야 서방님께서 정신을 차리실 겁니다. 이별이라고는 해도 영원하기야 하겠습니까? 과거에 급제하셨다는 소식이 오면 날아서라도 돌아오겠습니다."

노부인은 홍의 손을 잡고 말했다.

"자네가 와주고부터 저 아이가 엄한 스승을 만난 것처럼 다행히 공부에 열중할 수 있었던 것도 모두 자네덕분이오. 조금 책을 멀리했다고 해서 어찌 우리 모자를 버리려는 것이오?"

"저라고 목석이 아닙니다. 떠나려 하니 몸을 가르는 듯 합니다. 하지만 서방님을 격동(激動)시킬 방법은 이것밖에 없습니다. 서방님이 돌아오셔서 제 이야기를 물으시면 과거에 급제하시면 다시 뵙겠다고 말씀해 주세요. 반드시 발분하셔서 학문에 진력하실 겁니다. 멀면 오륙 년, 이르면 사오 년이면 될 것입니다. 저도 몸을 단정히 하고 그날을 기다리고 있겠습니다. 부디 이 뜻을 전해 주십시오."

그렇게 말하고 초연히 문을 나섰다. 그리고 여기저기 처첩이 없는 노재상의 집을 찾다가 한 집을 발견했다.

"저는 불행한 사람으로 이 한 몸 의탁할 데가 없습니다. 부디 하녀로 곁에 두어 주신다면 열심히 바느질이든 식사시중이든 하겠습니다."

노재상은 단아한 아름다움과 총명함을 보고 측은히 여겨 그녀를 받아들였다. 홍은 그날부터 부엌에 들어가 일을 했는데 솜씨가 훌륭하여 노재상은 매우 귀여워했다.

"나는 이제 여생이 얼마 남지 않은 사람인데 다행히 너 같은 좋은 이가 와 의복도 음식도 걱정이 없어졌다. 나는 이제 완전히 네게 맡길 테니 너도 그리 알거라. 이제부터는 부모자식의 연을 맺도록 하자." 하고 그녀를 안채로 들여 딸이라 불렀다.

한편, 심 군이 집에 돌아와 보니 홍은 이미 없었다. 괴이하게 여겨 모친에게 물으니 모부인은 홍이 남긴 말을 일일이 전해 주었다.

"네가 학문을 싫어하니 이런 지경이 되었다. 무슨 면목이 있어 그 사람을 만나겠느냐? 그 아이는 네가 과거에 급제하면 다시 오겠다고 하였다. 그 아이의 말이니 결코 거짓은 없을 것이다. 네가 만일 합격하지 못하면 평생 만날 수 없을 것이다. 어떻게 하든지 좋을 대로 하거라."

심 군은 그 말을 듣고 마음 아프게 생각하고 또 뭔가 잃어버린 것 같이 쓸쓸하여 며칠이나 경성 안팎을 찾아다녔지만 흔적도 찾을 수 없었다. 그리하여 마음으로 맹세하였다. 나는 여인에게조차 버림받았다. 무슨 면목으로 세상 사람을 만나겠는가. 그녀는 과거에 붙으면 다시 오겠다고 약속했으니 나는 끝까지 노력할 것이다. 과거에 급제하지 못하고 그녀도 없이 살아 무엇 하겠는가. 그리고 문을 닫고 손님을 맞지 않고 주야를 가리지 않고 학문에 매진하였다. 수년 후 으뜸으로 급제하였다. 신학사(新學士)가 되어 거리에 나섰을 때 선진(先進)들을 일일이 방문하여 경의를 표하였다. 노재상은 심의 부친의 친구였으므로 그가 찾아오자 기뻐하며 맞이했다. 옛 이야기를 나누던 중 안채에서 식사가 나왔다. 신학사가 상 위의 요리를 보더니 갑자기 안색이 변하였다. 노인이 이상하게 여겨 이유를 물으니 그는 홍의 이야기를 자세하게 이야기하였다.

"제가 열심히 공부하여 시험에 붙은 것도 모두 그녀를 만나기 위해서입니다. 오늘 음식을 보니 이것은 바로 그녀의 요리입니다. 슬프지 않을 수 없지요."

노재상은 그녀의 나이와 용모를 묻고는,

"안채에 양녀가 한 사람 있는데 그 아이의 소생을 모르고 있었네. 바로 그 아이일지도 모르겠네."

재상의 말이 끝나기도 전에 한 미인이 뒤의 창을 열고 들어와 신학사에게 안겨 울었다. 심은 일어나 재상에게 절했다.

"보시는 대로입니다. 이 여인은 제게 허락해 주셔야겠습니다."

"과연 그렇군. 나는 이미 관 속에 반 발짝 들어간 나이에 다행히 이 아이가 와 겨우 명을 이어가고 있었네. 이 아이를 떠나보내면 나는 손발을 잃은 거나 진배없이 곤란할 테지. 그러나 이는 실로 기특한 일이고 또한 서로 아끼고 있으니 허락하지 않을 수 없겠군."

심은 일어나 절하고 거듭 감사를 표했다.

이미 날이 저물어 어두워졌으므로 그녀와 함께 말을 타고 횃불을 밝히고 집으로 향했다. 입구에서 큰 소리로 노부인을 불렀다.

"홍입니다. 홍이 왔어요."

노부인은 기뻐하며 달려 나와 홍의 손을 잡고 안으로 들였다. 일가가 기쁨 속에서 다시 전과 같은 평온한 나날이 이어졌다.

심은 후에 천관(天官-내무)직에 올랐는데 홍은 옷깃을 여미며 말했다.

"저의 염원은 오로지 당신이 대성하시는 것뿐이라 지난 10년간 다른 것은 일체 생각하지 못했습니다. 부모의 안부조차 들을 겨를이 없었습니다. 이제 그것이 밤낮으로 저를 아프게 합니다. 그래서 지금이야말로 당신께 소원이 있습니다. 부디 저를 위해 금산군수가 되셔서 부모를 뵙게 해 주세요. 일생의 소원입니다."

"아, 그거야 아무것도 아니오."

하고 심 군은 바로 군으로 보내 달라고 상소하였다. 기대한 대로 금산군으로 결정되었다. 그리하여 홍과 함께 부임하여 그날로 홍의 부모에 대해 알아보았다. 다행히 두 사람 모두 무탈하였다. 사흘 뒤 홍은 관부에서 나와 술과 음식을 준비해 부모를 만났다. 친척들도 불러 사흘 내내 잔치를 벌였다. 그리고 또 의복이며 그 밖의 것을 많이 주며 마지막으로 말했다.

"관부는 사가와 다르고 관리의 처첩은 다른 사람들과 같지 않습니다. 부모형제나 친척이 빈번하게 출입하면 사람들로부터 나쁜 말이 나올 것이고 관의 일에 누를 끼치게 될 것입니다. 저는 이제 관아에 들어가면 다시 만날 수 없을 겁니다. 뭐 경성으로 돌아갔다고 생각하고 왕래하지 말아 주세요. 그렇게 하면 공사구분이 명확해질 것입니다."

그리고 작별하고 돌아갔다. 반 년 동안 한 번도 밖으로 나오지 않았다. 어느 날 여종이 홍의 명으로 군수에게 갔는데 공교롭게도 공무 중이었다. 그는 바로 일어설 수 없었는데 다시 여종이 부르러 왔다. 그가 이상히 여겨 가보니, 홍은 새로 지은 옷을 입고 새 이불을 깔고 그다지 병색이 있어 보이지는 않았는데 얼굴이 창백하고 쓸쓸한 빛을 띠고 있었다.

"저는 이제 영원한 이별을 고하고자 합니다. 이미 죽을 때가 왔습니다. 부디 자중자애하시어 출세하시고 제 일로 괴로워 마세요. 다만 저의 시신은 당신의 선영에 함께 장사지내 주세요."

말을 마치고 조용히 죽었다. 그는 몹시 애통해 했다. 자신이 세상에 나올 수 있었던 것은 모두 홍녀의 덕분이다. 그 홍은 이제 죽었다. 나는 어떻게 혼자 지내겠는가, 하고 사직하고 대리를 세워 두고는 홍의 관과 함께 길을 떠났다. 금강에 이르렀을 때 죽음을 애도하는 시를 한 수 지었다.

일타홍 수레에 싣고 가는데   (一朶紅雲載柳車)
꽃다운 혼은 어느 곳에 서성이는가   (芳魂何處更躊躇)
금강의 가을비 단정을 적시니   (錦江秋雨丹旌濕)
아름다운 이가 흘리는 이별의 눈물이런가   (疑是佳人別淚餘)

임진란 삽화

제독 이여송李如松이 소를 탄 노인에게

어이없이 훈계 받다

선조 때 임진왜란으로 명의 대장 이여송이 왕명을 받아 동정(東征)하여 평양을 함락하고 의기양양하게 입성하였다. 보아하니 평양은 풍광이 아름다워 매우 마음에 들었으므로 곧 다른 마음을 품고 평양을 선조에게 바치느니 자신이 살기로 하였다.

어느 날, 군의 간부들을 모아 연광정에서 승리축하연을 열었다. 그때, 강변 모래사장을 검은 소를 탄 한 노인이 지나가려 했다. 놀란 병졸들이 큰 소리로 나무랐지만 노인은 들었는지 못 들었는지 유유히 소고삐를 잡고 지나간다. 그것을 보고 이제독은 크게 분노하여 그 놈을 잡아오라고 명했다. 명을 받고 병졸들이 달려갔지만 불가사의하게도 소의 걸음은 전혀 빠르지 않은데도 병졸들은 도저히 따라잡지 못했다. 그러자 제독은 화가 머리끝까지 나서 직접 천리마를 타고 검을 빼들고 노인을 쫓아갔다. 그런데 소는 여전히 느릿느릿 걷는데도 어찌된 일인지 전속력으로 달리는 말이 이를 따라잡지 못하는 것이었다. 나루터를 넘어 강변을 따라 몇 리나 가서 한 산촌으로 들어갔다. 그러자 노인은 소에서 내려 소를 강가에 묶어 두고 버드나무 아래 초가집으로 조용히 들어갔다. 대나무로 된 문을 열어 둔 채였다. 아, 이곳이 저 늙은이의 집인가 하고 제독은 말에서 내려 검을 지팡이 삼아 들어가려 했다. 노인은 일어서서 공손히 맞이했다.

"그대는 어떤 늙은이길래 도대체 사람을 사람으로 생각하지 않고 나를 이런 꼴을 당하게 하느냐. 내가 누구라고 생각하느냐. 왕명으로 백만 대군을 이끌고 바다를 건너 너희 나라를 구하러 온 게 아니냐. 몰랐다고는 말라. 그런데도 감히 내 군대 앞을 소를 타고 지나가려 하다니 이 얼마나 무례한 일이냐. 갈기갈기 찢어도 분이 풀리지 않을 것이다."

노한 제독에게 노인은 웃으며 말했다.

"저는 보시는 대로 시골노인에 지나지 않습니다만 그래도 명의 장군께 대한 예의 정도는 알고 있습니다. 오늘 제가 한 일은 실은 장군을 이 누추한 곳에 모시고 싶어서였을 뿐입니다. 실은 제게 한 가지 소원이 있습니다만 말씀드리기 어려운 일이라 할 수 없이 이런 일을 벌인 것입니다."

"그 소원이라는 게 무어냐? 말해 보라."

"제게 자식이 셋 있습니다만 글 읽고 농사짓는 일에는 조금도 관심이 없고 면목 없습니다만 강도짓만 하고 있습니다. 부모의 가르침은 듣지 않고 장유유서의 구별도 알지 못하는 무뢰한들입니다. 제 손으로는 아무것도 할 수 없어 정말 곤란하던 참입니다. 감히 말씀 드립니다만 이장군께서는 그 용맹을 천하에 떨치시는 분이시니 그 힘으로 이 극악무도한 놈들을 다스려 주십사 하옵니다. 부디 소원이오니 들어 주시옵소서."

"그놈들은 어디에 있느냐."

"예, 안마당 초옥에 있습니다."

그리하여 이제독은 검을 쥐고 안으로 들어갔다. 두 젊은이가 있는데 둘 다 책을 읽고 있다. 제독은 큰 소리로,

"네놈들이냐? 극악무도한 자들은? 네 부친이 내게 너희들을 없애라 하였다. 자, 이 칼을 받고 왕생하거라"

하고 칼을 휘둘러 내리쳤다. 하지만 젊은이는 눈썹 하나 움직이지 않고 조용히 가지고 있던 책을 내려놓는가 싶더니 재빨리 옆의 죽간을 들어 탁 하고 검을 받아냈다. 탁 탁 두세 합 나누던 중 검이 쨍그

랑 두 동강이 나 땅에 떨어졌다. 제독은 숨을 헐떡이며 땀을 흘렸다.

그러자 노인이 다가와,

"너희들 이 무슨 무례한 짓이냐"

하고 자식들을 꾸짖고 물러나게 했다. 제독은 노인을 향해 말했다.

"저 녀석들은 실로 대단한 실력을 갖고 있소. 반항도 하지 않고 그대가 말하는 대로 하지도 않소."

"당치도 않습니다. 농담이었습니다. 저런 녀석들은 다소 실력이 있다 해도 열 명이 와도 아직 이 몸 한 사람 당해내지 못합니다. 장군은 대왕의 청을 받아들여 동정하여 이 나라를 소탕하고 안태를 이루게 하시고 그리고 귀국으로 개선하시니 이름을 역사에 남기는 일은 남자로서 더한 소망이 있겠습니까? 그것을 잊고 변덕을 부리시는 것은 장군의 본심은 아니시겠지요. 오늘 저의 행위는 이 작은 동쪽 나라에도 역시 사람이 있다는 것을 알려드리기 위함이었습니다. 하지만 만일 장군이 의연히 마음을 바꾸지 않고 망설이신다면 저는 늙었지만 귀하의 한 목숨 받을 정도의 자신은 아직 있습니다. 잘 생각하십시오. 야인이 예절에 익숙하지 않아 무례한 말씀이지만 부디 잘 생각하셔서 용서하시기 바랍니다."

이 말을 들은 이여송은 한참을 말없이 머리를 숙이고 초연히 있다가 이윽고 머리를 끄덕이며 그곳을 떠났다고 한다.

소 색시

이번 이야기는 역사 속 이야기의 하나이다

군수의 청빈

홍 군수는 삼 년의 임기를 마치고 가까운 시일에 신임 장 군수가 도착하면 업무를 인계하고 경성의 집으로 돌아가야 했다. 단 곤란한 것은 임기 내내 청렴결백했던 나머지 집으로 돌아갈 때 처자친족을 기쁘게 할 만한 아무런 선물이 없고 그뿐 아니라 읍내에는 거액의 부채가 있었다. 임박한 문제로 당혹해서 여러모로 궁리하고 있는데 좋은 수가 없었다. 결국은 자신이 평생 지켜온 공맹의 가르침이라는 것에 의심을 품고 침울한 표정으로 가만히 생각에 잠겼다. 장소는 어느 산속 군청의 한 방이다.

군수의 고민

그곳에 온 이가 수석 김 주사이다. 군수의 얼굴을 보고 상관의 걱정을 다 파악하였다. 그것은 아무것도 아닌 일이다. 사람들이 알아채지 못할 나쁜 짓을 하나 하라고 권했다. 군수는 나쁜 짓은 하지 않겠다고 했다. 주사는 그러면 부채는 어떻게 할 것인지, 빈손으로 집으로 돌아가 가족이나 친족들을 만났을 때 어떻게 할 것인지, 청백리라는 명예가 무슨 소용인지 아무튼 나쁘게는 처리하지 않겠다, 자신에게 맡겨 달라고 설파했다. 군수는 마음이 움직여 등과 배를 바꿀 수는 없다, 당면한 큰일을 위해서는 다른 일을 희생하는 것도 감수할 수밖에 없다며 주사에게 일임했다. 그러나 주사는 그 방법을 말하지 않으니 군수는 왠지 불안했다.

주사의 기책奇策

어느 날 야심한 때에 주사는 군수를 동행하여 미복하고 어둠을 틈타 읍내로 나갔다. 마을 외곽에 사는 읍내제일의 부자 김만(金滿)의 집에 도착했다. 주사는 주저하는 군수를 이끌고 담을 넘어 저택 내로 은밀하게 들어가 곳간 문을 부수고 그 안으로 침입했다. 그리고 준비한 등잔에 불을 붙였다. 정직한 군수는 두려워하지만 주사는 태연하다. 이윽고 그 광 속에 놓인 술독 뚜껑을 열어 안에서 술을 퍼내 마시고 군수에게도 권했다. 좋은 술에 취기가 돌 즈음 주사는 방약무인으로 창을 하기 시작했다. 군수는 정신없이 계속해서 말렸지만 전혀 듣지 않고 더욱 소리 높여 시끄럽게 소란을 피웠다.

그 소리를 들은 김만의 하인들이. 자 도둑놈을 잡으러 가자, 하고 손에 손에 무기를 들고 우르르 광으로 몰려왔다. 주사는 등을 끄고 재빨리 기민하게 도망치고 우물쭈물하던 군수만 어둠 속에서 붙잡혀 양손 양발을 묶였다. 하인들은 내일 관아에 가 고할 때까지 도둑을 이렇게 해 두자고 하여 군수를 마침 거기 있던 포대에 넣어 나뭇가지에 매달았다.

이야기는 바뀌어 그곳을 도망쳐 나온 주사는 반대쪽 작은 집에 불을 질렀다. 불이 타오르자 집안 사람들이 모두 큰 소란을 피우며 그쪽으로 달려갔다. 그 틈을 타 주사는 그 집 노인, 노쇠해서 단지 살아 있기만 한 그 사람을 이부자리에서 안고 나와 재빨리 부대 안의 군수와 바꾸었다. 두 사람은 손을 잡고 도망쳐 돌아와 아무 일도 없었던 것처럼 있었다.

고민 해결

김만의 집에서는 다음날 아침 방화절도범으로 포대를 안고 고소하러 왔다. 주사는 그 부대에서 범인을 꺼내라고 명했다. 나온 사람은 그 집의 노인이었다. 일동 의외의 일로 놀라고 주사는 노부를 포박하여 고소하러 온다는 것은 불효의 대죄를 범한 것으로 죽을 죄에 해당한다며 그 집 주인을 구류했다. 김만의 집안에서는 이거 큰일이다 싶어 일동 걱정하여 친족회의를 거쳐 상당액의 뇌물을 써 풀려나게 했다. 주사는 붉은 세치 혀로 목적을 이루었다. 부채도 갚고 자택으로 갈 선물에 쓰시라고 그 돈을 전부 군수에게 건넸다.

사경死境에서의 기지

신임 장군수는 부임하여 만사를 인계받고 홍 전임군수는 여러 사

246

람들이 아쉬워하는 가운데 출발했다. 그 다음 날, 신임 장군수는 갑자기 김주사를 포박하여 법정에 세워 문초했다. 주사는 여러 정황으로 미루어 전임군수가 그 일건의 발각을 두려워하여 무엇인가 무고한 죄로 자신을 옭아매었다고 생각했다. 심문에서 신임군수가 자신을 장살시킬 속셈이라는 것을 깨닫고 이 위기를 피해나갈 방도를 생각했다. 문득 올려다보니 신임군수는 한쪽 눈에 눈병이 있었다. 순간 기지가 번뜩였다. 내가 이런 운명이 된 것도 전임군수의 눈을 치료하지 않았던 일이 원인이로구나. 아, 어리석도다 하고 한숨을 쉬면서 혼잣말을 했다. 군수는 수년간 고질이었던 눈병으로 괴롭던 차라 솔깃하여 주사에게 그 연유를 말하라고 했다. 주사는 그것은 말할 수 없다, 하지만 눈병은 아무리 난증이라도 반드시 신불에게 빌어 치료해 보이겠다고 단언했다. 그리하여 결박을 풀고 오늘 밤 그 치료를 하기로 약속하고 주사는 집으로 돌아왔다.

뜻밖의 안약

약속을 지켜 그날 밤 군수가 김주사의 집을 방문하자, 술과 안주를 준비하여 특별히 대접을 했다. 술은 독이 아니냐고 묻자 음주도 그 치료의 한 방법이라고 무리하게 권해서 대취하게 했다. 군수는 어서 눈병을 낫게 하라고 재촉했다. 이윽고 주사는 소 한 마리를 마당에 끌고 와 이를 가지고 어떤 주술을 행하라고 했다. 군수는 생각하며 주저했다. 주사는 전임군수에게 그런 비밀이 있었기 때문에 자신은 참소를 당해 사경에 빠진 것이다, 확실히 눈이 좋아질 것이다, 어서 실행하시오, 라고 재촉했다. 군수는 취한 나머지 그 말을 믿고 무슨 일이든 병에 비할 수는 없다고 생각하고 주술을 행했다.

군수의 야반도주

다음 날 아침이 되자 군수의 눈병은 많은 술과 주술 때문에 더욱 나빠지고 다른 쪽 좋은 눈까지 나빠졌다. 그자에게 당했다고 생각하고 크게 노했다. 서둘러 부하에게 명령하여 다시 김주사를 체포해 오라고 말했다. 마침 그때 읍내마을은 사람들이 모여 소란하였는데, 무슨 일인가 하고 보니 김주사는 어젯밤의 소를 아름답게 장식하여 사람의 옷, 그것도 혼례 때 쓰는 것으로 입히고 그 소를 새색시로 꾸

며 혼례행렬에 세우고는 '이것은 신임군수의 영부인으로 어젯밤 자
정에……' 하고 큰 소리로 외치며 읍내를 돌아다니다 군청 앞 광장에
왔다. 이 모든 것을 본 군수는 칠면조처럼 붉그락푸르락 안절부절
못하다가 화를 내지도 후회하지도 못하고 이래서야 도저히 군수 체
면을 세울 수 없다 하여 그날 밤 은밀하게 야반도주하듯 출발했다.

이 이야기는 단순히 익살스런 우스운 이야기지만 보기에 따라서
는 일종의 훈화라고도 할 수 있다. 그것은 조선인의 기지, 뛰어난 지
혜 내지는 간특한 꾀가 풍부한 온축(蘊蓄)으로, 그것을 여러 곳에 암
시하여 쥐락펴락 번롱하는 수완이라는 것을 교묘하게 표징하고 있
기 때문이다.

호랑이굴에 들어간 실화

아마 1971, 2년 경의 일이라고 생각합니다. 그 시대에는 경성에 대일본공사관이 있고 영사관은 인천과 원산 두 개소에만 있었습니다. 본래 전신도 철도도 없으므로 공사관과 영사관의 연락은 특별히 사람이 맡아 하고 있었습니다.

경성의 일본공사관에는 일본인 한 사람을 그 연락에 충당하여 원산과 경성간 소식을 전하고 있었습니다. 어느 해 겨울 그 사환이 공문을 지참하고 원산영사관에 갔다가 일을 마치고 돌아오는 길이었습니다. 도중에 현재 경원선 고산역 부근의 산길에 접어들었습니다. 그 당시는 오늘날과 달리 그 부근 산은 수목이 울창하고 인적이 끊어진 심산의 모습을 하고 있었습니다. 사환은 익숙한 산길을 유유히 따라가 그다지 힘들이지 않고 튼튼한 다리로 걸어가던 중 음산한 겨울 하늘의 구름이 한층 짙어지더니 흰 눈이 나풀나풀 내리기 시작하여 서서히 바로 앞도 분별할 수 없는 큰 눈이 되었습니다.

보아하니 산도 나무도 언덕도 작은 길도 쌓이는 큰 눈에 파묻혀 새하얀 은세계로 변했습니다. 그 사환은 나뭇가지를 꺾어 지팡이 삼아 구덩이에 빠지지 않도록 주의하면서 부지런히 걷던 중, 길을 잃고 험한 바위산으로 나갔습니다. 도대체 어디로 가야 하나 하고 걸음을 멈추고 잠시 생각에 빠졌습니다.

그 때였습니다. 사환의 귓전에 지금까지 들은 적 없는 이상한, 확실히 동물이 내는 소리 같은 울부짖음이 들려왔습니다. 조용히 귀 기울여 듣고 있자니 그 기이한 외침은 늘어서 있는 바위 틈에서 울리고 있었습니다. 사환은 호기심에 이끌려 소리를 따라 점점 그 쪽으로 나아갔습니다.

험한 바위 사이를 원숭이처럼 기어올라 소리의 진원지에까지 접근했습니다. 그곳은 커다란 암굴로 쉽게 접근하기 어려운 곳입니다. 들여다보니 그 암굴의 입구에 바로 고양이 크기 정도 되는 동물을 한 마리 보였습니다. 그것은 의심할 바 없는 호랑이새끼였습니다.

보통 인간이라면 그때 호랑이굴이라는 걸 알았으면 새파랗게 질려 도망쳤겠습니다만, 이 사환은 그 성질이 몹시 대범한 낙천가였습니다. 그 호랑이새끼를 잡으려고 가까스로 암굴 입구에 도달하여 손

쉽게 그것을 잡아 품에 넣었습니다. 호랑이새끼는 울음을 멈추고 희한하게도 얌전하게 있었습니다.

그리하여 사환은 길 하나를 발견하여 불과 15, 6정 정도 왔을 때 뒤쪽에서 요란한 소리가 났습니다. 돌아보고는 온 몸의 털이 다 일어서도록 놀랐습니다. 그것은 어미가 틀림없는 커다란 호랑이 한 마리가 바위를 가르고 나무를 꺾으며 큰 소리로 포효하며 쏜살같이 쫓아오고 있는 것입니다.

위급한 상황은 촌각의 여유도 두지 않습니다. 사환은 순식간에 마음을 정하고 한 그루 커다란 나무로 올라갔습니다. 호랑이가 쫓아와 무시무시한 기세로 뛰어오르자 사환의 발끝과는 불과 1척 정도의 거리밖에 남지 않았습니다.

사환은 위기일발의 순간에 다행히 대난을 면했습니다.

사환은 훨씬 위로 올라가 가지가 뻗은 모양이 좋은 곳에 앉아 몸을 편히 하고 마음을 가라앉히고 조용히 아래를 내려다보았습니다. 호랑이의 분노는 대단했습니다. 중국속담에 젖 먹이는 호랑이를 볼지언정 영성(甯成)을 보지 말라[66]는 말이 있습니다만, 그조차 분노한 금수의 왕이 모성애로 착란한

66 당 중기 이한이 지은 책 『몽구(蒙求)』에 나오는 고사로 영성이란 자의 사나움을 나타내며 쓴 표현.

253

것이라면 광폭의 도는 정점에 달해 눈은 시퍼렇고 뻗어 나온 이빨을 드러내고 무시무시한 기세로 포효하면서 나무 밑에서 우왕좌왕하며 날뛰고 혹은 나무뿌리를 씹다가 혹은 줄기를 흔들고 위쪽을 흘겨보는 형상의 공포는 어떤 악귀나찰도 이에 비할 수 없습니다. 더구나 그의 품안에 있는 새끼가 어미의 소리를 듣고 어미를 찾아 울자 한층 광란의 도를 더했습니다.

일이 이 지경에 이르자 천하태평이었던 자도 인정상이라기보다 자신이 우연히 저지른 일을 후회하게 되었습니다. 언제 새끼를 나무 아래로 던질까 궁리했습니다만 던지면 죽을 게 뻔합니다. 그러던 중 마음이 진정되면서 자신의 장래에 대한 걱정에 생각이 미치게 되었습니다. 언제까지 호랑이가 버티고 있을지, 자신의 음식을 어떻게 할 건 지 생각에 빠져있던 중 이윽고 밤의 장막이 내렸습니다.

호랑이의 광폭은 멈추지 않습니다. 그렇게 요동칠 때 털에서 때때로 전광을 발하는 것처럼 사환의 눈에 느껴졌습니다. 사방의 암흑과 고요함은 호랑이의 비명노호를 한층 처참하게 했습니다만 한밤중이 되자 어떻게 된 건지 갑자기 모든 소리가 멎고 신비스러운 정적이 흘렀습니다.

날이 밝아 사환은 아래쪽을 내려다보았습니다. 나무에서 조금 떨어진 곳에 그 맹수는 뒷다리를 땅에 두고 앞발을 뻗어 앉은 채 가만히 앉아 있어, 살아 있는지 죽었는지 도무지 판단할 수 없습니다. 이때 사환의 침착성은 유감없이 발휘되었습니다. 가지를 바꿔 타 호랑이 바로 위로 가 소변을 보았습니다. 소변이 호랑이 면상에 뿌려지고 증기가 올라오는 데도 호랑이는 미동도 하지 않았습니다.

확실히 죽었다고 판단하고 사환은 서서히 나무 밑으로 내려왔습니다. 전날 밤 호랑이는 극도의 분노와 비통과 격동 때문에 심장이 파열하여 죽었는데 앉은 채로 사후경직을 일으킨 것입니다. 그리하여 사환은 앞의 골짜기에서 연기가 피어오르는 것을 보고 인가가 있음을 알고 그곳으로 가 조선인을 불러와 호랑이 가죽을 벗기고 고기와 뼈는 나누어 주고 가죽과 이빨을 가지고 경성으로 귀환했습니다. 경성의 일본인들은 그 기적과 같은 사실담에 놀랐고 유명한 일화로 남았습니다. 시간이 흘러 세상이 변하고 지금 이 이야기를 아는 사람은 경성에 한 두 사람밖에 없겠지요.

제군. 호랑이굴에 들어가지 않으면 호랑이새끼를 얻을 수 없다는 이야기는 상상에서 나온 비유입니다. 이 대담한 사환은 사실 호랑이굴에 들어가지 않고도 호랑이새끼를 얻고 또 호피도 얻는 기록을 만들었습니다. 인간은 어떤 일을 경험하지 않으면 자신의 진가를 발휘할 수 없습니다. 그 사람의 현재 지위나 종래의 업적만으로 사람을 평가한다는 것은 무모한 일입니다. 어디에 어떤 위인이 있는지 영웅이 있는지는 신이 아닌 인간이 판단하기 어려운 일입니다.

흰색白妙과 한복 잡고韓衣雜考

내선교류의 시가詩歌

봄은 지나가고 여름이 오고 있는 듯 하다
하얀 옷이 말라가는 아마노카구야마산
(春過ぎて夏来るらし白妙の衣ほしたり天の香具山)

『만요슈(萬葉集)』[67] 권1)

『만요슈』 제1권에 지토천황(持統天皇)의 작품으로 수록
된 것으로 오늘날 유행하지는 않지만 백인일수(百人一首)
라 하여 여자아이도 암송하는 노래이다. 『신고킨슈(新古
今集)』[68]에는 2구가 '여름이 왔구나(夏来にけらし)'로 되어
있고 4구가 '옷을 말린다(衣ほすてふ)'라고 불리는 유명한

시가인데, 그 내용에 대해서는 그다지 깊이 연구되고 있는 것 같지 않다. 그것은 이 천황의 작품이 벌써 여름이 되었다고 하는 자연의 맑은 경치(淑景)를 그린 서정시가일 뿐아니라 아마노카구야마산에서 흰색 옷을 말리고 있다는 실경(實景)을 그리고 있음에 주의하지 않기 때문이다.

이는 일견 나의 망단에서 나온 고찰일지도 모르나, 내선교류가 지금과 같이 일반문화의 모든 부문에서 크게 움직이기 시작한 오늘날, 이 천황의 시가를 단지 봄이 지나고 여름이 왔다는 식으로만 보지 않고, 하얀 옷이라고 하는 것에 깊이 숨겨진 상념을 보고자 한다. 부여신궁어조영이라는 내선에 있어 획기적인 시설을 만드는 오늘날, 뭔가 멀고 오래된 과거의 세상에 있어서 끊기 어려운 친밀한 유대가 이 시가 안에서 새삼스럽게 태동하고 있다고 추측해 보는 것은 반드시 성급한 독단이나 견강부회의 설이라고 할 수만은 없을 것이다.

지토천황은 여제이기 때문에 특히 옷이라는 관점에서 같은 천황의 시가라도 덴지천황(天智天皇)의 '가을 추수 논의 짚으로 엮은 초라한 오두막집에 남루한 내 소매가 이슬에 젖는 구나(秋の田の刈穂の庵の苫をあらみわが衣手は露にぬれつつ)'라고 한 그 옷이라는 착상과는 완전히 흥취가 다르다. 즉 이미 봄이 지나 여름이 온 것 같다, 흰 천으로 된

258

여름옷을 아마노카구야마산에서 말리고 있다, 어느 샌가 벌써 여름
이 되었다고 하는 술회로 여성다운 소양을 볼 수 있다. 이 흰색을
옷의 마쿠라고토바(枕詞)69라고 해석할 수도 있지만 여기에서는 고(栲)
자에 상당하는 것으로 흰 천이라고 보지 않으면 천황의 시가에 흐르
는 마음을 해석할 수 없다. 내선교류라고 하는 관점도 여기에 있다.

흰색의 옷이 왜 내선교류와 관계가 있는가 하는 것인데, 아마노카
구야마산에 여름옷을 말리는 광경은, 궁전의 높은 누각에서 본 것일
것이다. 산에서 옷을 말리는 풍습은 그대로 당시의 조선풍속, 신라풍
습이라고 봐도 지장 없다고 단언한다. 오늘날에도 조선의 실정을 알
고 있는 자가 보면 산에서 옷을 말린다는 것은 틀림없이 조선에서 건
너온 세탁풍습이라고 생각할 것이다. 그러면 지토천황의 시대에 내
선교류는 어땠는지 역사가 나타내는 바에 따라 일단 검토해 보겠다.

69 마쿠라고토바(枕詞): 와카(和
歌) 등에서 습관적으로 일정한
말 앞에 놓는 4-5음절의 일정
한 수식어.

흰 옷을 말리다

지토천황은 황기 1347년부터 56년까지 재위 10년, 조선은 신라 신문왕(神文王)시대이다. 신문왕 7년 황기 1347년 9월, 신라왕자 등이 국정(國政)을 청하고 또 물건을 헌상하였다. 이것은 지토천황 원년의 일이고, 다음 해 2년 8월에는 신라조공에 대한 사실이 보인다. 4년 2월에는 신라귀화인을 무사시(武蔵)에 둔 일이 있고, 그 뒤인 9년 3월 신라왕자가 와 국정을 청하고, 동년 9월에는 일본에서 오노노케누(小野毛野) 등을 신라에 보냈음을 알 수 있다. 이 9년은 신라 효소왕(孝昭王) 4년이었다.

지토천황시대는 불과 10년이기는 하지만 일본과 신라의 교류관계는 이렇게 빈번하게 이어져 신라인이 황풍을 사모해 귀화했다. 그런 시대였기 때문에 신라의 문물, 민속, 풍습이라는 것이 속속 일본으로 수입되고 있었던 것은 말할 것도 없다. 그 문헌들에 대한 고찰은 후단에 기술하겠다. 조선사람은 오늘날에도 그 대부분이 백의를 입고 있다. 그 민속에 대해서도 이것도 후단에 양보하지만 염료나 그 외의 일로 미루어 천여 년이나 옛날에는 아마 도래신라인은 모두 백의를 입고 있었을 것이다. 아마노카구야마산에서 천황이 보신 흰 옷이 귀화신라인이 말리던 것은 아니라고 해도 일반서민들이 빨래를

너는 장대나 혹은 다른 어떤 것도 사용하지 않는 자연의 건조장이다. 산의 바위 위나 나뭇가지 등에 세탁물을 건조시킨다고 하는 경제적이기도 하고 극히 손쉬운 방법을 취한 것은 적어도 신라인의 그것을 채용한 것이라고 할 수 있을 것이다. 백의를 이용한다는 것, 즉 흰 옷을 입는다는 풍습은 반드시 신라에서 도래한 것이라고 할 수 없고 전문적인 의상사, 의복의 변천 과정 등을 보면 고래 일본에서도 흰 옷은 이용하고 있었고 신관, 승려 등의 청정의(淸淨衣)라고 칭하는 것은 백색 한 가지 색의 옷이다. 그렇기 때문에 이것을 조선에서 도래했다고 단정하기는 어렵지만 아마노카구야마산에서 보신 그것은 확실히 신라귀화인의 그것은 아니라고 해도 수입풍습이라는 것은 결코 상상하기 어렵지 않다. 산골짜기 계곡물에서 세탁한 옷을 산의 볕 좋은 곳에서 건조시키는 것은, 조선특유의 세탁방식이다. 일본에서는 동화에도 나오는 것처럼 '할머니는 냇가로 세탁하러(婆は川へ洗濯に)'와 같이 세탁은 냇가에서 했다. 그 무렵 냇물은 맑고 요즘처럼 더러운 물은 아니었으므로 마을 냇가에서 빤 것을 일부러 산의 높은 곳에 가져가 말리는 수고는 아무리 한가한 옛날 사람이라도 하지 않는 일로, 강물에서 빤 세탁물은 바로 그 부근의 언덕이나 햇살 좋은 곳에서 말린다. 그것은 일본재래의 풍습은 아니다. 오늘날 조선에서도 '아비는 산에 땔나무하러, 할머니도 산에 세탁하러' 라는

변형된 실경(實景)을 가는 곳마다 본다. 산에서 세탁을 한다. 즉 강물을 구해 세탁한다. 이것은 조선특유의 풍경이다.

지토천황의 시가에 의한 흰 옷을 말리는 실경이 내선교류에 유래하는 것이라고 단언하고 싶다.

만호도의성萬戸搗衣聲

두드리는 다듬잇돌 소리 듣는 어젯밤
안개 자욱한 하늘에서 제비가 지저귀누나
(ゑうつ砧の音をきくよべに霧立つ空に燕ぞなぬなる)

(『신칙찬집(新勅撰集)』)

밤다듬이질(小夜砧), 낮다듬이질(晝砧), 멀리서 두드리는 다듬이질(遠砧)이라 하여 고래 시가의 제재로 도입되어 정서 가득한 풍정(風情)으로 노래되고 있는 것에 다듬이(砧)라는 것이 있다. 오늘날 일본에서는 이미 다듬이 소리를 듣는 일은 아마 없을 거라고 생각하지만 조선에서는 경성 같은 문화도시의 길가에서도 이 다듬이 소리를 들을 수가 있다.

다듬이질은 침(砧)이라고 쓰고 중국풍속이 일본에 건너온 것이라고 생각하지만 설사 근본은 중국에 있다고 하더라도 중국과 일본을 이어준 매개체, 즉 중계자(intermediary)는 조선이 아닐까 하고 생각한다. 여기에도 내선의 오래된 교류의 흔적을 떠올릴 수 있겠다. 기누타(砧)는 물론 일본어로 의복(기누이타)의 약칭이다. 사전에 의하면 천을 놓고 두드리기 위한 나무 또는 돌 받침대로 설명할 수 있다.

시인은 이 다듬이소리를 듣는 계절을 가을의 풍물이라 하여 기러기 우는 풍치와 함께 애호하였다. 하지만 시적으로는 아무리 정서적인 것으로 관상된다 해도 이것은 가정부인의 노작의 일종이고, 옛 가정부인의 중요한 임무이기도 했다. 모든 것에 문화생활을 지향하는 오늘날 가정에서 다듬이소리를 듣는다는 것은 전혀 가능하지 않지만 조선에서는 가는 곳마다 도농의 구별 없이 지금도 가는 곳마다 들을 수 있는 조선의 풍습이다.

떡갈나무 베어내어 그것을 깎아
그것으로 처녀는 비단을 두드리네.
아가씨 다듬잇돌로 생명주를 두드리면
총각의 옷에 윤기가 나네.

라고 해서 다듬이질은 세탁한 직물을 펴고 이것에 광택을 내기 위해 두드리는 것으로, 세탁과 함께 조선 가정부인의 중대한 노무라 그 솜씨로 부인의 자격을 결정하였다. 그리하여 다듬이질수업은 하나의 신부수업 같은 것이기도 했다. 그래서 조선아가씨의 혼수에 일본같이 장롱은 없어도 다듬이 돌은 반드시 지참해야만 했다.

자야오가(子夜吳歌)   이백(李白)

장안에는 한 조각 달   (長安一片月)
집집마다 다듬이질 소리   (萬戶搗衣聲)
가을바람이 불어 그치지 않으니   (秋風吹不盡)
모두가 옥문관으로 향하는 정이라 (總是玉關情)
어느 날에나 오랑캐를 평정하여   (何日平胡虜)
좋은 임은 원정을 마칠까   (良人罷遠征)

이것은 유명한 당시(唐詩)로 이백이 선후부인(銑後夫人)을 추모하는 마음을 옷을 두드리는 일 즉 다듬이질에 빗대어 노래한 것이다. 일독하면 남겨진 처의 끊임없는 사모의 정을 느낄 수 있다. 대동아전쟁에 있어서 무사의 처, 용사의 어머니로서 '좋은 임은 언제 원정을 마칠까' 라고 한탄하는 일은 없겠지만, 무사도도 부도(婦道)도 일본 같지 않았던 당대에는 국가보다도 임이 중요했던 것 같다. 여담은 그만두고 옷이라는 것은, 인간생활에서 의식주의 필수요소로서 중요한 하나의 기능을 가졌다. 옛날 부녀자, 특히 조선아가씨는 이 다듬 잇돌을 두드리는 뛰어난 기술이 처로서 필수조건이 되고 있었다. 그 것을 능숙한 이가 두드리는 소리는 음악적인 정조를 가지고 있었다. 이백의 노래처럼 장안의 한 조각 달 아래서 집집마다 다듬이질 소리가 들린다. 이는 일본의 시가적 시점에서 보면 들에서 시끄럽게 우는 벌레소리 같은 것이기도 하다.

그러나 방관자가 보면 아무리 시적이고 낭만적이라 해도, 그것은 연약한 부녀자에게 부여된 밤의 노무인 것이고, '밤다듬이질(小夜砧)' 이라는 것은 밤이 깊어진 후에 두드리는 것으로 남편이나 집안사람이 잠들어 조용해진 뒤 이루어지는 일이다. 허백(虛白)의 노래에 다음과 같은 것이 있다.

투명하고 맑은 등불의 심지를 돋우는 다듬이질인가
(澄明の灯をかき立ててきぬたかな)

오늘날과 같은 전등이 없는 시대에는 흐린 사방등이나 칸등잔 불을 의지해 밤새도록 옷을 두드렸던 것이다.

그런데 언제쯤 다듬잇돌이 도래했던 것일까? 시대는 명료하지 않지만 내선교통이 빈번한 시대였던 것은 상상하기 어렵지 않고, 귀화 조선인이 가지고 왔던 것도 수긍할 수 있다.

제아미(世阿弥)[70]의 요쿄쿠(謠曲)[71] 「기누타(砧)」도 처가 헤어진 남편을 그리는 정을 다듬잇돌에 빗댄 이야기이다.

내용은 이렇다. 규슈(九州)의 아시야(芦屋) 아무개는 소송 때문에 도성으로 상경하여 3년이 지났다. 고향에서 기다리는 처자의 일이 걱정되어 유기리(夕霧)라는 심부름꾼을 처가 있는 곳으로 보냈다. 고향의 처는 바람소리조차 도성에서 온 소식인가 하고 애타게 기다리고 있었으므로 유기리의 얼굴을 보자 여러 가지 원망을 눈물과 함께 거듭 말했다.

그때 마침 마을사람이 하는 다듬이질 소리가 들려 왔는데 소무(蘇武)[72]의 처자의 고사에 빗대어 스스로 원망 어린 다듬이질을 하며 자신의 슬픔을 도성에 있는 남편에게 알리게 했다.

70 제아미(世阿弥, 1363년 경~1443년 경). 무로마치(室町) 초기의 노(能) 배우 겸 창작자로 일본의 전통 가무악극인 노를 완성한 예능인.

71 노가쿠(能樂) 극본에 가락을 붙여서 부르는 것 또는 그 극본.

72 전한 무제 때 사람 소무(BC 140~BC80)는 흉노에 잡혀 19년간 억류되었다가 귀국하였다. 자신의 생존을 알리는 서신을 발에 맨 기러기가 장안에서 잡힘으로써 돌아올 수 있었다는 내용. 흉노여인을 가까이 해 아들을 얻었고, 모친은 그 사이 사망하였으며 처는 재가하였다는 후일담이 있다.

266

이윽고 도성에서 다시 사람이 와 말하기를 남편은 올해도 또 돌아올 수 없다고 했다. 처는 낙담한 나머지 병상에 누워 결국 허무하게 세상을 떠났다. 도성의 남편이 처가 죽었다는 소식을 듣고 고향으로 돌아와 보니 처의 망집이 망령이 되어 나타나 이런저런 원망의 말을 하는데 법화경 강독의 효력에 의해 성불했다고 하는 내용이었다.

제아미는 아마 그 구상을 소무의 고사에서 얻었을 것인데 다듬이질로 통하는 부인의 정이라는 것이 잘 나타나 있다.

세탁녀의 숙명

전술한 소무의 고사나 요쿄쿠 「기누타」는 먼 옛날의 이야기이지만 조선에 있어서는 오늘날도 여전하며, 중국에서도 오지에 가면 지금도 이것을 확인할 수 있을 것이다. 전에도 기술한 바와 같이 일본에서는 아마 어느 산간에 가도 다듬잇돌을 두드리는 소리는 들을 수 없을 거라고 생각한다.

왜 다듬잇돌이 없어졌는가, 그것은 말할 것도 없이 옷의 세탁이나 재봉이 진보하여 옛날 같이 느긋하게 옷감을 탕 탕 두드리고 있을 수 없게 되었기 때문이다. 그런데 조선만이 어째서 지금도 여전히 뒤떨어져 있는가, 한 마디로 말하면 생활문화가 뒤지고 있기 때문이고, 백색의 흰 옷에 대한 집착이 남아 있기 때문이다. 지금도 조선인을 백의대중이라고 부르고 있고 내지에 사는 조선인들도 그 백색일변도의 조선옷을 입고 있다. 그리고 도처의 외진 언덕이나 제방 위에서는 흰 옷을 말리는 아마노카구야마산의 풍경이 그대로 재현되고 있다.

인간생활이라고 하는 것이, 옛날 같이 단순하고 사회적인 교섭으로 복잡하지 않은 때라면 부인이 다듬이질하는 것도 관점에 따라서는 향토예술적인 맛도 있고 또 그것을 관상(觀賞)하는 것도 허락되지만, 오늘날과 같이 인간생활의 모든 형태가 문화적으로 변하고 있는 이 때, 흰색 옷이라고 하는 것은 아무래도 바뀌지 않으면 안 될 것이다.

지금으로부터 십 년도 더 전, 우가키(宇垣)[73] 총독시대에는, 색깔옷 장려, 백의금지 등을 주장했다. '백의병인(白衣病人)'이라는 말도 생겨 지방에서는 색깔옷이 아니면 군청이나 읍면사무소에 출입할 수 없다는 금령이 관청 현관에 붙여져 있던 일도 있었다. 극단적으로는 지방 장날에 흰 옷을 입고 나오는 자의 등에 먹을 칠하는 과감한 조치를 취한 곳도 있었다. 그 이래 조선에서도 색깔옷은 크게 이용되어 관청의 지도도 큰

73 우가키 가즈시게(宇垣一成, 1868~1956). 일본의 육군군인. 정치가. 1927년 조선총독 임시대리였다.

효과를 올렸지만, 언제부터인지 서서히 흰 옷으로 환원되어 중류층 이하의 반도인들은 이제 예전처럼 백의로 돌아간 형편이다.

그것은 정치적으로나 문화적으로 결코 좋은 경향이라고 할 수 없다. 하지만 지도 장려가 느슨해졌다거나 엄격하게 지켜지지 않았다거나 하는 이론보다도 먼저, 왜 반도사람들은 그렇게 귀찮을 정도로 종용하는 색깔옷 장려의 압박을 피해 백의로 되돌아갔는지에 대해 근본으로 돌아가 문제를 뒤집어 생각해 보아야 할 것이다.

염료와 관계가 있지만 일찍이 내지에까지 수입된 백의이므로 본가본원의 조선에서 그것이 근절되지 않는 것은 당연한 일이라 할 것이다. 하지만 무릇 백의는 너무나도 여름용이고 남양적이고 또 청정하기는 해도 결코 문화적이라고는 할 수 없을 뿐 아니라 경제적 견지에서 이 정도로 타산이 맞지 않는 의복이란 없다. 반도인들은 말할 것이다. 백의는 더러워진 곳이 쉽게 눈에 띠기 때문에 끊임없이 세탁하여 청결하고 위생적이라고. 과연 지당한 이야기다. 그러나 끊임없이 세탁하여 보기 좋은 옷을 입을 수 있는 계급의 사람이 이천여 만 대중 중에서 몇 명이나 있을까. 백색은 원래 청결하지만 더러워진 것을 몸에 걸치고 있는 모습은 결코 아름답지 않다. 특히 대중성을 가진 평범한 옷의 더러움은 그 옷을 입는 자의 교양마저 의심하게 한다. 그뿐 아니라 그 세탁을 위해 필요로 하는 노력과 시간은 막대한 것이다.

내가 처음으로 조선에 왔을 때, 조선여자들은 세탁을 하기 위해 이 세상에 태어난 것은 아닐까 하고 생각했다. 조선을 여행하는 사람은 물이 있는 곳에서는 반드시 세탁하는 부녀자들을 만날 수 있을 것이다. 그래도 지방에는 깨끗한 냇가가 있지만 도회지에는 그것도 없다. 우물가나 저수지에 모여 부지런히 빨래방망이를 두드리고 있다. 그것이 아침부터 저녁까지 사계절 내내 이어져 혹한기 조차도 그것을 막을 수 없다. 조선여자는 세탁이 생활이자 생명 같은 것이다. 그리고 그 기법은 세계제일이라고도 말할 수 있다.

게다가 부인은 세탁을 할 뿐만 아니라 그것을 말리고 다리미로 다리고 다듬이질을 해 다시 재봉해야 한다. 조선여자는 그 일생을 세탁에 바치고 있는 것이다. 그것은 바로 백의를 상용하고 있는 것에서 출발하고 있다. 많은 시간과 노력을 오로지 백의를 위해 소비하는 것이 과연 생산적인지 어떤지 의문이다. 어떤 이는 포목(목면)은 싸고 남녀노소 모두의 의상으로 어울리기 때문에 경제적이라고 하는데 그것은 계산경제에서 나온 것이 아니다. 다년간의 인습이자 민속이 선(先)이고 경제계산은 후(後)다.

270

백의의 계산경제

조선부인의 세탁에 관한 경제관에 있어서 총독부 농림국촉탁 마스다 슈사쿠(增田收作) 씨의 조사에 의하면, '세탁에 필요한 시간은, 의복의 종류, 남녀구별' 등에 따라 달라지지만 이를 평균하면 남녀 모두 한 벌에 약 17시간을 요한다. 이는 세탁, 다듬이질, 재봉시간을 합한 최소한도의 소요시간이다. 사계절 내내 백의를 착용하기 때문에 세탁 횟수는 많아지고, 이를 조선 전체로 봤을 때 세탁이 빈번하게 이루어지는 여름을 빼고도 이 계산은 30억 시간으로 상정된다. 30억 시간은 연수로 계산할 때 34만 2천 5백 년이 된다. 또 5인 가족의 가정에 있어서 세탁과 재봉에 필요한 주부의 하루 부담시간은 약 7시간으로 추정된다. 만약 1시간의 노임을 3전으로 했을 때 세탁에 필요한 30억 시간은 실로 9천만 원이라는 거액이 된다. 세탁에 수반되는 경비로서 표백연료, 화로, 비누, 실값 등 남녀평균 1인 1회에 필요한 경비는 총독부 사회교육과의 조사에 따르면 합계 35전, 이것은 여름 세탁분을 빼더라도 조선 전체를 통해 5천 5백 12만원에 달한다는 것이다. 여기에 여름에 하는 대량세탁을 가산하면 놀랄 만한 부녀자의 노력과 경비가 된다.

271

일하지 않는 자 먹지 말라는 말은 어제오늘 시작된 것은 아니지만, 오늘날 일한다는 것은 개념상의 손쉬운 일이 아니라 정신근로(挺身勤勞), 즉 여가도 없이 일해야 한다는 것을 의미한다. 그렇지 않으면 현 시국 하에서의 국민생활을 헤쳐 나갈 수 없을 것이다. 이미 우가키 통치 초기로 환원한 백의의 모습은 언뜻 보기에도 목가적이고 게으름 바로 그 자체이다. 땀과 기름으로 뒤섞인 검정색 한 가지로 직장에서 일해야 할 이 때, 백색 일변도의 반도 의상 풍경은 국어의 장려와 함께 하루라도 빨리 바꾸어야 할 것이다.

그것을 위해서는 남자에 대한 지도도 필요하지만 먼저 부녀자의 자각이 필요하다. 반도부인은 남편의 옷은 색깔옷으로 바꾸어도 자신의 흰 옷은 물들이지 않겠다는 마음을 가지고 있다. 그것은 손수 세탁하는 옷이자 순백을 좋아하는 고운 여심에서 볼 때 당연한 일이지만 이미 반도도 규방시대는 먼 옛날에 불과하고 농촌부인까지 근로보국을 위해 매년 내지로 파견되고 있다. 감연히 백의를 내던지고 거국일체의 전선으로 진출해야 할 것이다. 특히 도시에 있는 문화적이고 또 교양 있는 부녀자들의 깊은 반성을 촉구하고 싶다.

내선교류 문헌

　화제는 어느덧 너무 딱딱해져 버렸는데, 내선교류의 모두로 돌아
가 그 시절 일선간(日鮮間)에 의상사적 고찰의 대상이 된 아마노카구
야마산에 흰 옷을 말리던 지토천황시대는 내선교통이 빈번한 시대
로, 특히 만요시대(萬葉時代)에는 백의뿐 아니라 봉공녀(縫工女)에도 다
대한 영향을 반도로부터 받고 있었다.

　　　옷자락에 매달려 우는 아이를

　　　두고 왔네, 어미도 없는데.

　　　(から衣すそにとりつき啼く子らを、

　　　おきても来ぬや、おもなしにして)

　　　　　　　　　　『만요슈』권20 - 오토모 야카모치(大伴家持)[74]

　　　봄 들에 제비꽃 따려고 흰 소매 접어

　　　붉은 옷자락 끄네, 마음이 흐트러져……

　　　(春の野に菫を摘むと白妙の袖折りかへし

　　　紅の赤裳すそ引きおとめらは、おもひみだれて……)

　　　　　　　　　　『만요슈』권17 - 오토모 야카모치

74 오토모 야카모치(大伴 家持
　　718-785). 나라시대 귀족, 가인

한인(韓人)의 옷을 물들이는 보라색

마음에 물들어 생각이 더해지네

(からびとの衣そむてふ紫のこころにしみておもほゆかも)

『만요슈』권4 – 아사다노 요순(麻田連陽春)[75]

가라고로모(から衣), 흰색(白妙), 붉은 옷(赤裳) 등은 모두 당시의 백제, 신라의 그것을 가리킨 것으로, 중국옷(唐衣–から衣)이라고 쓴 것은 한복(韓衣–から衣)이라고 써야 한다. 처음엔 한(韓)을 가라(から)라고 했는데 후에 한은 당보다 천하다는 이유로 당으로 바뀌었다. 오진천황(應神天皇) 조부터 유라쿠천황(雄略天皇)대까지 200년 정도는 궁정에서도 삼한 및 대륙의 봉공녀를 구하여 우대 보호하였고 게이타이천황(繼體天皇)시대부터 고토쿠천황(孝德天皇) 시대까지도 삼한 중 신라, 백제로부터 수입한 봉공녀가 전승한 의복양식이 일본의상사상 큰 영향을 미쳤다. 문헌에 따르면,

오진 천황 14년 봄 2월, 백제왕이 봉공녀를 바쳤다.

이름이 진모진이라고 한다. 이 사람이 지금의 내목의봉의 시조이다.

(應神天皇十四年, 春二月百濟王貢縫工女曰眞毛津, 是今來目衣縫之始祖也)

75 아사다노 요순(麻田連陽春).
8세기 전반의 관인, 문인.

274

동 39년, 백제의 직지왕이 그 누이 신제도원을 보내니,
신제도원이 부녀자 7인을 거느리고 왔다.

(同三十九年, 百濟直支王, 遣其妹新濟都媛以令仕, 爰新濟都媛率七婦女而來歸焉)

게이타이 천황 23년 기록. 가라왕이 신라왕의 딸과 결혼하여 곧 아들딸을 가졌다. 신라가 처음 딸을 보낼 때, 백여 사람을 같이 보내서 딸을 따르는 자로 삼았다. 받아서 제현에 두었다. 신라의 의관을 하도록 명했다.

(繼體天皇二十三年記. 加羅王娶新羅王女遂有兒息, 新羅初送女時倂遣百人爲女從受而散置諸懸令着新羅衣?)

등등의 기록이 있고 긴메이천황(欽明天皇), 스슌천황(崇峻天皇)의 시대에도 신라와의 교섭이 있었다. 「진구황후기(神功皇后記)」에는 능라, 백견을 80척의 배에 실어 관군을 따라가게 하였다는데, 이는 일본에 전해진 최초의 대륙견포였다. 그 후, 쇼무(聖武), 쇼토쿠(稱德)조는 대륙숭배시대였기 때문에 삼한, 중국의 문화는 아낌없이 수입되었다. 여기에서 기술한 의복 등은 당의 영향도 받았지만, 그것은 제도상의 것이고 실질적으로는 삼한의 영향을 크게 받아 가라고로모(韓衣)라는

이름도 사용되었고 이로부터 호료(方領)[76]이라는 양식을 형성하기에 이르렀다.

　이상 사적 고찰을 검토해 보면 내선교류는 한이 없지만 지금 반도 곳곳의 외진 언덕이나 산자락에서 말리는 백의에 대한 이야기를 하면서, 흰 색의 옷이나 다듬잇돌 등 쓸데없이 너무 전문적인 서술이 되어 버렸지만 이 기회에 조선부인의 문화향상을 위해 흰옷을 탈피하여 세탁걱정에서 해방되기를 기도한다(1942. 5. 4일).

[76] 히타다레(直垂)나 스오(素襖) 등 무사의 예복 같이 옷의 앞길 좌우단에 붙인 방형(方形)의 옷깃.

정녀현부기담貞女賢婦奇談

정부貞婦 훈련 제1과

윤재상에게 여러 딸이 있었다. 어느 날 조정백관 모두 의관을 정제하고 정렬하여 왕의 어가를 맞이한 적이 있었다. 거리의 남녀들은 그것을 보려고 너도나도 앞으로 밀려들었다. 재상의 딸들도 마찬가지로 화장을 하고 옷을 갈아입고 구경하러 나서려는데, 재상이 딸들을 불러 말했다.

"너희들이 보고 싶다고 생각하는 것은 나쁜 것이 아니다. 하지만 한 가지 이야기하고 싶은 것이 있으니 듣거라. 옛날 어느 나라 왕이 높이 팔 척의 나무를 뜰에 심고는 이를 맨손으로 뽑는 자에게 천금을 주겠다는 공고를 내었다. 조정의 선비들이나 힘 있는 무리들이

상금에 혹해 다투어 시도했지만 누구 하나 뽑는 자가 없었다. 보고 있던 한 점술가가 말하기를 정녀(貞女)가 아니면 이를 뽑을 수 없다고 했다. 그래서 성중의 여인들을 모두 뜰에 불러 모았다. 하지만 많은 여자들은 멀리서 나무를 바라볼 뿐 깨끗이 포기해 버리고 또 다른 여자들은 다가가 손으로 살짝 만져볼 뿐 기권하였다. 하지만 오직 한 명의 훌륭한 여인이 있어 나는 완벽한 정조를 가지고 있으니, 라고 하면서 그 나무를 흔들자 과연 상당히 움직이는 것이다. 그러나 아무리 해도 넘어뜨리지는 못했다. 그녀는 하늘을 향해 외쳤다. 나의 정조에 흠이 없음은 하느님도 잘 아실 터입니다. 아, 그런데도 이 나무가 뽑히지 않으니 나는 이제 살아갈 수가 없습니다, 하고 하염없이 울었다. 그러자 점술가는 과연 네게 꺼림칙한 행위는 없었을 것이다. 하지만 그렇다 해도 반드시 누군가 남자의 용모를 보고 사랑스럽게 생각하고 지금까지 잊지 않고 있는 사람이 있음에 틀림없다. 그렇게 물으니 여자는 갑자기 무릎을 치고는 과연 그렇습니다. 언젠가 제가 문에 서 있을 때 길에 한 무사님이 활을 메고 말을 타고 지나가셨습니다. 가는 눈과 긴 눈썹, 아름다운 자태에 뛰어난 재주, 뭐라고 말할 수 없이 좋은 분이셨지요! 저런 분과 연분이 있다면 얼마나 행복할까 하고 생각한 적이 있습니다. 그 외에는 전혀 아무

일도 없습니다. 점술가는 그럴 것이다. 그래서 뽑을 수 없는 것이다, 라고 말했다. 그래서 여인은 한층 마음을 다잡아 맹세를 하여 몸과 마음 공히 완전한 정녀가 되어 마침내 스스로 나아가 나무를 뽑았다는 이야기다. 그래서 너희들에게 들려주고 싶은 말은 너희들은 남자다운 풍채가 좋은 젊은이를 봐도 저 사람과 함께…, 라고 생각하지 말라는 것이다."

이야기를 다 듣고 나서 딸들은 잠자코 얼굴을 마주 보더니 아무도 밖에 나가지 않았다.

정녀와 호랑이

충남 홍성에 최(崔)라고 하는 여인이 있었다. 미인으로 열여덟 살에 남편을 여의었지만 병든 시아버지를 잘 모시며 죽어도 재혼하지 않으리라 결심하고 물을 긷고 쌀방아를 찧으며 일하여 오로지 효도만을 다하였다. 또 다른 곳에 나갈 때는 음식을 시아버지의 좌우에 쌓아 두고 무엇 무엇이 거기에 있다고 알리고 손으로 집어 먹을 수 있도록 했다. 마을사람들은 입을 모아 그녀의 효행을 칭송했다. 그러나 최씨녀의 부모는 딸이 젊어 과부가 되어 자식도 없는 것을 가엾게 생각하여 억지로라도 재혼시키려고 생각했다. 그래서 사람을 보내 모친이 중병이라고 딸에게 알렸다. 최씨녀는 시아버지의 시중을 정중하게 이웃집에 부탁하고 밥을 지어 드시게 하고 서둘러 친정으로 돌아갔다. 가보니 모친은 건강했다. 도대체 어떻게 된 일인지 물으니 부모는,

"너는 아직 스물도 안 되었는데 과부가 되어 꽃다운 나이를 헛되이 보내다니 너무나도 가엾다. 좋은 남편을 찾아 내일이라도 결혼하는 것이 좋을 것이다. 고집 부려서는 안 될 것이다."

최씨녀가,

"알겠습니다."

하고 대답하자 부모는 매우 기뻐했다. 하지만 밤이 이슥하기를 기다려 그녀는 몰래 빠져나가 혼자서 8리나 떨어진 시집으로 서둘러 갔다. 하지만 2리 정도 걷자 다리가 아파와 한 발짝도 뗄 수 없게 되었다. 겨우 한 재에 닿았다. 하지만 불운하게도 한 마리의 대호가 길 한가운데 버티고 있어 지나갈 수가 없었다. 최씨녀는 호랑이를 향해

"너는 영물이라 하니 내가 하는 말을 알아들을 것이다."

하고 사정을 말하고는,

"나는 이제 살고 싶지는 않다. 네가 나를 잡아 먹고 싶다면 먹어도 좋다."

하고 호랑이 곁으로 가자 호랑이는 조금 물러섰다. 최씨녀도 한 번 더 다가가자 다시 호랑이가 물러났다. 그렇게 두세 번 반복하고 나서 호랑이는 땅에 딱 붙어 움직이지 않는다. 최씨녀가,

"그럼 너는 아녀자 혼자 걷는 것이 불쌍해서 나를 태워 주려는 것이냐"

하고 묻자 호랑이는 고개를 끄덕이고 꼬리를 흔들었다. 그리하여 최씨녀는 호랑이 등에 타 머리를 안았다. 호랑이는 하늘을 날듯이 순식간에 시집 근처로 달려갔다. 최씨녀는 호랑이를 향해 너 배고프지, 집에서 키우는 개를 한 마리 주마, 라고 하고는 집에서 개 한 마리를 끌고 나왔다. 호랑이는 그 개를 물고 사라졌다.

그리고나서 사나흘 뒤, 이웃사람이 와 말하기를, 대호 한 마리가 함정에 빠져 이빨을 드러내고 포효하여 사람이 다가갈 수가 없는데 호랑이가 굶어죽기를 기다리고 있다는 것이었다. 그 이야기를 들은 최씨녀는 그 호랑이가 전날의 호랑이가 아닌가 싶어 가보니 털색이 좋고 닮아 보였지만 밤에 본지라 확실하지 않았다. 그래서 너는 전날 나를 태워 준 호랑이이냐 라고 묻자 호랑이는 고개를 끄덕이며

눈물을 흘렸다. 그래서 최씨녀는 이웃사람에게 사정을 말하고,

"저것은 한 마리 맹호에 지나지 않지만 제게 있어서는 은혜로운 호랑이입니다. 만약 나를 위해 저것을 구해 주신다면 저는 돈은 없습니다만 일을 하여 보답하겠습니다."

하고 부탁했다. 마을사람들은 평소 최씨녀가 효부라는 것을 알고 있었으므로 그 청을 들어주고 싶지만 만약 호랑이를 풀어 주면 많은 사람들을 다치게 할 텐데 어떻게 하는 것이 좋을까 한다. 최씨녀는 자신에게 함정에서 풀어 주는 법을 가르쳐 주면 다른 사람들은 멀리 피해 있고 혼자서 풀어 주겠다고 했다. 사람들은 그녀가 말한 대로 했고 최씨녀는 호랑이를 풀어 주었다. 호랑이는 최씨녀의 의복을 물고 한참을 아쉬운 듯이 있다가 드디어 사라져 버렸다.

현부賢婦의 음사淫祠 박멸

완남(完南)이라는 자가 있었다. 몇 대를 이어온 부자였지만 일찍이 장자를 잃고 자손이 적었다. 그런 고로 집안사람들은 언제부터인지 요사스런 신을 모시고 안채를 신전으로 꾸며 봄가을로 두 번씩 공물

을 올려 제사를 지냈다. 의복을 새로 만들기 위해 옷감을 사면 반드시 일부를 찢어 신 앞에 걸어 두었다. 이런 일을 몇 대나 계속하자 그 많던 재산도 줄어들어 갔다. 집에는 2대의 노과부가 있었지만 손자가 장성하자 신부를 충청도에서 골라 권상유(權尙游)라는 판서(대신)의 딸을 맞아들였다. 신부가 와 불과 사흘이 지나자 시어머니는 일체의 가사를 신부에게 일임해 버렸다. 어느 날 노비가 다가와 신부인 권부인에게 어느 날 어느 시에 제사가 있으니 될 수 있는 한 비용을 많이 들여 준비를 하시라고 말했다.

"그런가요? 그러나 그것은 대체 무슨 신입니까? 또 무엇을 기도드리는 겁니까?"

"이 신께 제사드리는 것은 선대로부터 시작한 것으로 춘추 두 번 공물을 올리고 제사를 지냅니다. 집안의 평화를 비는 기도입니다만 하지 않으면 재앙이 있으니 결코 그만둬서는 안 됩니다."

"그렇습니까? 그러면 한 번의 제사에 어느 정도의 비용을 들입니까?"

노비는 내심 생각하기에 신부는 처음 하는 일이라 전례를 모른다, 그래서 일일이 액수를 늘려서 대답했다.

"그러면 올해는 특별히 정중하게 뭐든지 이전의 세 배로 하기로 합시다."

하고 권부인은 그만큼의 비용을 내놓았다. 노비는 기뻐하며 사라졌다. 나중에 노대부인이 이를 듣고 걱정하여 말하였다. 이 집은 전부터 제사 때문에 대부분의 재산을 없앴다. 그 때문에 일부러 타지의 여자라면 물건을 아낄 것이라 생각하고 호서(충청남북도)에서 며느리를 구해 왔는데 도리어 이전의 세 배나 비용을 내놓았다. 이 얼마나 어리석은 짓이냐. 이 집이 궁핍해지는 것도 멀지 않았다.

그런 것에는 상관없이 공물이나 음식물에서 의복에 이르기까지 정성을 다해 준비했다. 권부인은 아름답게 성장하고 스스로 언문으로 제문을 지었다. 그 내용은 사람과 신은 서로 뒤섞이면 안 된다는 것으로, 마지막에 새 부인이 들어왔으므로 집안의 규칙을 바꾸어 전례와 달리 매우 후하게 올렸지만 제사는 이번을 마지막으로 그만두겠습니다, 부디 그런 생각으로 물러나 주시기 바랍니다, 라고 하는 것이었다. 그것을 다른 사람에게 읽도록 하려 했는데 모두 두려워하며 읽는 자가 없었다. 그래서 부인은 스스로 향을 피우고 읽었다. 그리고 전부터 간수해 온 옷감을 모조리 꺼내 안마당에 쌓았다. 그리고 하녀들을 향해,

"이것을 모두 불태워 버리는 것은 하늘이 주신 물건을 헛되이 하

는 것이니 안 될 일이다. 이 중에서 그다지 오래 되지 않아 쓸 만한 것은 먼저 내가 사용하겠다. 그 나머지는 너희들에게 줄 테니 의복으로 하는 것이 좋을 것이다."

하고 하나하나 하녀들에게 나누어 주었다. 너무 오래 되어 쓸 수 없는 것은 태우도록 불을 피우라고 명하였지만 모두 두려워하며 얼굴만 마주 보고 있으며 아무도 듣는 자가 없었다. 할 수 없이 스스로 불을 가져왔다. 노부인이 깜짝 놀라 다른 사람에게 그만두라고 부탁했다. 그러나 부인은 그것을 듣지 않고 하녀를 시켜,

"만약 재난이 있다면 제가 그것을 받겠습니다. 저는 시댁을 위해 영구히 이 악습을 없애고 싶습니다."

라고 전하게 했다. 여자들은 이리저리 뛰어다니며 멈추게 하려 했지만 듣지 않았다. 결국 모두 불에 태워 버리고 그 재를 치워 담 옆에 묻었다. 비단이 탈 때는 비린내가 코를 찔렀다. 하인들은 서로 얼굴을 마주 보며 와자지껄 떠들었다.

"싫은 것이 완전히 타 버렸다"

그 이후 일가는 평온하게 아무런 재난 없이 잘 살았다.

부여사화大餘史話

1

관폐대사(官幣大社)[77] 부여신궁어조영(大餘神宮御造營)에 덧붙여서 부여의 역사이야기를 조금 쓰고자 한다.

여기서 백제와 일본의 문화적 내지 정치적 교섭을 조사할 것까지는 없지만 부여가 내선일체 관념의 발상지라는 것은 주지의 사실로, 오늘날 이 땅에 관폐대사어조영이 진행되기에 이른 것은 조금 늦은 감이 있기는 하지만 실로 내선 양 민족의 융합발전사상 경하할 만한 획기적 사실에 다름 아니다.

부여는 주지하는 바와 같이 지금은 충청남도 부여군청 소재지로 경부선 조치원역에서 4리 정도, 호남선 논산과 강경에서 똑같이 4리 정도 금강상류의 강안에 해당하는 한촌

77 관폐대사(官幣大社), 일본궁내성에서 공음을 봉낭하는 격이 높은 신사.

287

이기는 하지만 근본을 밝히면 저 백제 제26대 성왕(일본 긴메이 〔欽明〕천황조) 16년 봄, 처음으로 백제의 수도가 된 이래 제31대 백제 최후의 왕인 의자왕 20년, 백제 멸망에 이르는 약 120년간 우아하고 난만(爛漫)한 백제문화의 중심지였다. 원래 사비 또는 소부리라고도 불리고 있었지만 백제의 수도가 된 이래 부여라는 국호에 연유하여 부여라고 불리게 되었다고 한다.

2

당시 조선반도의 정치정세를 한 번 살펴 보면, 동에는 지금의 경주를 수도로 하여 신라라고 하는 국가가 존재하여 당과의 교통으로 문화적으로 볼 것도 많았고, 북으로는 평양을 수도로 하여 한강 이북, 지금의 평안남북도, 황해도 지방에 고구려라고 하는 국가가 존재하여 그 판도를 만주에까지 넓혀 패기발발한 곳이 있었으며, 서남에는 여기에 기술한 부여를 수도로 하여 백제라는 국가가 존재하여 이 또한 소홀히 할 수 없는 일대세력을 한편으로 뻗어가고 있었다.

이렇게 하여 반도에는 아직 통일국가가 형성되지 않고 소위 삼국

상태를 전개하고 있었는데 백제가 도읍을 부여로 옮기면서부터 무왕의 대에 이르러 갑자기 힘을 얻어 이웃 신라의 영토에 침략의 손길을 뻗어 신라의 형세는 큰 위기에 직면하게 되었다.

하지만 다행히 신라는 때마침 김유신이라고 하는 영웅이 나와 국력을 키우고 또 당의 원조를 받아 일거에 백제를 응징할 수 있는 무기를 얻어 일어섰다. 그리고 백제는 북의 고구려와는 종래의 사정상 손을 잡을 수가 없어서 바다를 건너 우리 일본에 도움을 청했다.

일본도 또 앞서 반도의 세력기지였던 임나부를 신라에게 빼앗긴 일이 있고 전부터 신라의 세력이 너무 강하면 갑자기 바다를 건너 위압을 가해 올 우려도 있고 해서 기꺼이 백제의 청을 받아들여 원조하기로 했다. 그런 이유로 백제와 일본은 자연히 문화적으로도 여러 가지 친밀한 교섭을 가지게 된 것은 당연한 일이라고 할 수 있다.

3

그러면 당시 일본과 백제의 문화적 교섭의 내용은 어떤 것이었나 하면 일본문화발전에 있어 극히 중요한 의의를 가진 일련의 밀접한 교섭을 맺고 있었던 것은 사실이다.

　이 방면의 전문가가 아닌 필자는 지금 여기에서 그 상론(詳論)을 시도(이것은 현대의 역사적 관점에서 보면 중요한 과제라는 것을 놓칠 수 없다)하려고는 생각하지 않지만, 다만 역사상 기록된 사실 중에서 약간의 예를 들어 보면 (1) 멀리 백제 제8대 고이왕 51년에는 다수의 봉의녀(縫衣女)를 일본에 보내 그 복식의 효시를 만들고, (2) 같은 고이왕 52년에는 그 유명한 왕인박사로 하여금 논어와 천자문을 일본에 전하게 하여 일본문학을 진흥시키고, (3) 내려와 제25대 무녕왕시대에는 오경박사 단양이(段揚爾), 고안무(高安茂) 등을 일본에 보내 문교를 넓히고 그 대신 무력원조를 받았으며(이때까지는 백제 수도가 지금의 공주였다), (4) 다음 26대 성왕 30년(긴메이천황13년)에는 불상과 경론을 일본에 보내 일본불교의 기틀을 다졌고, 제30대 무왕 3년에 관륵(觀勒)으로 하여금 역수와 천문, 방위 등을 일본에 전하게 한(나라의 호류지(法隆寺)절이 조성된 것은 그로부터 5년 후이다) 것 등을 떠올리는 것만으로도 일본과 백제의 문화적 교섭이 얼마나 밀접하였는지 추측하기에 어렵지 않다.

　그러니 오늘날 역대 총독각하의 고조된 내선일체관념도 이러한 문화적 친선관계 분위기 속에서 발효한 것이라는 것을 쉽게 수긍할 수 있을 것이다.

4

전술한 바와 같이 신라는 무열왕대에 이르러 김유신이라고 하는 위대한 장군에 의해 국력을 충실히 하여 백제를 응징하고 내친 김에 반도통일의 야심을 가지게 되어 은밀히 그 기회를 기다리고 있었다. 그런데 백제 의자왕은 일시적 승리에 도취되어 사치를 일삼고 밤낮으로 주색에 탐닉하였고 그 때문에 국력이 피폐해지고 민심도 점차 해이해져 갔다. 그리하여 신라는 호기를 맞았다고 판단, 먼저 백제를 정복할 수 있도록 당에 원조를 구했다.

그래서 당의 유명한 소정방장군은 정예군 13만을 이끌고 황해를 건너 지금의 군산항 밖 천방산 아래로 왔다. 그리고 김유신장군이 이끄는 신라군과 함께 주둔하여 출진 대기상태에 있었다. 하지만 때마침 하늘이 흐리고 바다가 거칠어 바로 앞도 분별할 수 없어 좀처럼 진군할 수 없었다.

그때 마침 진중에 한 사람이 점을 쳐 말하기를 이 산에 절 천 채를 지어 기도하면 날씨가 좋아져 길이 열릴 것이라고 했다. 나당 양 장군은 그 말에 따라 천 간짜리 절을 지어 무운안태를 빌었다. 그러자 과연 바로 하늘이 맑아지고 바다도 조용해져 무사히 진군할 수 있었다고 한다. 천방산이라고도 하고 천방사라고도 하는 이름은 이런 인연에서 생겼다고 전해지고 있다.

그리하여 신라의 김유신군과 당의 소정방군 연합군은 일부는 육로, 일부는 해로로 각각 백제수도 부여를 향해 진격하여 그 유명한 황산벌에서 대격전을 치르게 되었다.

5

때때로 나라가 망하는 전조인지 백제에서는 기이하게도 여러 가지 괴현상이 나타나 인심에 이상한 충동을 주었다. 즉 의자왕 19년 2월에 여우가 떼를 지어 궁중에 침입한 일이 있었다. 같은 해 여름에는 태자궁에 있던 닭이 참새와 교미하는 것을 목격한 사람도 있고 5월에는 수도 서남방에 있는 사비강에서 길이 세 길 정도 되는 큰 물고기가 변사해 떠오르는 일도 있었다. 8월에는 키가 18척이나 하는 여인의 시체가 생초진으로 흘러왔는데 그로부터 매일 밤 궁성의 남쪽 길 위에서는 유령이 흐느끼는 소리가 끊이지 않았다. 20년 2월에는 시내의 우물물이나 사비강의 물이 모두 진홍빛 핏빛을 띠었고

4월에는 두꺼비 수만 마리가 나무 위에 무리지어 있는 것을 잡으려다 죽은 사람이 100여 명이나 되었다. 6월에는 사슴 크기의 개 한 마리가 서쪽에서 사비강변에 나타나 왕궁을 향해 크게 짖어대다가 어디론가 사라지는 등 불길한 징조가 연이어 나타났다고 한다. 사실 나당연합군이 백제의 수도 근처까지 육박해 온 것은 그런 괴현상이 있고 바로였다.

6

백제의 용장 계백은 필사적으로 나당연합군과 '황산벌'에서 싸웠지만 끝내 중과부적으로 전사하고 장수를 잃은 백제군은 갑자기 흩어져 패주하여 대세는 결정되었다.

이렇게 나당군은 파죽지세로 바다에서 육지에서 부여성을 공략하였으므로 의자왕도 어쩔 수 없이 눈물을 흘리며 태자 효(孝)를 데리고 북부로 도망하고 그 후 왕의 차남 태(泰)가 일시적으로 왕의 대리가 되어 가미쓰케누노와쿠고(上毛野雅子), 아베노히라부(阿倍比羅夫) 등 일본 원군과 함께 최후의 저항을 시도했다. 하지만 이 또한 백마강에서 패해 결국 의자왕은 태자 효와 함께 항복하지 않을 수 없게 되었다.

이를 본 궁녀들은 서로 손에 손을 잡고 대왕포 근처 높은 절벽으로 가 눈물을 흘리며 차례차례 몸을 던져 산화하였다. 후일 이 절벽을 타사암(墮死岩)이라 했는데 고려시대에 이르러 낙화암이라고 개칭하여 오늘에 전해지고 있다.

승장 소정방은 의자왕 이하 태자 효, 왕자 태, 륭(隆) 연(演) 및 신하 장수 88명과 12,807명의 백제인을 포로로 하여 당으로 개선하고 백제는 신라의 영토가 되어 영원히 멸망했다. 때는 의자왕 20년 서기 660년의 일이다.

의자왕은 그 후 먼 이국에서 포로의 몸으로 병사하여, 진무제(晋武帝)에게 항복한 오(吳)의 손호(孫皓)의 묘와 당태종(唐太宗)의 장군 진숙보(陣叔寶)의 묘 사이에 묻혔다.

7

당시 백제의 국력이 조금 더 강하든지 그렇지 않으면 일본 세력이 당군을 압도하여 이 전쟁에서 백제가 승리했더라면 일본과 조선의 관계는 더 빨리 천년 이전에 이제까지와는 다른 각도에서 스스로 발전했을 것이다. 따라서 이때 싹을 틔운 내선일체관념이 꽃피우는 데 천백여 년에 이르는 역사적 우회가 필요했다는 것은 하나의 역사적 운명이었던 것인지도 모른다.

지금 우리 황군은 영미(英米)를 추방하고 중경(中慶)을 석권하여 전 반도로 하여금 우리 대동아의 이상을 달성하는데 협력을 요청하고 있다. 그곳에 묻혀 있는 의자왕의 묘가 지금 만약 있다면 필시 의미 심장한 미소를 띠었을 것이다.

왕과 선비 이야기

이제 와서 보면 옛날이지만 어느 왕이 밝은 달이 교교히 비치는 밤에 너무나도 아름다운 풍경에 이끌려 두세 명의 시종과 함께 미행에 나섰다.

여러 곳을 돌아다니다 드디어 남산의 울창한 숲에 이르렀다. 때는 밤도 깊어 주위는 적막하여 무엇 하나 들리는 소리가 없었다. 그런데 어느 산자락에 초라한 작은 집이 있어 장지문 너머로 등불이 흔들거리며 명멸하고 있었다. 그뿐 아니라 더 가까이 가자 주위의 침묵을 깨뜨리는 책 읽는 소리가 들려온다.

왕은 기특하게 여겨 살짝 문을 열고 그 집안으로 들어섰다.

그 집 주인은 놀라 일어나 우선 자리를 권하면서,

"이렇게 밤늦게 나오시다니 도대체 당신은 누구십니까?"

하고 의심스러운 듯 물었다. 왕은 사정이 있는 듯이,

"아니, 바로 이 근처를 지나던 자입니다만 야밤에 열심히 독서하는 걸 보고 들린 것뿐입니다. 그런데 대체 읽고 계신 것은 무엇입니까?" 하고 물었다. 그러자 주인은,

"역경입니다"

하고 대답했다. 왕이 이것저것 질문을 해도 조금의 주저도 없이 명쾌하게 답변을 하므로 완전히 감동하여 아주 학자로서 걸출한 자라고 생각하여,

"나이는 어떻게 되시오?"

하고 물었다.

"이제 쉰을 넘겼습니다."

"어찌하여 문관시험을 보지 않으시오?"

"몇 번이나 봤습니다만 아무래도 잘 되지 않아서……"

무엇이든 쓴 것이 있으면 보여 달라고 하자 문장을 하나 내놓았는데 보니 모두 훌륭한 것뿐이었다.

왕은 매우 이상하게 생각하고,

"이런 문재가 있는 자가 아직 급제하지 못하다니 참으로 관리의 책임을 묻지 않을 수 없습니다."

라고 하자,

"아닙니다. 제가 모자란 탓입니다. 어찌 관리가 불공정하다 할 수 있겠습니까?"

하고 점잖게 대답했다.

왕은 그 중 한 편의 제목과 내용을 외워두고는 다시 말했다.

"이번에 시험이 있으면 쳐 보는 게 어떻겠소?"

"글쎄요. 언제 그런 일이 있습니까? 판단하기 어렵습니다만…"

"아니 아니, 그런 포고(布告)가 나오면 이번에야말로 한 번 용기를 내서 시험을 쳐 보시오."

하고 충분히 다짐을 하고 떠났다. 그 직후, 시종에게 명해 그 집으로 고기 10근과 쌀 2석을 보내게 했다.

그리고 그로부터 곧 문관시험을 치렀는데 이때 왕이 낸 문제는 지난 밤 만난 노유생이 쓴 주제와 같은 것으로 그 글이 제출되기를 기다렸다.

드디어 답안이 올라와 조사해 보니 과연 그전에 본 것이 나왔다. 그래서 그것을 이번 시험에서 제일 우수한 것으로 선정하였다.

하지만 막상 시험에 급제한 이를 불러 만나보니 나온 자는 전날의 노인이 아니라 젊은 학생풍의 남자이다.

왕은 깜짝 놀라,

"저것은 네가 지은 것이냐?"

하고 물었다.

"아닙니다. 그렇지 않습니다."

하고 그 젊은이가 대답했다.

"그것은 저의 노스승이 쓴 것 중에 있던 것을 낸 것입니다."

"그러면 너의 스승은 어찌하여 나오지 않았느냐?"

"네, 그것이, 스승은, 마침 며칠 전에 고기와 쌀을 너무 많이 드셔서 배탈이 나는 바람에 아무래도 나올 수 없었습니다. 그래서 제가 스승이 쓴 것을 품속에 넣고 와 시험에 임한 것입니다."

왕은 겨우 사정을 납득하고,

"그러면 너는 괜찮으니 내려가 있으라."

하고 물러가게 했다.

어쨌든 쌀과 고기까지 주어 격려했지만, 오랫동안 제대로 먹지 못한 가난한 살림에 갑자기 배불리 먹은 탓에 도리어 배탈이 나 병에 걸리다니 그것 참 얼마나 운이 나쁜 남자란 말인가. 결국 이 세상에서 잊혀진 선비에게도 꽃피는 봄이 왔지만 그것이 원인이 되어 마침내 죽어 버렸다는 이야기이다.

경성 명종 기담 京城名鐘綺談

경성에서 반도인들이 모이는 번화가의 중심인 종로 십자로는 지금은 화신백화점을 비롯하여 큰 건물들이 즐비하다. 지금은 시국문제로 중지되어 있지만 밤의 종로는 백화점 전광문자의 회전으로 인해 부내의 어느 곳보다 중인의 시선을 모아 '이곳이야말로 경성의 중심'이라고 소리 높이 외치며 유혹하고 있었다.

이 사거리 부근은 동으로는 기독교청년회관의 지점부터 서로는 종로경찰서까지, 남으로는 남대문로 1정목(丁目), 대광통교(속칭 대광교)까지의 정(丁)자지역으로 한때는 '운종가'라고 불렀다.

운종가는 사거리 남쪽에 있는 '보신각 대종'과 그 뒤에 있는 '관제묘(關帝廟)', 그 남쪽에 있던 경성의 거상으로 총도매상이었던 '육의전 등 세 존재로 한층 더 유명해졌다. 그런 이유로 지방에서 경성을 향해 '상경'하는 이들은 반드시 용무를 보기 위해, 혹은 구경을 하기 위해 잇달아 운종가로 몰려오는 것이다. 그곳은 바로 긴자(銀座)이고 신사이바시(心齋橋)이고 교고구(京極)였던 것이다.

이곳에 있는 종각을 '보신각'이라고 부르게 된 것은, 불과 50년 전 이태왕 전하의 32년 3월 15일 이후의 일로 이때 전하로부터 '보신각'이라는 친필액자를 이 각에 하사받아 이것이 오늘날 통용되는 이름이 되었다.

당시의 문헌에는 이 각은 단지 '종루' 두 문자로 나타나 있고 460년 전 주조되었는데 『신증동국여지총람』에는 다음과 같이 설명되고 있다.

종루 운종가 중부에 있다
(鐘樓 在中部雲從街)
태조 4년에 누각을 짓고 세종조에 개수하여 층루를 올렸다
(太祖四年建閣世宗朝改構層樓)
동서로 5칸, 남북으로 4칸이다. 인마가 그 아래로 다녔다
(東西五間南北四間 人馬行其之下)

즉 이조 제1대 태조 4년(1944년에서 549년 전)에 각을 지어 그 안에 대종을 설치했다. 제4대 세종조에 개수하여 층루를 만들었다. 층루는 2층 높이의 높은 누각을 의미한다. 원래 2층 높이를 허가하지 않았던 도성 내에 특별히 높은 누각을 지어 그 아래로 사람과 말이 왕래했다고 한 것에서 누각은 도성대로의 십자로에서 우왕좌왕 섞여 걷는 인마를 위에서 내려다본 장대한 존재였다는 사실을 알려 주고 있다.

종로 위쪽에 높은 누각이 있었다는 사실은 경성 최고(最古)의 지도 중앙부에 그것이 그려져 있어 이 문헌을 뒷받침하고 있다.

이와 같이 종루가 있었기 때문에 운종가의 한 부분을 종루라고 불렀는데 나중에 '종로'라는 두 문자로 표기되었다. 게다가 종(鐘)을 '금(金)변에 중(重)'으로 쓰게 된 것 같다. 그런데 그곳은 도로가 사방에서 모여 든다. 그래서 '도로가 모인다'는 뜻으로 특별히 종(鍾)자를 이용해 '종로(鍾路)'라고 썼다는 설도 있지만 이는 재검토를 요할 것이다.

근세에 이르러 내지인측에 의해 '종로도리(鍾通)'라는 속칭이 생겼지만 이는 원래 잘못된 것으로 이런 명칭은 고래의 문헌에도 현재의 지적부에도 단연 없다. '종로도리'도 '종로초(鍾路町)'도 아닌 단순히 종로라는 두 문자만으로 표기되어 있다. 원래 '도리'라는 호칭은 1914년 4

월 이후 '남북으로 달리는 가로'에만 한정하는 것으로 제정되었다. 우리 경성부 특유의 명명제도이다. 경성부내에서 '도리'라는 명칭을 가진 거리는 광화문도리(光化門通), 태평도리(太平通), 미사카도리(三坂通), 남대문도리(南大門通), 의주도리(義州通)가 그것으로 이 밖의 쇼와도리(昭和通), 혼마치도리(本町通), 황금정도리(黃金町通), 종로도리(鍾路通) 등등과 같은 것은 내지인측이 멋대로 부르는 속칭에 지나지 않는다.

또 『증보문헌비고궁실고(增補文獻備考宮室考)』에도,

> 종루 중부 운종가에 있다
>
> (鐘樓 在中部雲從街)
>
> 태조 4년에 누각을 짓고 세종조에 개수하여 층루를 올렸다.
>
> (太祖四年建閣. 世宗朝改構層樓)
>
> 십자로의 인마가 그 아래를 통행했다
>
> (爲十字街人馬通行其下)

라고 기록되어 『여지승람』과 거의 같은 글인데 이에 이어서,

누각 위에 종을 달아 이로써 새벽과 밤에 경고했다

(懸鐘樓上 以警晨昏)

라는 두 구가 덧붙여져 있다. 종루지기가 울리는 종소리로 아침(晨),
저녁(昏)을 알렸다. 과연 이것은 무엇을 말해 주는가?

그것은 조석으로 일정한 시각에 울리는 그 종소리 신호에 의해 성
벽의 각지에 있는 문이 개폐되어 부민이 잠드는 시간이나 성내, 성
외의 인마의 왕래가 통제되었음을 말한다.

외국부인 버드 비숍(Bird Bishop 1831~1904)은 1894년 여행일기 『코리
아 앤드 허 네이버(Korea and her neighbor)』에서 그녀가 목격한 상황을
다음과 같이 기록하고 있다.

성문은 모두 8개로, 1층 또는 2층의 누각을 문 위에 세우고 문은
두꺼운 쇠사슬로 고정하여 일출에 열고 일몰에 이를 닫는다. 아주
주의 깊고 견고하게 만들어졌다. 종로의 대종이 밤 8시경을 기해
그 중후한 소리를 전하면 지금까지 도로를 점령하고 있었던 남자
들은 도망치듯 사라지고 시내는 완전히 여자들의 도시로 재빨리
변한다. 오고 가는 사람은 모두 여자뿐, 그녀들은 비로소 하루의

속박을 피해 우주의 광대함을 즐기고 우정의 뜨거움을 나누는 것이다. 이때 남자로서 다녀도 되는 사람은 맹인과 관리, 외국인의 노복과 가마꾼뿐이다. 12시가 되면 종은 다시 울린다. 여자들은 집으로 돌아가고 남자들은 다시 밤의 환락을 찾아 나타난다. 이 사회 제도는 견고하게 지켜져 한 사람도 이를 위반하지 않는다. 세상에서도 진귀한 습관이라고 생각한다.

비숍은 부인기자이기도 하여 상세하게 기술하고 있는데, 종소리의 수나 성문 개폐의 관계 등은 충분히 설명하고 있지 않다. 종을 울리는 시각은 단순히 '8시경'이라든가 성문을 '일출에 열고 일몰에 닫는다'는 정도로 대강 기록하고 있는데 지나지 않는데, 실은 '초경' 즉 오후 8시에 28회, '5경' 즉 오전 4시에는 33번 울려 문의 개폐를 이루게 했다. 28회는 28수(宿), 33회는 33천(天)에 연유한 것으로 이는 고대 천문학의 성좌와 관련이 있을 것이다. 또한 전자를 '인정(人定)'이라 하고 후자를 '파루(罷漏)'라 한다. 인정은 정해진 시간에 자게 하는 것이고 파루란 누각의 관리가 물러나는 것, 누각(漏刻)이란 궁중에 있는 시계를 가리키며 시계를 관장하는 관리가 종각에 시각을 통보하는 것을 물러난다고 한다.

이곳에 최초로 걸린 종은 이조 제1대 태조 4년에 왕이 중신 권중화(權仲和)란 자에게 명하여 주조하도록 한 것이다. 중화는 명을 받들어 광주군의 수부(首府) 광주 즉 지금의 남한산에서 이를 주조하여 동년 4월 경기좌우 양도의 장사 1,300여명으로 하여금 운반하여 누각 내에 걸었다. 당시 경기도는 현재의 경기도와 면적은 큰 차이가 없으나 좌(동) 우(서) 양도로 나뉘어 2도로 되어 있었다. 평안, 충청 등의 도가 지금도 남북 양도로 나뉘어져 있는 것과 비슷하다.

아무리 대종이라고는 하나 1,300명의 장사가 구호도 우렁차게 운반한 것은 장관이었으리라 상상된다. 부질없이 그 33칸 당량목의 운반, 나무 다듬는 소리, 어머니를 그리는 '미도리'의 비애 등을 떠올린다.

태조가 문신인 권근(權近) 펜네임 양촌(楊村)에게 명해 기초하게 하여 종에 새겼다고 하는 대종주조취의서(大鐘鑄造趣意書) 원고의 일구를 보면 '신혼에 종을 치고 이로써 인민작식(人民作息)의 제한을 엄히 한다'고 되어 있다. 즉 이에 의해 취침기상의 시각을 민중에게 알려 그것을 엄수하게 한 것으로 마치 지금의 사이렌 역할을 했다는 것을 알 수 있다. 그런데 청신경의 자극에 의한 이 시설도 1882년 이래 새로이 더해진 시신경을 자극하는 시설로 바뀌었다. 그것은 남산정상에 있던 봉수대 즉 '봉화대' 위에 종소리와 동시에 점화하게 된 것이다. 봉수는 마치 오늘날 축제일에 남산 정상의 대국기와 같이 향리의 먼 거리에서도 보여 지방 사람들에게 극히 편리한 것이었다. 봉수대는 외적 습격의 속보기관으로 원래 군사시설이었지만 그 제도가 자연히 폐지되고 그때부터 사이렌의 보조기관이라고 할 만큼 평화적 시설이 되었다.

고로 이 종은 사원용 종이 아니라 완전히 사이렌의 역할을 다한 것이다. 보신각이라고 하면 사원, 불교, 신앙 등을 연상하지만 배불주의(排佛主義)로 500년간 일관해 온 이조에는 그런 것이 있을 리 없다.

그러나 종소리에 의한 성문개폐의 철칙은 태조 4년부터 490년 뒤인 1899년까지 준수되었는데 이 해 결국 폐지되지 않을 수 없게 되었다.

그것은 그 전해 1월 이래 주로 미국 자본에 의해 콜브란(Collbran)과 보스트웍(Bostwick) 두 사람이 경영하는 한성전기회사가 서대문 밖에서 종로 동대문을 거쳐 청량리에 이르는 5리 단선의 궤도를 깔고 1899년 5월 17일 음력 4월 8일 석가탄신일부터 영업을 개시했다. 한성전기회사가 지금의 경전(京電)의 전신이라는 것은 말할 것도 없다.

이 때 서대문 및 동대문을 통과하는 궤도는 그 무렵에는 아직 성벽이 철폐되지 않았기 때문에 양문의 아치 안을 통과하는 수밖에 방

308

법이 없었다. 회사는 인정, 파루의 시각 등에 일체 개의치 않고 아침 안으로 전차를 운행했기 때문에 자연히 이 철칙은 파기되어 버렸다.

다음으로 이 종의 정체를 검토하겠다. 구경은 7척 5촌 3분, 둘레는 2장 12척 4촌, 두께 1척, 입구에서 용두 아래까지의 높이 1장, 전체 높이는 1장 2척 5촌이다. 이런 대종은 반도에 있어서 이것을 제외하면 경주 봉덕사의 종 정도인데 내지의 나라(奈良) 도다이지(東大寺)절, 교코(京都) 지온인(智恩院)의 거종 등과 비교하면 훨씬 미치지 못하나 반도 안에서는 크기에 있어서 우위를 점한다.

그 양식은 용두의 형태가 가장 기발한데 쌍룡이 서로 안고 앞다리로 용감하게 종두를 잡고 있다. 후두는 밀어 당겨 주옥을 다투는 상황을 보이고, 보기에 족하지는 않지만 동체를 보면 중간 부분에 단 두 줄의 띠를 두르고 있을 뿐 반도 각지의 명종에 흔히 있는 모양, 불상천인(佛像天人) 등의 조각이나 상부방형(上部方形)의 구화(區畵)나 유형(乳形) 등은 일체 없고 대단히 적막함을 느끼게 하는 단지 형태만 클 뿐으로 기교의 빈약함에는 보는 사람으로 하여금 완전히 낙담하게 한다.

게다가 그 유래를 검토하여 명문(銘文)을 보면 분명히 세이카(成化) 4년(세조 13년)에 도제조, 제조, 낭청, 공장, 사령 등 수백 명이나 되는

309

주조관계자의 관직씨명을 함께 명기하고 있다. 『동국문헌비고』에,

3년 의금부판사 윤자운 예문관대학 서거정에게 대종 주조를 명하였다

(十三年(世祖)命義禁府判事尹子雲. 藝文館大學徐居正菜.)

지금 운종가 누각에 있다. 이로써 신효에 경고했다

(鑄大鐘. 今在雲從街樓. 以警晨昏.)

라고 기록되어 일치하고 있다. 이조 제7대 세조 13년, 즉 1944년에서 477년 전에 주조된 것이라는 것은 명확하다. 고로 제1대 태조 4년에 남한산에서 주조된 것과는 170년의 차이가 있으니 전혀 다른 것이라는 것은 분명하다. 그러면 최초의 종은 언제 어느 곳으로 갔는가? 또 이 종은 원래 어디의 종이었는가? 언제 이곳으로 운반되었는가? 『동국문헌비고』에,

선조 25년 왜란으로 종루가 재가 되다

종 또한 불타 녹았다

(宣祖二十五年(분로쿠文祿1원년, 352년전)倭亂鐘樓灰燼)

(鍾亦消融)

임진왜란 때 이곳에 있던 종이 타버린 것은 알 수 있지만 또 그 후 제15대 광해군 11년(326년 전), 제19대 숙종 11년(259년 전)에도 종로의 종은 타버렸다. 게다가 지금의 종은 제1회 소실시기인 임진왜란보다 125년 전에 주조된 것이다. 이와 같이 뒤얽혀 있으니 이 종의 신원조사는 금후 많은 검토를 기다려야 할 것이다.

요컨대 제1대 태조시대의 것이 아니라는 것은 분명하다. 그런 고로 세간에 전해져 오는 종의 전설은 지금 현재의 종과 관계없다고 보아야 할 것이다.

처음 보신각은 종로의 도로와 나란히 동서로 일직선으로 세워졌는데 1915년 6월 도로개수 때 누각을 수 척 뒤로 물린 공사를 하다 우연히 흙 속에서 진기한 것을 파냈다. 그것은 이태왕 전하의 생부 대원군에 의해 만들어진 '척사비(斥邪碑)'이다. 대원군은 섭정시대[78]에 영불(英佛) 양국의 습격을 받으며 천우신조로 양국의 군대가 전쟁에 가망이 없다고 재빠르게 후퇴한 것을, 자만심에 양국이 패배했다고 해석하여 대담하게도 반도의 실력으로 천하무비(天下無比)라고 오인, 구미열국에 가세하기 쉽다고 얕보았다. 이에 널리 배외사상을 선전하기 위해 전 조선의 역참지점을 택해 배외의 비를 세웠다. 운종가는 경성 내 제일

78 섭정시대(1864년~1873), 고종(1852년~1919년, 재위 1863년~1907년)은 왕위에 오른 후 다년간 아버지 흥선대원군의 섭정을 받는다.

번화한 곳이었으므로 특별히 이곳을 택해 비를 세운 것이다. 비면에는 다음과 같은 문자가 새겨져 있고, 높이 4척 5촌, 폭 1척 5촌, 두께 8촌 5분, 문자의 직경 3촌, 해서로 새겨져 있다.

서양 오랑캐가 침범하는데 싸우지 않는 것은 곧 화친을 하자는 것이고 화친을 하자는 것은 나라를 파는 것이니 이를 자손만년에 경고하노라.

(洋夷侵犯, 非戰則和, 主和賣國, 戒萬年子孫)

병인년에 지어 신미년에 세움.

(丙寅作辛未立)

(1866년에 지어 1871년에 세운 것)

그런데 1880년 하나부사 요시모토(花房義質)[79]가 초대일본공사로 부임하여 개국의 열매를 얻기에 이르러 조선에 이러한 석비가 있는 것이 부당하다 하여 이를 크게 책하고 철폐하게 하였다. 그리하여 비석은 흙 속에 묻혀 37년이나 지나 다시 모습을 드러내 지금은 경복궁내 근정전 서쪽 복도에 출진해 있다.

79 하나부사 요시모토(花房 義質, 1842~1917). 일본 메이지, 다이쇼기 정치가. 1880년, 초대 공사로 부임.

312

논산 미륵불의 내력

고려조 대미술품으로 만고에 웅장함을 자랑하는 논산의 미륵불! 이는 세상에서 너무나 유명한 것으로 모르는 사람은 없을 것이나, 그 전설을 알고 있는 사람은 적으리라 생각한다.

호남선 논산에서 기차를 내려 동쪽으로 약 30정 정도 자동차로 들어가면 경치가 아주 절경인, 이 미륵불을 가지고 있는 관촉사(灌燭寺)라는 작은 절에 이른다.

절 건물은 별로 볼 만 하지 않지만 높이 다섯길 다섯치, 둘레 30자나 하는 커다란 석불을 볼 때는 누구라도 감탄하지 않을 자는 없을 것이다.

한가한 날 염주만 하염없이 세고 있는 노승을 계속해서 꾀어 미륵불에 관해 다음과 같은 전설을 들었다.

313

고려 선종 19년 어느 봄날이었다. 사제촌(沙梯村)에 사는 한 부인이 반약산(般藥山) —관촉사에 있는 산의 옛 이름— 에 올라 고사리를 꺾고 있었다. 그때 서북방쪽에서 아기 울음소리가 들려와 이상하게 생각하고 가 보니 아기가 아니라 커다란 돌이 땅 속에서 솟아나왔다.

깜짝 놀라 집으로 돌아가 사위에게 말하니 사위는 바로 현에 고해 알렸다. 현에서는 정부에 상주하였고 정부에서는 백관회의를 열어 이는 반드시 범상(梵相)을 만들라는 증거라 하여 세상에 이름 있는 조각사를 모집했다.

수일이 지나 혜명(慧明)이라는 중이 응모해 왔으므로 공장(工匠)에게 명해 백 명이 넘는 인부와 함께 범상을 제작하기 시작했다.

그러나 땅 속에서 나온 돌은 두텁긴 해도 높지 않아서 하반신밖에 만들 수 없었다. 그래서 2리쯤 북쪽에 있는 연산(連山)이라는 곳에 가 커다란 돌을 천여 명의 인부가 며칠이 걸려 가져와 상반신을 깎게 되었다.

오랜 시간을 들여 만들기는 했지만 그 무거운 상반신을 올릴 수 없어 혜명은 몹시 근심하게 되었다.

어느 날 혜명은 어떻게 하면 상반신을 올릴 수 있을지 하는 생각으로 머리를 썩이며 사제촌 강변을 걷고 있었다. 그때 어린 아이들이 놀고 있는 것을 발견하고 무심코 바라보니 그 어린 아이들은 점토로 작은 미륵을 세 개 만들어 '미륵을 쌓자, 쌓자' 하고 외치면서 처음 한 개의 미륵을 놓고 모래를 모아다가 주위를 쌓고 나서 두 번째 미륵을 올리고 그리고 다시 모래로 묻고 마지막 세 번째 미륵을 올려 놓고는 묻었던 모래를 파내니 완전한 한 개의 커다란 미륵이 되었다.

혜명은 거기서 큰 깨달음을 얻고, 바로 돌아가 인부들을 모아 흙을 운반해 와서 주위를 묻어 상반신을 그리 힘들이지 않고 올려 놓을 수 있었다. 그리고 다시 강변에 나가 보니 어린 아이들은 흔적도 없이 사라져 버렸다. 그 어린 아이들은 문수보현(文殊普賢)[80]의 화신이었다고 한다.

또 이 미륵불이 큰 영험을 보였다는 일을 한 가지.

옛날 당란(唐亂)시대의 일이다. 수많은 적병이 고려를 한 입에 삼키려고 압록강에 도착했을 때, 강은 넓고 물은 깊어 오기는 왔지만 건널 수가 없었다. 바로 그때 어떤 중이 삿갓에 가사를 입고 가장 얕은 물을 건너는 것처럼 유유히 건너왔다. 적병들은 물이 아주 얕다고 생각하여 뛰어 들어갔고, 빠져 죽은 자가 그 반수를 넘었다.

다수의 부하를 잃은 당의 장군이 대단히 노해서 청룡

80 불교의 두 보살. 문수보살은 깨달음의 지혜를 상징하고 보현보살은 실천을 중시하고 중생의 수명연장에도 관여한다. 달리 중생들의 수명을 늘려주시기 때문에 연명보살이라고도.

도로 중을 베었지만 삿갓의 한 조각이 떨어졌을 뿐 그 중은 어디론 가 사라져 버렸다. 그때 미륵불은 전신이 땀으로 젖어 있었고 손에 든 연꽃잎의 색이 희미해졌다는 것이다.

이리하여 지금도 이 미륵을 보는 자는 누구라도 그 커다란 갓의 한쪽이 없어진 것을 거멀못으로 이어 놓은 것을 발견할 수 있는데, 이는 그 옛날 당의 장군이 칼로 벤 흔적이라고 지금까지 전해지고 있다.

(필자: 전설연구가)

장난꾸러기 아들의 기지

옛날 어느 대신이, 자신은 집안으로 보나 관직으로 보나 무엇 하나 부족함이 없는데 다만 대를 이을 자식이 없다는 것이 항상 괴롭다고 불평하고 있었다. 머지 않아 나이도 드는데 어떻게든 해서 좋은 상속자를 얻고 싶어 여러 가지로 손을 써 봤지만 좀처럼 마음에 드는 자가 없었다. 그래서 할 수 없이 자신이 각 도를 편력하여 양자로 삼을 사람을 찾기로 했다.

그렇게 되자, 지금 한창 대신이 아들을 찾는다 하여 그 소문은 순식간에 각 도에 퍼졌다. 대신은 많은 시종을 데리고 경기도에서 충청도를 거쳐 지금의 전라북도로 들어가게 되었다. 전라북도에서는 대신이 내려온다는 소식에 관리들은 물론 아들 가진 부모는 모두 잘만 되면 자기 자식이 대신의 양자가 되리라는 마음으로 기다리고 있었다. 그러다 드디어 내일 대신이 오기로 결정되었다.

대신은 전라북도에 들어온 어느 날, 감사(지금의 도지사)에게 명하여 부근의 아이들을 모으게 하였다. 보니 아이들은 대신의 위광을 두려워하여 모두 위축되어 감히 말을 하는 자도 없었다. 단 한 사람이 이런 경사스런 장소에서도 거리끼는 바 없이 옆의 아이의 머리를 잡아당기거나 발로 차거나 장난만 치고 있었다. 대신은 이에 눈을 두고 가만히 그 아이의 풍모를 살펴 보았다. 흔한 얼굴은 아니었다. 이 아이야말로 우리 집을 이어갈 놈이다 싶어 그 아이의 부모와 상의하여 양자로 들이기로 결정했다. 그리고 경성에 데리고 돌아와 좋은 스승을 붙여 먼저 학문을 시키기로 하였다.

하지만 일체 공부하지 않고 매일 장난만 치고 있어서 대신도 난감해졌다. 뭐라도 해서 밖으로 나가 놀지 않게 할 방법은 없는지 곰곰이 생각한 결과, 좋다, 어떻게든 그를 곤란하게 만들자, 라고 생각했다. 어느 날, 한 말의 쌀이 몇 알인지 세 보라고 명하고는 자신은 여느 때와 같이 출근했다. 아무리 장난꾸러기라도 이거라면 하루 종일 밖으로 나갈 여가는 없을 것이라고 생각했지만 아이는 대신이 출근한 뒤 사환에게 명해 작은 상자 하나와 저울을 준비하라 이르고는 평소처럼 놀러가 버렸다.

318

그리하여 저녁때 부친인 대신이 돌아오기 바로 전에 돌아와 작은 상자 하나에 든 쌀의 수를 사환에게 세게 하고 또 저울에도 달아 보고 한 말의 쌀의 수를 계산하여 그것을 종이에 써서 돌아온 부친 앞에 내놓았다. 부친인 대신은 깜짝 놀라 아무렇게나 쓴 수일 거라고 생각해 되물었지만 아이는 다만 '정확한 수입니다' 라고 대답할 뿐이었다. 뒤에 대신은 사환에게 그 이야기를 듣고 크게 감동했다.

또 어느 날, 어느 군에 살인사건이 일어났는데 군수로서는 그 취조가 용이하지 않아 결국 정부에 상주하였다. 정부에서 사건을 조사해 보니 어느 민가에서 세 명의 남자가 죽었는데 한 사람은 가슴에 상처가 있고 다른 두 사람은 돈을 가지고 있었다. 그리고 그 한가운데에 술병이 있었다······ 는 것이다. 달리 하수인이 있는지 이 세 사람이 싸운 끝에 결국 같이 죽었는지 전혀 판단이 서지 않았다. 재판관도 머리를 싸매고 있을 뿐이었다. 그래서 대신은 이때다 싶어 그 아이를 시험해 보기로 하고 아이에게 사건을 해결하도록 시켰다.

그러자 아이는 어렵잖게,

"아, 그 사람들은 세 명 모두 도둑입니다. 가슴에 상처를 입은 사람은 술을 사러 간 자로 그 술에 독을 넣어 이것을 다른 두 사람에게 마시게 하여 살해하고 혼자서 돈을 가지려 했던 것입니다. 다른

두 사람은 술을 사온 자를 죽여 둘이서 돈을 나누려고 그 자를 죽인
후에 둘이서 독이 들어 있는 줄 모르고 술을 마신 것입니다."
라고 대답했다. 같이 있던 사람들도,

  "과연 그것은 지당한 도리다."

하고 재치 있는 감식에 감탄하고 그렇게 사건을 정리했다. 그리고나
서 대신은 자신의 아이를 매우 사랑하였고 그 후 그 아이는 훌륭한
관직에 올라 그 대신의 후계자가 되었다고 한다.

수렵조선이야기

생각해 보면 지금으로부터 30여 년 전인데, 내가 처음으로 조선에 와 경성에 도착했을 때는 한동안 모든 것이 신기한 반도의 풍물에 넋을 잃고 보고 있었다. 가는 곳마다 식물이 부족해 황량한 산하에 대해서는 남몰래 실망과 낙담의 소리를 낸 적도 있었지만 한편으로 이런 부족함을 어느 정도 채울 수 있어 은근히 위안이 되었던 것이 있다. 지금 기술하고자 하는 엽조(獵鳥)의 풍부함이라고 하는 것이다.

원래 일반적인 조류는 식물상과 큰 관계가 있다. 난엽수림(蘭葉樹林)이 적고 주로 단조로운 송림만이 전도를 통해 남은 반도의 숲에 서식하는 소조류 등과는 별도로 황야, 전원, 수택 등의 산물에 모이는 엽조에는 큰 영향 없는 것으로 보이고 실로 상상 이상의 번식과 도래를 하고 있는 것도 있다. 그리하여 나는 그때부터 공무 중 여가가 날 때마다 조류연구와 취미 양쪽을 위해 항상 산야를 활보하는 것을 게을리 하지 않고 수렵에 열중했다. 그리하여 이제 생각나는 이야기의 일단을 기술하기로 한다.

그런데, 30여년도 더 전이라고 하면 1908년에 해당하는데, 그때 반도는 아직 수렵규칙도 없었던 때로, 언제 어떤 것을 잡아도 되었기 때문에 내키는 대로 어깨에 총을 메고 나갈 수 있었다. 하지만 경성에 거주하는 수렵가가 극히 적어 필시 수십 명 정도에 불과하였으므로 즉 반도의 엽조로서는 인류로부터의 박해를 알지 못했던 시대였던 것이다.

그러니까 그 무렵에는 경성 교외로 1리만 나가도 엽조의 모습을 볼 수 있었던 것은 물론, 봄, 여름 가릴 것 없이 부내에 있어도 하늘 높이 기러기 행렬이나 학류의 유유한 비익진이 보이고 아침저녁에는 때때로 태풍 같은 날개소리와 함께 오리떼가 무리지어 날아가는 것을 볼 때도 있었다. 여름 밤에는 밤에도 모습을 볼 수 없는 도요새류가 친구를 부르며 날아오는 소리에 일종의 정취마저 느낀다.

만약 잠깐 운동이라도 할 작정으로 동대문 밖에 나가면 계절에 따라 청량리 부근에서 기러기나 오리 무리를 비롯하여 메추라기, 물수리류도 보이고 임업시험장 뒤에는 가까운 비둘기나 꿩이, 용산 앞

여의도에는 메추라기, 도요새가 서식하고 수색 근처까지 내려가면 학이나 백조 또는 맛있기로 유명한 느시(속칭 산칠면조) 등 큰 새도 볼 수 있다.

그런데 조금 멀리 나가 철도에서 직각으로 3, 4리 정도 들어가면 새의 서식상황도 일변하여 본격적이 된다. 이른 아침 해 뜰 무렵에는 들 이곳저곳에 산에서 먹이를 구하러 나온 꿩이 우글거리는데 때로 수컷의 붉은 가슴이 아침 해에 비쳐 반짝거린다. 개를 끌고 오지 않은 초보자들은 보통 꿩을 잡으려 실로 원시적인 모습으로 사냥을 한다. 특히 눈이 내린 뒤에 꿩은 배고픔에 어슬렁어슬렁 인가근처로 나와 볕 좋은 제방 눈 녹은 데에 모여 먹이를 찾는 것이 보이는데 심해지면 닭처럼 농가 근처까지 다가온다. 물새도 똑같이 수택이 많은 지방 혹은 해안 간척지에 무리지어 와, 멀리서 이를 바라보면 검은 점이 파묻혀 있는 것 같다. 극단적인 예를 하나 둘 들어 보면 다음과 같다.

꿩과 메추라기의 처녀지, 수렵의 재미는 없다

지금으로부터 약 30여년도 전의 일. 경원선이 생겼을 때 강원도 철원 앞 평강이라는 곳에 갔을 때의 일인데, 때는 12월 추운 하늘에 피를 베고 남은 것이 곳곳에 보이는 것 외에 한눈에도 끝없는 용암 황야로 발을 들여 놓자, 2, 3정 못 가서 먼저 꿩이 날아다니고 다음에는 메추라기도 날아올라 개 같은 것은 전혀 필요 없이 단지 걷는 것만으로도 충분하여 반나절 정도 지나면 반드시 수백 마리의 꿩이며 메추라기를 볼 수 있을 거라고 생각되었다.

너무나도 이상한 그 서식상황에 놀라 풀숲 속을 살펴 보니, 메추라기가 지나다니는 길이 부드러운 화본과 식물 사이에 터널 모양을 이루고, 꿩이 있었던 흔적이나 그들의 분변이 여기저기 퇴적해 있어 마치 꿩과 메추라기 양식장을 보는 듯 했다. 즉 이런 곳에서는 집에서 키우는 가금을 보는 것 같아 전혀 흥미가 없다, 친구들은 불쌍해서 방아쇠를 당길 수 없기 때문에 조금 적은 곳에 가자고 말할 정도였다. 이는 즉 북조선 쪽의 처녀림 같은 꿩과 메추라기의 처녀림이었던 것이다.

기러기와 오리의 대군무에 도망가다

다음으로, 기러기와 오리의 예를 하나 들겠다. 역시 지금으로부터 24년 전, 호남선이 개통되기 전, 이리까지 건축열차로 가서(이리는 그즈음 농가가 수십 호밖에 없는 한촌이었다) 군산의 남쪽 만경이라고 하는 광막한 해안까지 갔을 때의 이야기이다. 이 근처는 끝도 없는 간척지가 펼쳐져 기러기나 오리의 서식에는 최적의 장소로, 종일 그곳에서 날개를 쉬고 있는 큰 물새의 무리는 저녁이 되면 육지를 향해 먹을 것을 구하러 올라간다. 아직 사냥꾼을 모르는 것으로 보이는데 아주 낮게 지면을 스쳐 지나가듯이 연이어 날아올라 머리 위를 통과한다. 그 모습은 실로 뭐라 표현하기 어렵고 멀리서 이를 바라보면 마치 운무(雲霧)와 같다. 머리 위를 스쳐 지나가는 날개소리는 큰 바람과 같고 지저귀는 소리는 귀를 엄습한다. 둑에 엎드려 있는 사냥꾼을 봐도 태연하여 두세 발의 총성에 일시 놀라 높이 날아올랐다가도 나머지 무리는 또 낮게 내려오므로 가여워서 쏠 마음도 들지 않고 이윽고 황혼이 임박해 올 때는 자칫 귓전 가까이 찢어지는 듯한 날개소리와 함께 공기의 압박을 느끼고 무심코 고개를 움츠리게 된다. 결국 으스스한 기분에 도망치게 되기에 이른다.

이런 경우를 가리켜 세간에서는 오리나 기러기 정도라면 총을 쓰지 않고 몽둥이로 때려 잡을 수 있다고 하는 게 아닐까 생각된다. 즉 해가 완전히 저물어 주변이 보이지 않게 될 때 둑에서 엎드려 기다리고 있다가 기러기와 오리가 낮게 머리위로 날아 올 때 긴 장대라도 휘두르면 반드시 그 중 몇 마리는 날개를 맞고 떨어질 거라고 생각되는 것이다. 이렇게 엽조가 많은 예는 일일이 열거할 수 없을 정도인데 지금은 이 정도로 해 두고 옛날 사냥을 나갔을 때 일어난 사건 한두 가지를 덧붙이도록 하겠다.

수렵열차

지금으로부터 약 20년도 전이었다고 기억하는데 수렵열차라는 것이 있어 오전 두세 시경에 경성역에서 북조선으로 향하는 화물열차에 객차를 한 량 붙여 수렵객을 위해 매주 일요일, 공휴일 등에 나갔다. 그 무렵에는 조선에 있어 수렵의 전성시대라고도 할 만한 때였으므로 언제라도 엽우(獵友)들로 번잡했다. 어마어마한 장비와 어디를 보나 자신의 공적이야기로 기고만장한 이들로 꽉 찬 차내의 공기는 잊을 수 없는 진경의 하나였다.

두루마기 전술

　두루마기란 반도인이 입는 보통 새하얀 색의 상의(지금은 색깔옷도 있다)인데, 이것이 예로부터 반도의 향토색이었던 관계상, 야생의 조수류는 이 색에 익숙해져 내지 등에서는 가장 눈에 띄는 흰색을 두려워하지 않는 상태였던 것을 누가 생각해냈는지 사냥복에 이것을 덧입어 무장한 모습을 숨기는 데 사용했다. 세심한 사람은 총까지 베로싸 막대기 같이 꾸며 허리에 싸 넣고 목표물에 다가가거나 혹은 더 연구하여 이 두루마기를 입은 위에 지게(반도인이 사용하는 물건을 운반하는 유명한 도구)까지 지고 머리에 수건을 두르고 발에는 조선신발을 신어 완전히 조선농민풍으로 꾸며 유유낙락 기러기와 오리 무리에 다가가는 등 기교를 다했다. 이는 새가 많았던 시대의 이야기로 오늘날의 시세에서는 그다지 사용할 수 없는 것이 되었다.

　이리하여 최근에는, 문화의 발달과 함께 자연스런 결과로서 점차 엽조가 줄고 옛날이라면 낮에도 논이나 습지에 앞바다에서 올라와 있던 물새가 점차 저녁을 기다리게 되고 오늘날에는 완전히 저물어 식별이 불가능해질 무렵에 와 먹이를 구하고는 아침이 되기를 기다리지 않고 밤중에 철수해 버린다. 전술한 바와 같이 논밭의 꿩도 용이하게 볼 수 없게 되어, 잡으려면 이제는 경성에서 여러 시간 기차를 타고 가 내려서도 또 자동차를 빌려 오지로 가 좋은 개를 데리고 상당한 노력을 들여야 꿩 몇 마리를 겨우 잡는다는 정도이다.

즉 불과 30여 년 사이에 이렇게 된 건가 싶어 옛날을 알고 있는 우리들은 격세지감을 금할 수 없다.

그렇다고는 하지만 오늘날의 문명, 다시 말해 교통이 열리면서 황무지가 좁아지고 수렵가가 증가해 가는 현세에, 엽조만이 옛 그대로 있어 달라고는 할 수 없다. 뭔가 한 발자국 더 나아가 고려할 필요가 있다고 생각한다. 당국에서 아무리 수렵규칙개정이라든가 금렵구역설정이라든가 천연기념물이라든가 등으로 보호를 더해도 일반 수렵가가 진보한 생각을 가지지 않는 한 효과는 적을 것이다. 직언하면, 엽우는 영업자가 아닌 한 스포츠맨으로서의 정신을 잘 인식하고 수렵에 나설 때마다 함부로 잡을 수 있는 한 잡는다는 식을 고치는 것이다. 원래 수렵가는 기회만 있으면 많이 잡는 것만이 목표로, 특히 젊은이들에게 제한을 강요하는 것은 너무 무리한 일일지도 모

328

른다. 하지만 오래 즐길 생각으로 마음을 고쳐먹어야 한다고 생각한다. 자주 초대받는 경엽회(競獵會)에서 말한 바 있지만, 잡은 동물이 아무리 많아도 그 몇 배로 많은 탄환을 썼다면 등수에 들어갈 자격은 없는 것이다. 하물며 엽우에 앞서 많이 있는 곳을 미리 정찰해 두고 당일에는 기차를 타고 가서 또 자동차를 달려 멀리 가 훌륭한 개를 데리고 가서는 마구 쏘아서 많이 잡았다고 해서 자만하거나 잘한다고 해서는 안 되는 법이다. 수렵의 맛이라는 것은 자기의 기량에 걸맞게 여러 가지로 머리를 써서 의도에 맞는 사격술을 연마하고 취미로 만족해야 하는 것으로 잡은 동물의 수에 구애되어서는 안 된다.

역시 엽조의 감소는 수렵가에 있어 유감일 뿐 아니라 만약 지금 그 기상 높은 학 소리가 들리지 않게 되거나 우미한 백조의 모습이 물가에서 사라지거나 가을의 정경에 없어서는 안 되는 기러기의 행렬이 보이지 않게 되거나 자연의 성악가라고도 할 숲 속 작은 새들이 적어지거나 하면 반도의 풍물은 산천의 황폐와 함께 완전히 제로가 되기 때문이다.

(담화자: 창경원장)

329

태복사太僕寺의 짚

이호민(李好閔)[81], 한준겸(韓浚謙)[82], 이항복(李恒福)[83] 세 사람이 아직 중학에서 공부하고 있을 때였다. 어느 날, 태복사에 짚이 수만 단이나 쌓여 있는 것을 바라보고 있었는데 준겸이 말했다.

"나는 저 짚으로 말을 한 마리 키워야겠어. 어느 정도 지나야 없어지겠는가?"

라고 하자 호민이 말했다.

"나는 저 짚을 잘게 썰어 내 베게 속에 넣으려고 해. 어떤가, 그 쪽이 더 오래 없어지지 않을 것 같은데."

81 이호민(1553년~1634년). 조선 중기 문신 임진왜란 때 명나라 이여송에게 직원을 청해 평양 전투를 승리로 이끌었다.

82 한준겸(1557년~1627년). 조선 중기의 문신 함경도 관찰사, 겸지춘추관사 등을 지냈다. 인조의 장인이기도 하다.

83 이항복(1556년~1618년). 조선중기의 문신, 학자, 영의정을 지냈고 오성부원군에 진봉되었다.

마지막으로 항복이 말했다.

"나는 다리가 저릴 때 손톱으로 잘라 침을 묻혀 코끝에 붙여 없어질 때까지 계속하려고 해."

그 말을 들은 두 사람은 크게 웃었다.

"과연 그렇군. 우리들이 사용하는 대로는 기껏해야 수백 년에 지나지 않겠지만 자네 방식으로라면 정말 영겁을 거쳐도 없어지지 않을 걸세."

항간에 다리가 저릴 때에는 짚을 잘라 침을 묻혀 코끝에 붙이면 바로 낫는다고 전해지고 있다.

죄는 말에게

황수신(黃守身)[84]이라는 재상이 있었다. 젊은 시절 한 기생과 사랑에 빠져 부친인 황[85]인 심히 나무랐지만 예에 대답하면서도 좀처럼 고치지 않았다.

어느 날, 수신이 밖에서 돌아오자 부친은 의관을 정제하고 문까지 나와 마치 대신이라도 맞이하는 것처럼

84 황수신(1407년~1467년). 조선 초기 문신. 영의정 희의 아들. 우의정, 정의정을 거쳐 영의정에 올랐다.

85 황희(1363년~1452년). 조선전기 문신. 청백리이자 명재상.

행동했다. 수신은 두려워져 땅에 엎드려 그 이유를 여쭈었다. 부친이 말했다.

"나는 너를 아들로 대해 타일렀는데 너는 조금도 듣지 않는다. 그 것은 나를 아비라 생각하지 않음에 틀림없다. 그래서 나는 너를 윗 사람으로 대하고자 하는 것이다."

수신은 그것을 듣고 매우 황송해 하며 목숨을 걸고 기생과 만나지 않겠다고 약속했다.

하지만 어느 날, 술에 취해 말을 타고 전에 만나던 기생의 집에 가 묵었다. 한밤중에 술이 깨어 눈을 떠보니 등잔불 그림자 아래 여 자가 있다. 자세히 보니 자신이 전에 사랑한 기생이다. 깜짝 놀라,

"너는 어찌하여 여기에 있느냐?"

하고 묻자 기생은,

"하지만 저의 집인 걸요 있으면 안 되나요?"

하면서 태연하다. 주위를 둘러보니 과연 기생의 집에 틀림없다. 그 래서 그는 크게 분개하여 하인을 질책하고 죽이려 했다. 하인은 열 심히 변명했다.

"오실 때 말머리가 이쪽을 향하기에 주인님께서 고삐를 돌리신 거 라고 생각했습니다. 생각해 보니 이전 시종 기생집에 왕래하여 잘

보살펴 주었으므로 자연히 다리가 향하게 되었다고 생각합니다. 결코 제 탓이 아닙니다."

수신은 비로소 깨닫고 갑자기 검을 빼어 말머리를 베었다. 후에 음관(蔭官, 과거를 보지 않은 관리)의 몸으로 재상에까지 올랐다.

고육지책

재상 이준경(李浚慶)[86]이 감사(도장관)를 하고 있을 때의 이야기. 지인이 많았기 때문에 무관으로 채용해 달라고 부탁하러 온 자가 많아 심히 곤혹스러웠다. 한 무사가 이름 높은 재상의 소개장을 들고 찾아 왔다. 준경은 줄곧 내실에 앉아서, 문을 닫고 시종에게 그 무사를 안내하게 하였다. 그 노선을 입구에서 바로가 아니라 일부러 이곳저곳의 방을 돌아 몇 개나 문을 지나 데려오게 한 것이다. 그리고 갑자기 물었다.

"이 방의 남쪽은 어느 쪽인지 아는가?"

무사는 빙글빙글 끌려 다니느라 전혀 짐작이 가지 않았으므로 되는 대로 대답했지만 틀렸다. 그러자 노해서

86 이준경(1499년~1572년). 조선 중기 문신. 영의정을 지냈다.

334

물러나게 하면서 말했다.

"모재상은 무사를 추천하셨지만 동서남북도 모른대서야 도움이
되지 않는다. 유감이지만 거절하겠다."

그리고 따로 적당한 자리에 발탁해 주었다고 한다.

감쪽 같이 속이다

경성 제일의 명기가 있었다. 이름을 가지(加地), 자를 가합(可拾)이
라 했다. 단지 아름다울 뿐만 아니라 거문고과 노래에도 뛰어나고
농담도 자주 했다. 따라서 상류고관의 주연에―이 기생이 없으면 흥
취가 나지 않았다.

어느 날, 길에서 건작인(件作人―시체를 취급하는 노비)을 만났다. 헤진
옷에 때투성이 얼굴로 시체를 등에 지고 간다. 가지는 얼굴을 소매
로 가리며 무심코 말했다.

"아, 이런 남자의 처가 되는 사람이 있을까?"

건작인은 이를 듣고 매우 화가 났다. 그래서 어느 날, 다른 사람
에게 의관을 빌리고 돈도 마련하여 기생을 불렀다. 가지는 물론 알

아차리지 못했다. 네댓새나 머문 뒤 마지막으로 아름다운 천으로 무언가를 싸서 두고 갔다. 가지가 대단히 기뻐하며 열어보니 아이의 시체이다. 깜짝 놀라 기절하려고 했다. 다른 사람들 입에 오르내리면 곤란하므로 뒤쫓아가 지금 받은 돈을 모조리 돌려주고 인연을 끊었다고 한다.

중국에도 이런 이야기가 있다. 남경에 한 걸인이 있었다. 봉두난발에 남루한 차림이었지만 은화를 5냥 모자 뒤에 끼워 두었다가 명기의 집에 가 묵게 해달라고 말하니 기생이 화가 나 지팡이를 들고 그를 쳤다. 걸인은 발길을 돌려 문을 나섰다. 그러자 기생은 모자 뒤의 은화를 발견하고 갑자기 손을 들어 되불렀다.

"아유, 어서 오세요. 제가 앞에서 봤을 때는 싫더니 뒤에서 보니 좋네요. 묵고 가세요."

그리고 은화가 없어지자 바로 내팽개쳐 버렸다고 한다. 기녀의 경박함은 천하가 다 같다고 할 것이다.

부채는 일본의 발명품

옛날 물건은 대부분 조선에서 일본으로 전해졌는데 부채는 일본
에서 조선으로 전해져 조선에서 중국으로 전해진 것이다. 고서의 선
(扇)이라는 글자는 부채를 말하는 것으로, 오기(アヲギ)라는 일본의 부
채는 접선(摺扇) 또는 철선(撤扇)이라는 문자로 쓰이고 있다. 『고려도
경(高麗圖經)』(서기1076년, 시라가와(白河)천황, 고려문종)에 따르면, '접선(摺扇)이
라 쓰고 금은으로 장식한다. 고려인은 이것을 만들 수 없다. 이것은
일본이 만든 것'이라고 했다. 『도서견문(圖書見聞)』에는 '지녕병진(志寧
丙辰)년[87] 겨울, 고려사신이 접선을 사용하고 있었는데 극히 사랑하
여 이것을 왜선(倭扇)이라 불렀다. 정말로 왜국에 나와
근래 힘도 빠져 애석하다' 라고 되어 있다. 『현혁편(賢奕

[87] 이는 희녕(熙寧)병진년의 오기
로 보인다.

337

編)』에는, '영락(榮樂) 연간에 조선이 중국에 철선을 진상하였는데 황제가 그것을 좋아하여 공방에 명해 똑같이 만들게 하였다'고 되어 있다.

실제로 지금 나주 근처에서 만들고 있는, 형태, 뼈대, 또 종이를 뼈대의 한쪽만 붙이는 부채는 일본의 오래된 방법이다.

약 천 년 전에 일본의 부채가 조선에 수입되고 있었다. 그리하여 그 시대에 일선무역이 행해지고 있었음을 증명하는 것이다.

땅이 탄 기사(분명히 석탄이거나 가스탄이다)

신라 진평왕 31년 정월, 경주 모지악(毛只岳) 땅이 불타다 10월에 꺼졌다.

고려 인종 8년, 백주토산(白州兔山) 서남쪽 땅속에서 불이 나 초목과 진토를 태우고 6월 20일부터 9월 15일에 이르기까지 주야로 땅을 두루 밝히다 다음해 3월 비에 의해 서서히 꺼졌다.

동 명종 10년 3월, 의연촌(衣淵村) 땅이 불타 연기가 끊이지 않았다.

이조 태종 4년 4월, 경주 토함산 땅이 3년에 걸쳐 불타다 꺼졌다.

동 세종조, 영해(寧海) 땅이 불탔다.

동 문종 원년, 상주 땅이 불타 비가 와도 멈추지 않았다.

동 성종 14년 5월, 영해부의 땅이 또 타서 낮에는 연기가 나고 밤에는 불이 있었다. 내관에 명해 가서 조사하여 탄 곳의 석괴를 가지고 왔다. 검은 것이 탄과 같고 이것을 불에 넣으면 불꽃이 일어나지 않았고 다음해 다시 불을 피우지 않았는데 탔다.

동 선조 10년, 춘령에서 불이 났는데 돌 속에서 불이 났다.

동 인조 15년 10월, 경주부, 불이 나 암석이 타 부서졌다.(이상의 기사에서 나온 장소를 탐색하면 석탄광맥을 발견할 수 있을 것이다.)

대장경 인쇄

대장경은 이조 초기부터 왕성하게 일본에 가지고 갔다. 세조왕 4년에 완전히 없어져 다시 50부를 경상도감사에게 명해 다음해 2월부터 6월까지 해인사에서 인쇄하도록 했다. 그때 각 도에 다음과 같이 재료제공을 명하고 있다.

충청도	종이	51126권	묵	875개	황납	60근
전라도	동	99004권	동	1750개	동	125근
경상도	동	99004권	동	1750개	동	70근
강원도	동	46126권	동	875개	동	120근
황해도	동	51126권	동	875개	동	60근

경상도는 이밖에 호마유 100근

이상을 관청에서 자체로 마련하여 해인사로 보내야 한다. 이를 민간으로부터 한 냥이라도 대납케 하는 것은 대죄이다, 운운 하고 교지하고 있다. 세조왕은 신불을 위해 백성을 해쳐서는 안 된다고 하는 것을 깊이 생각하고 있었다.

책도둑 書賊

함경도는 경성에서 멀어 감독이 잘 이루어지지 않고 또 그 지역 인민을 한 계급 낮은 인간으로 천대하고 있었기 때문에 그곳으로 파견된 사령병사는 백성을 학대하고 가렴주구가 심하였다. 그 지역 인민은 그들을 책도둑이라 불렀다. 어느 날, 그 지역 인민이 동소문내

성균관(대학) 앞을 지나갈 때, 이곳은 책도둑 무리를 모아 그를 양성하는 곳이라고 말했다.

조선에서의 오오카大岡 판결
스무 냥은 누구의 것

스님과 소장수의 이야기

1

짚신을 만들어 생활하고 있던 한 산승이 있었다. 어느 날 삼을 사러 동전 두 냥을 가지고 청주로 나갔다. 그러다 길에서 자루를 주웠는데 안에는 스무 냥이 들어 있었다. 누군가 장에 가다가 떨어뜨린 것일 거라고 스님은 그것을 등에 지고 시장으로 갔다. 그리고 그 김에 자신의 삼값 두 냥도 함께 자루 속에 넣어 그것을 잘 아는 주점에 맡기고 장터를 돌아 보았다. 누군가 돈을 잃어버린 자가 없는지 눈을 크게 뜨고 보니 한 소장수가 동료에게 이야기하고 있었다.

343

2

"아, 마흔 냥으로 소를 두 마리 살 요량이었는데, 한 마리는 어제 샀고 또 한 마리를 오늘 장에서 사려고 아침 어둑어둑할 때 스무 냥을 소 등에 싣고 왔는데 장터에 도착했을 때 그걸 잃어버렸다는 걸 알게 되었네. 하지만 어디서 떨어뜨렸는지 전혀 짐작이 안 가고 오늘은 장날이라 이렇게 사람들이 나왔으니 도대체 누구한테 물어야 좋을지."

지금이라도 울음을 터트릴 것 같은 모습을 보고 스님은 그 남자가 떨어뜨린 돈의 주인이라고 생각했다.

"얼마나 잃어버렸소?"

하고 물었다.

"스무 냥이오."

"어디에 넣었소?"

"자루요."

3

그래서 스님은 그거라면 소승이 주웠다고 하면서 소장수를 데리고 앞서의 주점으로 돌아가 자루를 내어 안에서 돈을 꺼내 두 냥만 자신이 갖고,

"이것은 내 삼값이라오."

하고 품에 넣고 남은 스무 냥을 소장수에게 돌려주었다. 소장수는 스무 냥을 하나하나 주의 깊게 세더니 갑자기 낯빛을 바꾸어 말했다.

"그 동전 두 냥도 내 것이오. 아까는 소값만 스무 냥이라고 했는데 포목값 두 냥을 깜박 잊었소. 참으로 멍청한 짓을 했소."

4

스님은 깜짝 놀랐다.

"농담 마시오. 이것은 소승의 삼값이오. 소승이 돈에 욕심이 있었다면 그 스무 냥도 돌려주지 않았을 거요. 당신은 확실히 스무 냥을

잃었다고 해 놓고는 나의 두 냥을 보고 갑자기 마음이 변해 그 돈에 대해서는 잊고 있었다고 하는데 그래서야 조리가 맞지 않소. 소승은 아무런 켕기는 마음이 없었기 때문에 청하지도 않은 그대에게 자진해서 돌려주었던 것이오. 그것을 감사하기는커녕 소승의 삼값을 보고 갑자기 나쁜 마음을 먹고 자기 것이라고 고집을 부리다니 이렇게 뻔뻔스러울 수가 있소? 사람이라면 조금은 부끄러움을 알아야 할 것이오."

"아니, 아까 스무 냥이라고 했던 것은 소값이 중요하다 보니 무심코 그 돈만을 말해 버린 것이오. 포목값은 얼마 안 되었기 때문에 잊어버리고 있었는데 돈을 보니 번뜩 생각이 안 것이오. 생불 같은 사람에게 확실하게 소값을 받으면서 거기다 딱하게도 얼마 안 되는 돈을 빼앗을 만큼 나쁜 사람이 아니오. 아, 단지 잊고 있었던 것만으로 그것을 잃은 것으로 할 수는 없는 게 아니오."

5

두 사람 모두 자신의 주장을 굽히지 않아 듣는 사람들도 쌍방이 다 이치에 맞으므로 누구를 옳다고 해야 할지 몰랐다. 할 수 없이 두 사람을 데리고 하관(下官-대관소)에게 갔다.

하관은 두 사람이 하는 말을 다 듣고 나서 먼저 소장수를 향해,

"자네가 잃어버린 것은 스물두 냥이라는 것은 잘 알겠다. 그런데 스님이 주운 것은 스무 냥이 분명하다고 생각한다. 그러니 네가 잃어버린 스물두 냥은 누군가 다른 자가 주웠음에 틀림없다. 스님이 주운 것은 네 돈이 아니다. 그러니 자네 돈을 주운 자를 지금부터 찾아서 잘 세어 보고 스물두 냥이 분명하면 그것을 받아 자네에게 주겠다. 그때까지 기다려라."

라고 말했다.

6

이어서 중을 향해서,

"그대가 주운 것은 분명히 스무 냥인데, 상인이 잃어버린 것은 스물두 냥이니 그대가 주운 돈은 누군가 다른 사람의 것일 것이다. 상인의 돈과는 아무 관계가 없다. 그러니 그대는 진짜 주인을 찾아 잃어버린 돈이 스무 냥이 맞다고 하면 그에게 건네 주도록 하라."

347

하고 말하고 두 사람을 물러나게 했다. 두 사람은 판결이 내려졌으므로 장에 나갔는데, 소장수는 고개를 떨구고 혼을 잃은 듯 풀이 죽어 있었다. 그래서 스님은 큰 소리로 말했다.

7

"과연 관리는 훌륭하구나. 주운 스무 냥은 알아서 해도 좋다고 했소. 하지만 소승이 보기에 이 돈의 주인은 소장수임에 틀림없소. 석가의 제자가 어찌 부당한 이득을 취하겠소. 받으시오."
하고 스무 냥을 소장수에게 건넸다.

"금후 마음을 바꿔먹고 가난한 사람을 괴롭히는 죄를 짓지 말도록 하시오."
하고 말하고 삼을 사러 떠났다. 장에 가득한 사람들은 입을 모아 스님의 결백함을 칭송했다. 훌륭한 스님이고 훌륭한 관리이다.

역자 해설 및 번역 후기

　본서 『조선 야담・전설・수필』 경성로컬사京城ローカル社, 1944은 편저자 모리카와 기요히토森川清人가 머리말에서 밝히고 있듯이, 잡지 『경성로 컬京城ローカル』(후에 『경성』으로 개제)에 게재된 것을 일부 임의로 편집 한 것이다. 『경성로컬』은 1938년 경성에서 발행된 것으로 추정되는 일본어 대중 계간 잡지로 종간호의 시기와 호수는 밝혀지지 않았다. 현재 남아있는 것은 1940년 봄호(통권 9호) 뿐이고, 편집 겸 발행인 은 모리카와 기요히토로 현재 1940년 봄호가 '아단문고'에 소장되어 있다. 잡지의 표지에는 '견물見物', '사정事情', '야담野談', '조선정서朝鮮情緖' 라는 표제가 붙어 있어, 일본에 사는 내지인들에게 조선의 수도인 경성을 소개하고 조선의 풍습과 재미있는 이야기, 풍물, 민속을 소 개하려는 의도에서 창간되었음을 알 수 있다.

이와 같은 의미에서 『경성로컬』의 기사를 편집한 『조선 야담·전설·수필』에 수록된 이야기들은 잡지 실물이 남아있지 않은 현상황에서, 『경성로컬』의 성격의 일단을 알 수 있는 실마리를 제공하고 태평양 전쟁말기 식민지 조선의 수도 경성과 조선인을 어떻게 포착하여 내지의 일본인들에게 전달했는지를 파악할 수 있다는 점에서 매우 흥미로운 자료라 생각된다.

1930년대에 들어서면서 신문, 잡지, 라디오 등 보다 다양한 대중매체를 통해 야담이 향유되는 '야담의 전성기'를 맞이하게 되어, 이 시기의 야담은 대중매체의 한 자리를 차지하며 독자들의 뜨거운 관심을 받게 된다. 특히 천정환이 이야기하듯 '독서인구와 출판시장의 확대, 일본어 출판물의 헤게모니 강화, 전통과 복고 바람, 사화(史話)와 역사소설의 지속적인 인기'로 정리되는 1930년대의 조선문학 붐을 타고, 야담은 '식민지 시대'라는 특정한 시기에 통속성과 오락성을 바탕으로 일본의 억압을 받지 않고 대중들에게 향유되었다고 할 수 있다.

그러나 『경성로컬』이 창간된 것으로 추정되는 1938년에서 『조선 야담·전설·수필』이 간행된 1944년 사이의 시기는, 1930년대말 일본의 미나미 지로南次郎가 3·1운동 이후 전임 총독들이 유지해왔던 이른바 '문화 통치'를 폐기하고, '황국신민화' 정책을 전면에 내건 시기이다. 미나미 총독이 제시한 통치 목표 가운데 '내선일체內鮮一體'라는 구호는 조선인을 일본인과 동등하게 대우하려는 것처럼 보이지만, 그것은 조선인을 일본이 일으킨 전쟁에 내보내려는 구실에 불과했고, 내선일체는 일본이 조선을 단순히 억압하는 정책이기 보다는 일본에 흡수될 수 있게 하는 정책인 것이다. 이와 같은 시대상황을 염두에 두고 『조선 야담・전설・수필』을 살펴보면, 야담, 전설은 물론 평이한 일상을 그리는 수필에도 식민지 이데올로기를 바탕으로 하는 이야기의 구성과 분석의 시각이 미묘하게 얽혀 있음을 알 수 있다.

그 내용을 살펴보면 대략, 군수에 관한 야담, 조선인삼에 관한 야담, 조선이야기 속의 여성, 게와 조선, 거짓말이나 구두쇠 등과 관련된 우스갯거리, 경성의 자연과 풍경, 신라 무사도이야기 등으로 나눌 수 있다. 이 중 군수에 관한 야담은 군수를 비롯한 관리의 실수담, 재치담을 흥미 위주로 소개함으로써 조선인 관리의 무능함을 부각시키고 있고, 신라무사도를 소개하는 장면에서는 신라의 김유신 장군에 대해 '그(김유신)는 왕명을 받고는 일사보국을 위해 멸사봉공을 하겠다고 아뢰고, 분수에 넘치는 광영을 기뻐하며 왕성을 떠나

바로 군비를 준비하였다'라고 하며 조선과 일본의 동종동근을 보여
주는 애국 충혼의 사례로 해석하여 기술하고 있다. 백제 의자왕의
딸 계선과 관련된 부분에서는 '백제는 신라에게는 확실히 강적이었
다. 백제가 고구려를 무너뜨린 여세를 몰아갈 수 있었던 배경에는,
오늘날의 독영獨英대전에서처럼 원영援英 공작을 하는 미군과 같은, 당
의 원군이 있었다'라고 하며 삼국시대의 역사적 사건을 노골적으로
당시의 국제정세에 비교하며 전의를 고취시키는 의도를 드러내고
있다. 「흰색과 한복잡고」의 저자 이노우에 오사무井上收는 일제 강점
기 오사카아사히신문大阪朝日新聞 경성지국장과 대륙통신大陸通信 사장을
지낸 인물로, 흰색의 한복이 표상하고 있는 조선문화에 대한 고찰을
통해 일본과의 내선교류역사를 소개하고 있다. 이는 내선일체의 근
거로 제시되어 결국 조선인으로 하여금 거국일체의 전선으로 진출
할 것을 주장하고 있는 것으로 볼 수 있다. 「부여사화」에서 다모토
쓰치카이田元埃는 부여의 관폐대사어조영 조성에 있어, 부여가 내선일
체관념의 발상지라고 주장하고 있다. 이에 대한 근거로 삼국시대 당
시 백제와 일본의 교류상황을 기술하여 양국간 밀접했던 문화적 교
섭에서 내선일체관념이 발효되었다고 기술하며, 당시 시국에 대한
긍정적 수용을 드러내고 있다.

352

동시에 조선문화에 대한 상세한 연구성과를 소개하는 기사들도 주목할 만 하다. 성사범 교관으로서 조선에 머무는 동안 조선 식물에 대한 여러 연구를 남기고 있는 우에다 쓰네이치上田常一는 「반도의 고산식물」에서 백두산, 관모봉, 제주도 등지에서 발견되는 식물에 대한 연구성과를 기술하고 있다. 조선에서 경험한 수렵의 추억을 담담하게 기술하고 있는데, 실제 그는 창경궁을 박물관으로 만드는 작업을 지휘하였고 자신의 수렵취미에서 얻은 방대한 조선의 조류연구자료를 창경원에 남긴 인물인 시모코리야마 세이치下郡山誠一는 「수렵조선이야기」에서 수렵의 즐거움을 오래도록 즐기기 위해 조류수렵가가 지켜야 할 수렵의 윤리를 제시하고 있다. 그 밖에 「경성잡관」에서 아베 요시시게安倍能成, 1883-1966는 남대문의 미적 가치에 대해 긍정적 평가를 하고 있고, 「경성명종기담」에서 오카다 미쓰기岡田貢는 보신각종에 대한 역사적 고찰을 통해 조선문화에 대한 이해를 드러낸다.

　또한 평범함 속에 숨겨진 영웅성을 강조하는 교훈적인 이야기들도 흥미롭다. 「들에 군자가 있다」는 조선 초기 유명한 정승이었던 황희가 들에서 노인을 만나 깨달음을 얻는 이야기이고, 「임진란삽화」는 조선을 도우러 왔다 조선에 욕심을 내게 된 이여송이 어느 촌부로부터 경고를 받는 이야기이다. 「호랑이굴에 들어간 실화」는 일본인이 주인공으로, 호랑이를 만난 사환이 특유의 침착함과 용기로 무사히 탈출하였을 뿐 아니라 호랑이가죽까지 얻는 이야기를 그리고 있다. 이 이야기는 "그 사람의 현재 지위나 종래의 업적만으로 사람을 평가한다는 것은 무모한 일입니다."라고 하며 편자의 관점을 드러내기도 한다.

이상과 같이 『조선 야담·전설·수필』은 잡지 『경성 로컬』의 실체의 일부를 파악할 수 있는 단서를 제공하고, 1930년대 말에서 40년대 초 국가총동원시기에 야담, 전설, 수필이라는 조선의 대중문학이 총독부의 식민정책에 어떻게 동원되었는지, 조선인과 조선문화를 어떻게 표상하여 내지에 전달하였는지, 조선의 자연경관, 동식물, 산물 등을 어떻게 식민지배를 위한 지식 체계로 완성시켜 갔는지를 보여주고 있다. 역자로서 본서가 이 시기 식민정책과 대중문학 문화 연구와 이해에 조금이나마 도움이 된다면 다행이라 생각하며, 동시에 일반 독자가 흥미로운 읽을거리로서 읽고 이 시기에 대한 이해에 도움이 될 수 있다면 보람으로 생각될 것이다.

마지막으로 〈식민지기 일본어대중문학 시리즈〉 간행을 지원해 준 일본국제교류기금 관계자분들, 이번 간행을 기획한 일본연구센터 유재진 소장님, 고려대학교 일본연구센터의 『한반도·만주(1868~1945)

일본어문헌 목록집·목차집』(전40권, 2011.2) 검색을 허락해 주신 일본연구센터 〈식민지일본어문학문화연구〉의 정병호 팀장님, 촉박한 일정에도 불구하고 세심하게 편집과 교정을 담당해 주신 학고방 사장님, 박은주 차장님께 감사드린다.

2014년 3월

역자 강원주, 김효순

편저자

모리카와 기요히토森川淸人

공역자

김효순金孝順 고려대학교 일본연구센터 HK교수
고려대학교 일문과와 동대학원을 졸업하고 쓰쿠바대학 문예언어학과에서 박사학위를 취득하였다. 현재 고려대학교 일본연구센터에서 식민지시기 일본어로 번역된 조선문예물을 연구하고 있다. 역서에 『완역 일본어잡지 『조선』문예란(1910.3~1911.2)』(공역, 제이앤씨, 2013), 『조선 속 일본인의 에로경성조감도(여성직업편)』(공역, 도서출판 문, 2012), 『책을 읽는 방법』(문학동네, 2010), 『쓰키시마 섬 이야기』(도서출판 문, 2010) 등이 있다. 논저로는 『제국의 이동과 식민지 조선의 일본인들』(공저, 도서출판 문, 2010), 『동아시아문학의 실상과 허상』(공저, 보고사, 2013), 「한반도 간행 일본어잡지에 나타난 조선문예물 번역에 관한 연구」(중앙대학교 일본연구소 『일본연구』제33집, 2012.8), 「1930년대 일본어잡지의 재조일본인 여성표상-『조선과 만주』의 여급소설을 중심으로-」(동아시아일본학회 『일본문화연구』제45집, 2013.1) 등이 있다.

공역자

강원주姜元珠 서울과학기술대학교 외래교수

고려대학교 일어일문학과를 졸업하고 동 대학원에서 박사학위를 취득하였다. 현재 고려대학교와 서울과학기술대학교 등에서 강의하고 있다. 역서에 『로큰롤 7부작』(후루카와 히데오, 문학에디션 뿔, 2009), 『기프트』(후루카와 히데오, 문학에디션 뿔, 2010), 『제국일본의 이동과 동아시아 식민지문학』(공역, 도서출판 문, 2010) 등이 있고, 학술논문으로 「모리 오가이의 『오키츠 야고에몬의 유서』 일고찰」(『일본연구』 29집, 2010), 「모리오가이의 『사하시 진고로』 일고찰」(『일본연구』 30집, 2011), 「모리 오가이의 『덴포이야기』 소론1」(『일본어문학』 54집, 2011) 등이 있다.

일본명작총서 21
식민지 일본어문학·문화시리즈 17

조선 야담, 전설, 수필

초판 인쇄   2014년 3월 21일
초판 발행   2014년 3월 31일

편   저 Ⅰ 모리카와 기요히토森川淸人
공   역 Ⅰ 김효순·강원주
펴 낸 이 Ⅰ 하운근
펴 낸 곳 Ⅰ 學古房

주   소 Ⅰ 서울시 은평구 대조동 213-5 우편번호 122-843
전   화 Ⅰ (02)353-9907   편집부(02)353-9908
팩   스 Ⅰ (02)386-8308
홈페이지 Ⅰ http://hakgobang.co.kr/
전자우편 Ⅰ hakgobang@naver.com,   hakgobang@chol.com
등록번호 Ⅰ 제311-1994-000001호

ISBN   978-89-6071-376-5   94830
          978-89-6071-369-7   (세트)

값 : 18,000원